读客文化

THE ARMOUR OF LIGHT

巨变时代 下（全2册）

［英］肯·福莱特 著　百里 译

KEN FOLLETT

THE ARMOUR OF LIGHT

―◦―

KEN FOLLETT

目录

第四部分　征兵队　　　　　　　　001
1804 年至 1805 年

第二十六章　　　　　　003
第二十七章　　　　　　021
第二十八章　　　　　　042
第二十九章　　　　　　056
第三十章　　　　　　　077
第三十一章　　　　　　089

第五部分　世界大战　　　　　　　107
1812 年至 1815 年

第三十二章　　　　　　109
第三十三章　　　　　　132
第三十四章　　　　　　165
第三十五章　　　　　　184
第三十六章　　　　　　198
第三十七章　　　　　　211

第三十八章		*224*
第三十九章		*236*
第四十章		*248*

第六部分　滑铁卢战役　*261*
1815年6月16日至18日

第四十一章		*263*
第四十二章		*278*
第四十三章		*293*

第七部分　和平　*313*
1815年至1824年

第四十四章		*315*
第四十五章		*355*

致谢　*372*

第四部分

征兵队

1804年至1805年

第二十六章

1804年秋,阿莫斯乘驳船从王桥前往库姆。这是一段顺流而下的悠闲旅程,只是回程时驳船船工不得不逆流划桨。

驶入库姆港时,阿莫斯看到了出人意表的景象,不由得心头一沉。海岬上耸立着从未见过的建筑——一座低矮的圆形堡垒,状如啤酒杯,底部比顶部宽。它看起来丑陋可怖,不知怎的,让阿莫斯想起了集市上向所有人发起挑战的拳击手。

哈米什·劳和他在一起。如今纺织业中的农舍工人越来越少,工厂工人越来越多,哈米什去乡间走访的次数也减少了,他已经成为阿莫斯在销售方面的得力助手。基特·克利瑟罗则在生产方面发挥了类似的作用。

哈米什站在甲板上,问旁边的阿莫斯:"那是什么鬼东西?"

阿莫斯认为他知道答案。"肯定是海岸圆堡。"他说,"政府正沿着海岸线建造一百座这样的堡垒,以保护我们免受法国入侵。"

"我听说过这种东西,"哈米什说,"我只是没想到它们看起来这么丑。"

阿莫斯回想起他在《纪事晨报》上读到的内容。海岸圆堡墙厚八英尺，顶部平坦，上面安装着一门重炮，可以三百六十度旋转，向任何方向射击。每座圆堡配有一名军官和二十名士兵。

几个月以来，报纸一直在大肆渲染法国的入侵威胁。阿莫斯心中不免隐隐担忧，因为他了解到，法国统治者拿破仑·波拿巴在布洛涅[1]和其他港口集结了二十万军队，并且还在组建可以送这支军队穿过英吉利海峡的庞大舰队。而现在，他看到这座守卫库姆港的堡垒，不禁背脊发凉，法国入侵的威胁突然变得更加真实了。

波拿巴有充足的资金实施入侵。他把法国人称为"路易斯安那"的大片无利可图的土地卖给了美国，这片土地从墨西哥湾一直延伸到加拿大边境的五大湖地区。托马斯·杰弗逊总统以一千五百万美元的代价将美国的领土扩大了一倍。波拿巴则将这笔巨款全部用来征服英国。

匪夷所思的是，英国仍然在同欧洲大陆进行贸易，这多亏了在英吉利海峡巡逻的皇家海军。法国自然是去不了的，尼德兰也被法国人征服了，但从库姆出发的船只仍然可以航行到哥本哈根、奥斯陆，甚至圣彼得堡等城市。

阿莫斯正在将一批布料运到库姆，准备发给汉堡的客户。他会收到一张汇票作为报酬。他的顾客向名叫丹·莱维的德国银行家支付布料费用，而阿莫斯将从丹的表亲琼尼那里取钱，琼尼在布里斯托尔有

---

[1] 法国北部海港，临英吉利海峡。

一家银行。

阿莫斯如今在王桥已拥有两家工厂。他和军队的生意越做越大，原来的工厂已经人满为患，所以他从即将退休的茜茜·巴格肖那里购买了第二家工厂，也就是大家口中的"寡妇工厂"。半年前，他任命基特·克利瑟罗担任两家工厂的经理。对这份工作来说，基特太年轻了，但他了解机器，而且与工人相处融洽：他无疑是阿莫斯见过的最能干的副手。

库姆的码头区热火朝天。搬运工和车夫往来穿梭，大船和驳船不停地装卸货物，这繁荣的贸易永不停息，英国成为世界上最富裕的国家。

驳船船工发现了阿莫斯正在寻找的"尼德兰女孩号"，并停靠在旁边。阿莫斯上了岸，哈米什开始卸下阿莫斯运来的一包包布料。"尼德兰女孩号"的船主凯夫·奥杰现身了。阿莫斯与他有多年的交情，也很信任他，但他们还是一起清点了布料数量。奥杰随机打开三包，检查它们是不是货单上指定的白色羊毛哔叽。他们在两份提货单上签字，两人各自保留一份。

奥杰问阿莫斯："你要在这里过夜吗？"

"是的，今天太晚了，没法回王桥。"阿莫斯答道。

"那你要小心今晚的征兵团。昨晚我失去了两个能干的手下。"

阿莫斯知道背后的缘由。英国海军一直缺员。民兵队，也就是地方防御部队，兵员充足，因为民兵队可以强制征兵，不管个人是否愿意。正规陆军没有强制征兵制度，但贫困的爱尔兰提供了大约三分之一的新兵，而刑事法庭提供了其余的大部分，因为法庭可以判处罪犯服兵役作为惩罚。所以，缺员问题最严重的是海军，而保护英国海上贸易通道的正是海军。

水兵工资很低，而且经常被拖欠。海上生活残酷，动辄得咎，挨鞭子是家常便饭。现在，十分之一的水兵是爱尔兰监狱的犯人，但这还远远不够。一个本应以纳税人利益为重的政府，不但没有改革海军，也没有给水兵按时足额发放工资，反而大抓壮丁。在英格兰，所谓的"征兵队"在沿海城镇绑架或"强征"身强力壮的男人，将他们带上船，绑起来，直到远离陆地才放开。这种拉夫制度深受百姓憎恶，经常引发暴乱。

阿莫斯感谢了奥杰的提醒，然后和哈米什一起前往阿斯特利太太的旅馆。不得不在库姆过夜时，阿莫斯总是住在那里。那是一座普通的排屋，塞满了床铺，小房间里放着一两张床，大房间里则放着好几张。店主是一个笑容可掬的牙买加女人，膀大腰圆，应该厨艺精湛。

他们正好赶上吃晚餐。阿斯特利太太做了一份香辣炖鱼，外加新鲜面包和艾尔啤酒，价格一先令。在公共餐桌上，阿莫斯坐在一个年轻人旁边，后者认识他。"你不认识我，巴罗菲尔德先生，但我来自王桥，"他说，"我叫吉姆·皮金。"

阿莫斯不记得以前见过他，于是礼貌地问道："你到库姆来干什么？"

"我在驳船上工作。我对王桥和库姆之间的这条河道非常熟悉。"

一个右臂萎缩因而被戏称为"左撇子"的房客正一边大快朵颐，一边痛骂法国人："那群不敬上帝、嗜血好杀、愚昧无知的狂徒，他们将法国贵族精英屠戮殆尽，还想把我们的豪门贵胄也斩尽杀绝。"说着，他吸溜了一口勺里的汤。

哈米什忍不住反驳道："可我们和法国人和平共处了十四个月。" 1802 年 3 月，《亚眠条约》签署，富裕的英国购物者和游客纷纷回到他们心爱的巴黎，但英国在去年 5 月结束了休战。

"法国人又袭击了我们。"左撇子说。

"你这种说法可真奇怪。"哈米什反驳道，"报上说，是我们向法国宣战，而不是法国向我们宣战。"

"那是因为他们入侵了瑞士。"左撇子说。

"毫无疑问，他们确实干了这样的事。但这是让英国人去送死的理由吗，为了瑞士？我只想问这个问题。"

"不管你怎么说，我就是讨厌他妈的法国人。"

厨房里传来一个声音："不要说脏话，先生们——这里是一家体面的旅馆。"

刚才还咄咄逼人的左撇子立刻屈服。"对不起，阿斯特利太太。"他说。

晚餐很快就结束了。几个男房客正要离开餐桌，阿斯特利太太走进来说："先生们，祝你们度过一个愉快的夜晚，但请记住这里的规定：半夜锁门，不予退款。"

阿莫斯和哈米什在城里闲逛。阿莫斯并不担心征兵队，因为他们不会抓走衣着讲究的中产阶级绅士。

库姆是个热闹的地方，通常港口城市都是人流如织的繁华胜地。

乐师和杂技演员在街头表演，只求路人打赏几枚小钱；小贩唱着民谣叫卖纪念品和魔法药水；年轻男女沿街揽客；扒手摸走水手的工资。阿莫斯和哈米什没有被形形色色的妓院和赌场所吸引，但他们在几家小酒馆里喝了艾尔啤酒，在街边小摊上吃了牡蛎。

阿莫斯宣布该回阿斯特利太太的旅馆了，哈米什请求再喝一杯，阿莫斯答应了。他们来到码头区的一家酒馆，里面有十几个喝啤酒的男人，还有几个姑娘。阿莫斯发现吉姆·皮金也在这里，正在和一个穿红裙子的女孩友好地交谈。

"这地方不赖啊。"哈米什称赞道。

"不，这地方有问题。"阿莫斯说，"看那个从王桥来的小伙子吉姆。他已经醉得很厉害了。"

"他可真走运。"

"你觉得那女孩为什么对他那么热情？"

"我猜她喜欢那小子。"

"他不帅，也不富有——她看上他哪点了？"

"女人的选择是无法解释的。"

阿莫斯摇摇头："这里是诱捕屋。"

"什么意思？"

"女孩趁那小子没注意，在他啤酒里偷偷放了杜松子酒。现在她随时都可能把他带到后面的房间去，他会以为自己今晚走了桃花运。但事实并非如此，因为真正等着他的是征兵队。他们会把他带上船，锁在禁闭室里。等重见天日的时候，他就已经是皇家海军的水兵了。"

"可怜的家伙。"

"而那女孩会得到一先令的报酬。"

"我们最好把他救出来。"

"是的。"阿莫斯走到皮金跟前说,"该回家了,吉姆。天很晚了,而且你喝醉了。"

"我没事。"吉姆说,"我只是在跟这个女孩说话。她是斯蒂芬妮·马奇芒特小姐。"

"而我是小威廉·皮特。"阿莫斯说,"咱们走吧。"

那个自称斯蒂芬妮的女人说:"你为什么不管好你自己的破事?"

阿莫斯紧抓住吉姆的胳膊。

斯蒂芬妮尖叫道:"放开他!"她扑向阿莫斯,抓他的脸。

阿莫斯一巴掌将她的手打开。

三个男人站在旁边,和另一个漂亮的女孩说话。其中一个男人转身问:"出什么事了?"

"我的朋友喝醉了,"阿莫斯捂住流血的脸颊说,"我们要赶在征兵队抓住他之前离开。你们也早走为妙。"

"征兵队?"那人说。他一脸茫然,但慢慢醒悟过来:"这里有征兵队?"

阿莫斯朝房间后面望去,看见三个面目狰狞的人走了进来,率领他们的是一个穿海军军官制服的家伙。"瞧那儿,"阿莫斯指着来者说,"他们刚到。"

斯蒂芬妮向那四人挥挥手。他们迅速行动,仿佛这样的抓捕行动已经进行过许多次了。眨眼间他们就来到斯蒂芬妮身边。女孩指了指吉姆。

军官说:"你们这些人,靠边站。"

第一个恶棍抓住吉姆,他毫无反抗之力。哈米什挥出力道十足的一拳,将第二个恶棍打倒在地。第三个恶棍朝阿莫斯的肚子猛击一拳。这一拳打得很准,阿莫斯痛苦地弯下了腰。那人趁势连续出拳猛攻。阿莫斯又高又壮,但他不是街头好斗之徒,只能奋力保护自己,向人群后方退去。

但目击这一幕的人没有作壁上观。征兵队已经是人人喊打的公敌。最靠近阿莫斯的人加入了战斗。他们袭击了打阿莫斯的人,逼得他节节败退。

这给了阿莫斯一点儿时间来评估形势。房间里已经乱成一锅粥,男人大喊大叫,乱打乱踢,女人则在声嘶力竭地尖叫。哈米什抓住吉姆,试图将他与绑架者分开。阿莫斯前去帮忙,但一个旁观者看到他衣着华丽,以为他跟征兵队是一伙的,就朝他狠狠打了一拳,不偏不倚刚好击中他的下巴。他眼前一黑,丧失了知觉。他不久后醒过来,发现自己躺在地板上。这可不是暴乱中适合停留的地方,但他头晕目眩,爬不起来。

他挣扎着跪起来。有人抓住他的胳膊,他欣喜地发现此人是哈米什。哈米什把他拉起来,扛在自己宽阔的肩膀上。阿莫斯浑身瘫软,只好听天由命。哈米什挤过人群的时候,阿莫斯感到自己的脚不停地撞在别人身上。不一会儿,他呼吸到了凉爽的新鲜空气。哈米什扛着

第四部分 征兵队

他走到了和酒馆有一段距离的地方,然后让他靠着一堵墙站起来。

"你站得住吗?"哈米什问。

"我想可以。"阿莫斯感到双腿使不上劲,但他仍然站着。

哈米什哈哈一笑。"刚才那一闹,阵仗可不小。"他显然乐在其中,"不过,那个叫斯蒂芬妮的女人毁了你的脸。你以前可是相当英俊。"

阿莫斯摸摸脸,手上立刻沾满血。"我会痊愈的。"他说,"吉姆·皮金在哪儿?"

"我不得不将他留在那里。我没法一边扛着你一边和征兵队打架。"

"但愿他逃掉了。"阿莫斯说。

"明天吃早餐的时候应该就知道了。"

第二天早上,吉姆·皮金没有露面。

*

埃尔茜把三个儿子一个接一个地哄上床睡觉。这是一天中她最中意的时间。她喜欢哄孩子上床睡觉时的宁静时光,也期待着他们都睡着后自己可以休息的那一刻。

她从最小的孩子里奇[1]开始。里奇两岁了,和凯内尔姆一样金发碧眼,长大后多半也很英俊。她跪在里奇的小床旁,念了一段简短的祈祷词。祷告结束时,里奇跟着她说了"阿门"。这是他学会的为数

---

[1] 理查德的昵称。

不多的几个词之一,其他的还有"妈妈""粑粑"(爸爸)和"不"。

接下来是比利[1]。他四岁,精力充沛。他会唱歌,数数,跟母亲顶嘴,还会跑,虽然跑得还不够快,母亲依然能轻而易举地把他抓回来。他和母亲一起念诵主祷文。

最后她来到七岁的长子史蒂维面前。他蓬松的姜黄色头发微微变暗,更像阿拉贝拉头发的赤褐色了。他读了很多书,还能写自己的名字。他不需要埃尔茜的指导,独自完成祷告,是埃尔茜跟着他一起说了"阿门"。

凯内尔姆以前总是会哄史蒂维上床睡觉,并同史蒂维一起祈祷。但现在他们有了三个孩子,凯内尔姆发现这样做太花时间了。

埃尔茜把孩子们交给保姆照顾,保姆就睡在可以听到孩子们动静的地方。埃尔茜在楼梯口遇见了从主教房间里出来的母亲。

五年来,埃尔茜的父母几乎没有说过话,直到今年夏天,主教病倒了,那时他已经六十七岁。他感到胸口疼痛,呼吸急促,稍微动一下就筋疲力尽。他从此卧床不起,于是阿拉贝拉开始照顾他。

现在,埃尔茜和母亲一起走下楼梯,进入餐厅吃晚餐。晚餐有热汤、冷野味饼和蛋糕。桌上放着一壶葡萄酒,但两个女人都只喝茶。

凯内尔姆正在教袍室开会,他说他会晚到,所以她们先行用餐。

埃尔茜问她父亲怎么样了。

"更虚弱了一点儿。"阿拉贝拉说,"他抱怨他的脚很冷,可壁炉

---

[1] 威廉的昵称。

里明明燃着熊熊烈火。我给他端了些清汤当晚餐,他喝了,这会儿正在睡觉呢。梅森和他在一起。"

"您为什么要照顾他?梅森一个人完全能够胜任。"

"我经常问自己这个问题。"

埃尔茜对母亲的回答并不满意。"是因为您在考虑来世吗?"埃尔茜本来想说"末日审判",但觉得那太刺耳了。

"我对来世所知不多,"阿拉贝拉说,"神职人员也不知道,虽然他们假装知道。幸福的夫妻认为他们会在天堂相聚,但如果是再婚的寡妇呢?她在天堂可能有两个丈夫。她是要在他们中间选一个,还是两个都要?"

埃尔茜咯咯笑道:"母亲,别傻了。"

"我只是指出人们信仰的愚蠢之处。"

"您还爱我父亲吗?"

"不,我可能从来没有爱过他。但那不是他的错。对这段不幸的婚姻,我们两个都有责任。当然,我本不该嫁给他,但我做了错误的决定。他向我求婚,我本可以拒绝的。要不是那个抛弃我的男孩伤了我的自尊,我肯定会拒绝的。"

"但失恋后投入的下一段恋情也可能会发展成美好的婚姻啊。"

"问题在于,你父亲从来就没有真正对我感兴趣过。他想要妻子,只是因为有了妻子生活会更方便,也因为这样一来就可以证明牧师不是——你知道,证明他们不是同性恋。"

"父亲是同性恋吗?"

"不是,但他对异性的欲望不是很强烈。你出生后,我们就很少有肌肤之亲了。最后,你知道,我找到了一个人,他爱我爱得难以自拔,恨不得成天同我厮守在一块儿。我意识到真正的夫妻就应该是这个样子。"

埃尔茜悲哀地想,我的婚姻生活也是死水一潭。但我相信如果当年同阿莫斯结为连理的话,生活或许会大为不同。她喝了一口汤,沉默不语。

阿拉贝拉说:"我不想让他带着对我的仇恨死去,我也不想站在他的坟前诅咒他,所以我努力回想他年轻时的模样。那会儿他身材苗条,英俊潇洒,而且没有那么自大,我至少还是对他有好感的。也许他会在生命终结前原谅我。"

埃尔茜认为父亲并不是宽宏大量之人,但她将这个想法也藏在心里没说出来。

凯内尔姆进门后,忏悔的氛围登时消失。他坐在桌旁,倒了一杯马德拉白葡萄酒。"你们俩为什么看起来这么严肃?"他问道。

埃尔茜决定不回答,转而问他:"你的会开得怎样?"

"非常直截了当。"他回答,"这是一次例行公事的讨论。我事先和主教把一切都商量好了,所以我可以告诉神职人员主教想让他们做什么。如果他们不同意,我就说我会再和主教谈谈,但我认为他不会改变主意。"

阿拉贝拉说:"你确定主教真听懂了你的话?"

"我相信他听懂了。无论如何,我们两个可以一起做出明智的决定。"凯内尔姆拿起一块野味饼,吃了起来。

阿拉贝拉站起来说:"我要去休息了。晚安,凯内尔姆。晚安,埃尔茜。"说着,她离开了房间。

凯内尔姆皱眉道:"我不会在什么地方惹你母亲生气了吧?"

"没有。"埃尔茜说,"但她也许认为主教实际上没有能力做决定,现在是你在操控一切。"

凯内尔姆没有否认:"即便真是如此,那又有什么关系?"

"心怀敌意的旁观者可能会说,你这是狐假虎威,欺上瞒下。"

"不可能。"凯内尔姆轻轻一笑,假装埃尔茜的担心是异想天开,"不管怎样,重要的是在主教生病期间保持教区的正常运转。"

"他可能永远也好不起来了。"

"那就更有必要明确过渡时期由谁担任代理主教,以免神职人员之间爆发争吵。"

"大家迟早会发现你在打什么算盘。"

"那样更好。如果我表现优异,证明自己能胜任这份工作,那当你父亲最终被召回主的怀抱时,大主教就会任命我继任主教。"

"可你才三十二岁啊。"

凯内尔姆白皙的面颊顿时阴云密布,他气呼呼地说:"年龄不应该成为问题。这个职位应该留给能力最强的人。"

"毫无疑问,你很能干,凯内尔姆。但英国圣公会是由老人管理的,他们可能会认为你太年轻了。"

"我已经在这里工作九年了。我已经证明了自己的价值!"

"每个人都认可你的才干。"事实并非如此——凯内尔姆曾与一些厌恶他狂妄作风的高层教士发生冲突——但埃尔茜正试图安抚他的愤怒情绪,"但如果最终决定没有如你所愿,我希望你不要太沮丧。"

"我真的认为这种可能性不大。"凯内尔姆斩钉截铁地说。埃尔茜见状也就没有再说什么了。

凯内尔姆吃完晚餐,埃尔茜同他一起上楼。凯内尔姆跟着她进入卧室,穿过连通两个卧室的门,进入自己的房间。"晚安,亲爱的。"说着,他关上了门。

"晚安。"埃尔茜说。

*

主教去世时,埃尔茜惊讶地发现自己竟然悲伤不已。她和父亲的关系一直十分紧张,她没有想到自己会流泪。直到殡仪员完成装殓,她看见父亲冰冷的尸体躺在棺材里,穿着主教长袍,戴着完整的假发时,悲伤才彻底攫住她,她忍不住抽泣起来。二十五年来不曾想起的童年情景浮现在眼前:父亲给她唱童谣版圣歌和民歌,给她讲睡前故事,夸她穿上新衣服多么漂亮,教她在大教堂的石刻铭文上认出自己名字的第一个字母。这种亲密的父女关系不知何时戛然而止了。也许是她从小鸟依人的可爱女孩变成能说会道、咄咄逼人的叛逆少女的时候吧。

"那些美好的时光啊,"她对母亲说,"我为什么早就忘得一干二净了呢?"

"因为不好的回忆会毒害美好的回忆。"阿拉贝拉说,"但现在我们可以从整体上看待他的一生了。他有时很善良,有时很残忍。他聪明绝顶,但心胸狭隘。我想不出他主动对我或任何人撒过谎,不过他可以隐瞒真相来进行欺骗。仔细审视的话,每个人都瑕瑜互见,而非尽善尽美,除非你是圣人。"

阿莫斯说他理解埃尔茜的感受。孩子们在主日学校吃免费午餐时,阿莫斯聊起了十二年前他父亲去世的事。"看到他脸色苍白、一动不动的时候,我突然号啕大哭,悲伤将我吞没,泪水止不住地往下流。但与此同时,我也知道他对我很不好。我记得他的种种不是,但依然为他的离世哀痛欲绝。我无法理解——现在仍然无法理解。"

埃尔茜点点头:"父子之情深入骨髓,不会因环境而改变。悲伤是非理性的。"

阿莫斯也点点头,嘴角露出一丝微笑:"你很睿智,埃尔茜。"

可你还是喜欢那个轻浮的简,埃尔茜在心里回应道。

主教在遗嘱中留下了四千镑,由妻子和女儿平分。阿拉贝拉可以靠遗产维持不好不坏的生活。埃尔茜则会将自己的钱用于主日学校。

大主教没有来王桥参加葬礼,而是派了他的得力助手奥古斯塔斯·塔特索尔来。塔特索尔留在主教府,给埃尔茜留下了深刻的印象。大主教派来的使者,埃尔茜以前见过两位。那两位都盛气凌人,目空一切。塔特索尔是个学者,声名赫赫,但他从不摆架子,耍威风。他说话轻声细语,待人彬彬有礼,尤其是对那些受他掌管的人。但你看不到他身上有半点儿软弱可欺的迹象。在谈到大主教的旨意时,他非常坚定。埃尔茜突然想到,阿莫斯如果当了牧师,多半也会如此——只是他要比塔特索尔英俊多了。

每次大主教使者来访,埃尔茜都非常尴尬,因为凯内尔姆总会不加掩饰地竭力向高级神职人员证明自己多么优秀。他不断地说主教多么依赖他,并暗示他可以更好地管理教区。她明白凯内尔姆想在教会里取得晋升,但她觉得,凯内尔姆或许应该用更微妙、更含蓄的方式赢得教会高层的青睐。

凯内尔姆告诉埃尔茜他对自己升任主教一事胸有成竹,但又迫不及待地想从塔特索尔口中得到确切消息。然而,在安排葬礼期间,塔特索尔守口如瓶,搞得他们一直心神不宁。

主教被隆重地安葬在大教堂北侧的墓地里。葬礼一结束,塔特索尔就召开了大教堂全体教士大会。但他要求在开会前先同阿拉贝拉、凯内尔姆和埃尔茜谈谈,埃尔茜觉得这样做十分体贴周到。

他们坐在客厅里。塔特索尔讲话干脆利落:"大主教已决定王桥的新主教为马库斯·雷丁科特。"

埃尔茜瞥了凯内尔姆一眼。他吓得脸色苍白。埃尔茜不禁满心同情。大主教的决定对他来说不啻兜头一盆冷水。

塔特索尔对凯内尔姆说:"我想你在牛津大学应该认识雷丁科特。他当时是那里的一名教师。"

埃尔茜听说过雷丁科特,他是一个保守的知识分子,写过关于《路加福音》的评注。

凯内尔姆好不容易才张嘴发声:"为什么不是我?"

第四部分 征兵队

"大主教很了解你的能力,并认为你前途无量。再积累几年经验,你也许就可以胜任主教工作了。现在你还太年轻。"

"在我这个年纪当主教的人也不少!"

"是的,有几个,不是很多。但我不得不遗憾地告诉你,他们通常是富有贵族的二儿子或三儿子。"

"可是——"

"言归正传,"塔特索尔坚定地说,"王桥的主任牧师[1]很快就要退休了,大主教打算提拔你,麦金托什先生,当主任牧师。"

凯内尔姆依然愤愤不平。这是一次令人梦寐以求的晋升,但他渴望得到更多。不过,他最终克制住自己,说了声:"谢谢。"

塔特索尔站起身。"雷丁科特希望马上到这里来。"他说,"现任主任牧师一搬走,你就可以住进主任牧师宅邸了。"

埃尔茜感觉自己的生活变化得太快。她想停下来好好整理一下思路。

塔特索尔看了看手表:"我将在十五分钟后对全体教士讲话。你应该也会到场吧,麦金托什先生?"

凯内尔姆满脸愤恨,似乎想说"去死吧"。但他踌躇片刻,顺从地点了点头:"我会去的。"

塔特索尔走了出去。

埃尔茜故作轻松地说:"太好了,我们要搬进主任牧师宅邸了!"

---

[1] 主教之下负责大教堂(教区中心教堂)的管理工作的牧师。

那是一座非常漂亮的房子——当然比主教府小,但多半更加舒适,而且还坐落在主街。"

凯内尔姆痛苦地说:"我鞍前马后地伺候了主教九年,最后却只得到主任牧师的职位。"

"以普通神职人员的标准来看,这样的晋升速度已经很快了。"

"我不是普通神职人员。"

埃尔茜知道,他本以为自己会得到特殊待遇,因为他是主教的女婿。但主教已经死了,凯内尔姆也没有其他的靠山。埃尔茜悲伤地说:"你以为娶了我就能得到特殊待遇。"

"哈!"他说,"看来是我痴心妄想了,不是吗?"

这句话如同一记响亮的耳光,埃尔茜无言以对。

凯内尔姆离开了房间。

阿拉贝拉说:"哦,天哪,这话太伤人了。但我相信他不是故意的。他心烦意乱,口不择言。"

"我相信这是他的真心话。"埃尔茜说,"他需要有人为他的失望负责。"

"嗯,他的愿望落空了,但你的愿望实现了。你有史蒂维、比利和里奇。而我有阿贝。我们会搬进主任牧师宅邸,有满满一屋的孩子。老天已经待我们不薄了呀!"

埃尔茜起身拥抱母亲。"您说得对,"她说,"老天已经待我们不薄了。"

第二十七章

霍恩比姆的女儿德博拉的餐盘旁放着一本杂志。她正用铅笔在一张小纸片上匆匆地写着数字,精力高度集中,茶凉了都没觉察。纸上画着三角形、带切线的圆和其他几何图形。霍恩比姆好奇地问:"你在干什么?"

"这是一道数学题。"她头也不抬地说。她完全沉浸在解题之中。

霍恩比姆问:"那是什么杂志?"

"《女士日记暨妇女年鉴》。"

霍恩比姆大吃一惊:"女性杂志上居然有数学题?"

德博拉终于抬起头:"为什么不该有?"

"我没想到女人也会做数学题。"

"我们当然可以做!您知道我一直都很喜欢数字。"

"我以为你是例外。"

"很多女人假装对数字一窍不通,因为别人告诉她们,男孩不喜欢聪明的女孩。"

这说法在霍恩比姆听来倒是很新鲜，他说："你不会想说，女人本质上和男人一样聪明吧？"

"哦，不，父亲，女人当然没有男人聪明。"

她的语气充满讽刺。没有几个人有胆量跟霍恩比姆唱反调，更不用说嘲笑他了，但德博拉是其中之一。她不可能假装愚笨。她很聪明，霍恩比姆喜欢和她争长论短。

她丈夫不在她身边。威尔·里迪克走上了邪路。从夏陵民兵队采购负责人的岗位上调走之后，他就失去了财源。他仍然可以收取巴德福德的地租，还拿着一份军饷，但那远远不足以维持他挥霍无度的生活——尤其是赌博方面——于是他破产了。看在德博拉的分儿上，霍恩比姆曾借给他一百镑，但里迪克还没有还。事实上，三个月后他又想借钱，但霍恩比姆一口回绝了。现在，里迪克离开了王桥的家，回到了巴德福德村。德博拉拒绝和他同去，而里迪克似乎也不在乎。他们没有孩子，所以分居并不困难。

这不是霍恩比姆所乐见的，但他喜欢德博拉和自己同住。

九点半的钟声敲响，霍恩比姆站起身。"我得去打发王桥的穷人了。"他满脸厌恶地说，然后离开了房间。

大厅里，他的孙子乔正在玩木剑，和假想敌战斗。霍恩比姆深情地看着小男孩说："这把剑对六岁的孩子来说太大了。"

"我快七岁了。"乔说。

"哦，那就完全不同了。"

"没错。"乔说，没有注意到祖父在打趣，"等我长大了，我要杀死波拿巴。"

霍恩比姆希望战争能在乔长到参军年龄之前结束,但他还是鼓励道:"我很高兴听到你立下如此高远的志向。这下我们就有希望干掉波拿巴了。不过,在那之后,你打算干什么呢?"

乔用天真的蓝眼睛看着祖父说:"我会赚很多钱,像您一样。"

"我觉得这是一个非常好的计划。"你永远也不会经历我小时候遭受的那种艰辛了,霍恩比姆暗忖,这让我深感欣慰。

乔继续挥剑,嘴里念念有词:"后退,你们这些法国胆小鬼。"

法国人绝不是懦夫,霍恩比姆寻思。十二年来,他们一直在抵抗英国人粉碎他们革命的企图。但这个观念太复杂难懂了,无法与满腔爱国热忱的六岁孩子分享,即使是像乔这样聪明的孩子也不行。霍恩比姆穿上外套,走到门外。

他最近刚被任命为王桥的济贫监督官。这是一个很少有人愿意出任的职务,工作辛苦,报酬微薄,但霍恩比姆喜欢手握大权的感觉。济贫金由教区教堂分发,但监督官有权监管。至关重要的是,必须确保纳税人的钱不会落到游手好闲和挥霍无度的人手上。霍恩比姆每年都会走访所有教区一次,和教区牧师一起坐在教袍室里,听贫苦男女的乞怜故事——这些家伙只能靠更会精打细算过日子的公民的帮助养活自己和家人。

今天他去了圣约翰教区,那里位于河的南侧,过去是城乡接合部,如今是霍恩比姆和他儿子霍华德为河畔工厂的工人建造的拥挤住宅区。

圣约翰教区的牧师泰特斯·普尔是个热心肠的瘦削年轻人，目光里饱含深情。霍恩比姆戴着假发，以增加他的尊严和权威，但普尔没有戴。他八成认为没有必要戴假发，花费太大，看起来很傻。霍恩比姆瞧不起他。他是那种最糟糕的牧师，心慈面软，毫无底线，热衷于帮助别人，却从不考虑教对方如何自救。

在最初的几分钟里，他和普尔向几个不值得救济的人提供了救济：一个眼睛充血、鼻子发红、显然有钱去买醉的男人；一个自称贫穷却很胖的女人；一个带着三个孩子的姑娘，她是众所周知的妓女，曾不止一次上过霍恩比姆的小治安法庭。对这三名申请人，霍恩比姆与普尔的看法截然不同，他本来打算全部拒绝，但他们在审批救济申请时必须遵循规则。这使他们能够达成一致——直到珍·皮金出现。

她一进门就边走边说："我需要你们帮我养活儿子。我身无分文，这甚至不是我的错。现在一先令都买不到一条四磅重的面包，大家伙儿还能吃什么？"她怒气冲天，口齿伶俐，面无惧色。

普尔插话道："别人问你问题的时候，你才能出声，皮金太太。霍恩比姆高级市政官和我会问你问题。你要做的就是如实回答。你说你有个儿子？"

"是的，汤米，十四岁，他每天都在找工作，但他个头小，力气不大，只能偶尔给人跑跑腿，扫扫地，挣点儿小钱。"

她三十岁上下，穿着破破烂烂的连衣裙，披着满是虫眼的披肩。她脚上蹬着木屐。霍恩比姆觉得她看上去面有饥色，多半食不果腹。这对她是有好处的。霍恩比姆的妻子林妮说，肥胖对有些人来说是一种病。霍恩比姆却认为,肥胖只是他们贪婪成性、暴饮暴食的结果。

普尔说:"你住哪儿?"

"莫利农场,但不是在房里,而是那种靠在谷仓墙上的棚子,他们管那东西叫'披屋'。没有烟囱,但有排烟罩。他们收我每周一便士的租金,还给我一张稻草床垫,我和我儿子就睡上面。"

霍恩比姆大为不满地问:"你和你十四岁的儿子睡在一张床上?"

"只有这样才能保暖。"她气呼呼地说,"那棚子漏风。"

她还有力气跟我争论,看来还不够饿,霍恩比姆没好气地想。

普尔问:"你是做什么工作的?"

"能找到什么就干什么。可冬天农场不需要人帮忙,而且战争导致工厂订单不足。我以前当过商店售货员,但王桥的商店不招人——"

霍恩比姆打断了她的话。他不需要有人给他解释王桥的失业情况。"你丈夫在哪儿?"

霍恩比姆以为女人会说自己没有丈夫,但他错了。"我丈夫被征兵队抓走了。愿那帮王八蛋都下地狱。"

这是近乎煽动叛乱的言论,普尔说:"冷静点儿。"

她似乎没有听到普尔的警告。"我以前从来没穷过。我和吉姆从汉格沃尔德来到这里,他在驳船上找到了工作,我们没有多少钱,但我从来没有欠过债,一分钱也没有。"她直视着霍恩比姆,"然后你们的首相派流氓把吉姆绑起来,扔到船上,让他在海上漂泊天知道多久,留下我和孩子。我不要济贫金,我要我丈夫,可你们这些人把他抢走了！"她失声痛哭。

普尔说："你知道，诋毁我们对你没有帮助。"

她的抽泣声戛然而止："诋毁？难道我说的是假话？"

霍恩比姆恼怒地想，这女人也太无礼了。大多数申请救济者至少都有常识，懂得在长官面前毕恭毕敬。这家伙就该忍饥挨饿，作为对她厚颜无耻的惩罚。霍恩比姆问："你说你是从汉格沃尔德来的？"

"是的，我和吉姆。那地方在格洛斯特郡。吉姆在王桥有个姨妈。不过她现在已经死了。"

"你肯定知道，只有在你出生的教区才能领济贫金吧？"

"我怎么回格洛斯特郡呢？我没有外套，我儿子没有鞋子，我在那里没有家，也没有钱付房租。"

普尔低声对霍恩比姆说："在这种情况下，我们通常会给予救济。她显然已经尽了全力。"

霍恩比姆不愿意为这个目无尊长的女人破坏规则。她好像自认为跟霍恩比姆拥有平等的权利。"你说你的丈夫被征兵队抓走了？"

"我是这么认为的。"

"但你不确定。"

"征兵队是不会通知那些可怜的妻子的。不过，我丈夫乘驳船去了库姆，那天晚上征兵队袭击了镇子，我的吉姆就再也没有回家。我们都明白是怎么回事，不是吗？"

"他可能只是跑掉了。"

"有些人可能会，但吉姆不会。"

普尔又压低了声音:"您是在吹毛求疵,霍恩比姆先生。"

"我不这么看。这女人的丈夫可能已经死了。她必须回出生地去。"

教区牧师眼中闪过愤怒的光芒:"她多半会死在路上。"

"我们不能改变规则。"

普尔语气强硬:"霍恩比姆,这女人明显是无辜的受害者,伤害她的,正是允许海军绑架她丈夫那样的壮丁的政府!强拉民夫入伍或许是一种令人遗憾的必要手段,尤其是在战争时期,但我们至少可以为受害者的家人做点儿什么,让他们的孩子不至于挨冻受饥。"

"但规则不是这么说的。"

"规则是残酷的。"

"或许是的,但我们必须遵守规则。"霍恩比姆看着珍·皮金说,"你的申请被拒绝了。你必须去汉格沃尔德申请救济。"

他原以为那女人会痛哭流涕,但他惊讶地发现她没有。"那好吧。"女人说,然后昂首阔步地走了出去。

她似乎有备用计划。

*

埃尔茜喜欢她的新房子。主任牧师宅邸没有主教府那种说话听得到回声的大房间,但这里的房间大小适中,温暖舒适,而且没铺大理石地板,孩子们不会滑倒撞到脑袋。家里的饭菜更简单了,仆人也更少了,他们也没有义务招待来访的神职人员了。

阿拉贝拉也很中意这个地方。她正在服丧,这种状态要持续一年。在黑色丧服的衬托下,她白皙的皮肤显得更没有血色了,而且略带病态,就像她喜欢读的哥特言情小说中美丽的女主角。但埃尔茜看得出来,她很快乐。她走路的时候仿佛摆脱了重负。她经常去购物,有时带着五岁的阿贝一起去,但她通常什么也没买就回来了,埃尔茜猜她是偷偷去见铲子了。他们俩现在都是单身,但交往起来还是得小心,因为像她这种地位的女人,若在服丧期间就公然谈情说爱,必定会成为惊世骇俗的丑闻。可话说回来,他们的关系在王桥已是广为人知的秘密,但凡有点儿消息来源的人都对此心领神会。

毫无疑问,有些人怀疑铲子是阿贝的父亲,尤其是在玫瑰园被毁之后——这个故事让贝琳达·古德奈特和她的朋友们唾沫横飞地聊了好几个星期——但除了阿拉贝拉,没有人能确定真相是什么。不管怎样,大家都觉得,这种问题还是不提为妙。埃尔茜推测,说不定还有已婚妇女的孩子生父可疑,她们担心八卦别人会引火烧身。

新主教顺利适应了新环境。马库斯·雷丁科特是传统主义者,这符合王桥大多数人对主教的期望。他的妻子尤娜心高气傲,似乎觉得前任主教一家人有些不体面。听到埃尔茜说自己在经营主日学校时,尤娜惊讶地问:"可是为什么呢?"见到阿贝时,她明显无比震惊,因为她做梦也想不到四十九岁的阿拉贝拉有一个年仅五岁的孩子。

埃尔茜羡慕母亲激情四溢的浪漫爱情。她想,全心全意地爱一个人,并从对方那里得到同样的爱,那该有多么美妙啊。

一天早晨,埃尔茜向窗外望去,看见一大群人沿主街向广场走去，她想起今天是圣阿道福斯节。工厂都关了，市场广场上要举办一个特别集市。她决定带大儿子史蒂维去逛逛，阿拉贝拉说她也会带阿贝去。

11月阳光暗淡，空气冷冽。她们穿上温暖的衣服，配上色彩鲜艳的饰物：埃尔茜围着红围巾，阿拉贝拉戴着绿帽子。其他许多人也都打扮得漂漂亮亮的，广场上流动着明亮的色彩，与后面灰扑扑的石头大教堂形成鲜明对比。教堂尖塔上的天使石像似乎满怀慈悲地俯视着全城居民，那座石像据说代表了创办医院的修女凯瑞丝。

埃尔茜叮嘱史蒂维紧握她的手，不要走丢了。事实上，她并不是很担心：今天很多孩子都会和父母走散，但他们不会走多远，在大家的友好帮助下，他们都会被找到。

阿拉贝拉想要一些白棉布做衬裙。她找到了一个卖她喜欢的布料的摊位，价格也合理。摊贩正在接待一名贫穷的妇女，后者正在为一段粗亚麻布讨价还价，阿拉贝拉和埃尔茜只好等着。埃尔茜的目光落到摊位上的一排绣花手帕上，一个十四岁上下的瘦小男孩正在仔细观察托盘上许多不同颜色的丝带。埃尔茜认为这很反常：她教过许多十四岁的男孩，但从未遇到过一个对丝带感兴趣的。

她用余光瞥见男孩漫不经心地拿起两卷丝带，一卷放回原处，另一卷偷偷塞进破旧的外套里。

埃尔茜怔住了，一个字也说不出来，几乎不敢相信自己的眼睛。她看见了一个正在行窃的小偷！

那名顾客决定不买亚麻布了。摊贩转向她们，问道："今天我能为您做点儿什么,拉蒂默太太?"

阿拉贝拉开始告诉他自己想要什么,偷东西的男孩趁机转身离开摊位。

埃尔茜本该放声大喊:"站住,小偷!"可那孩子又小又瘦,她实在不忍心揭发。

然而,有人看到了他的偷窃行为。一个穿绿外套的壮汉抓住他的手臂说:"你给我站住。"

男孩像一条被困住的蛇一样扭动着身子,却无法逃脱那人的掌控。

阿拉贝拉和摊贩停止了谈话,目瞪口呆。

"来看看你外套里有什么东西,怎么样?"那人说。

男孩喊道:"放开我,你这恶霸!除了欺负比你瘦小的人,你还会干什么!"附近的人都停下手中的事,围上来看热闹。

那人把手伸进男孩的破外套,拿出一卷粉红丝带。

摊贩说:"那是我的,天哪!"

穿绿外套的人对男孩说:"你是个小偷,对不对?"

"我什么也没做!是你放的,你这个撒谎的讨厌鬼。"

埃尔茜不禁欣赏起那男孩的顽强精神。

那人问摊贩:"这样的丝带你们卖多少钱?"

"一整卷?六先令。"

"你说六先令?"

"是的。"

"很好。"

埃尔茜不明白这价格有什么重要意义,以至那人非重复一遍不可。

摊贩说:"请还给我吧。"

那人犹豫了一下,说:"你会出庭做证吗?"

"当然。"

丝带被交还回去。

埃尔茜说:"等一下。你是谁?"

那人说:"您好,麦金托什太太。我是乔西亚·布莱克伯里。最近王桥发生了一连串盗窃案,自治市市政委员会要求我和其他几个人留意今天市场上的可疑人员。我想您应该看到这男孩偷丝带了吧?"

"是的,但我想知道为什么。男孩一般不会想要粉红丝带。"

"也许是这样,但我还是必须带他去见郡长。"

埃尔茜问男孩:"你为什么要偷丝带?"

男孩刚才还因为遭到粗暴指责而激烈反抗,这会儿却似乎快哭出来了:"是我母亲要我这么做的。"

"为什么?"

"因为我们没有面包。她可以卖掉丝带,然后我们就有东西吃了。"

埃尔茜转向乔西亚·布莱克伯里:"这孩子需要食物。"

"我无能为力,麦金托什太太。郡长——"

"你确实帮不了他,郡长也帮不了他,但我可以。我要把他带回家,给他东西吃。"埃尔茜说,然后转向男孩,"你叫什么名字?"

"汤米,"他说,"汤米·皮金。"

031

"跟我来，我给你点儿吃的。"

布莱克伯里说："好吧，但我必须跟着他。我必须把他交给郡长。他偷的东西价值超过五先令，您知道那是什么意思。"

"什么意思？"埃尔茜问。

"这意味着他可能会被绞死。"

*

罗杰·里迪克走进巴罗菲尔德的新工厂时，基特立刻认出了他。罗杰的脸上已经失去了少年时的光彩——基特估计他现在三十多岁了——但他仍然保留着顽皮的笑容，看上去比实际年龄年轻不少。

这么多年来，基特一直在搜集关于罗杰的零星消息，知道他在多所大学间辗转求学，有时还会讲课。基特以为罗杰最终会成为一名教师，很可能在苏格兰某所专门教授数学和工程的大学任教。可是现在，他又回到了王桥。

然而，罗杰没认出基特。

基特迎上前去。罗杰问："你是经理吗？"

基特点点头。

"我要找巴罗菲尔德先生。"

"我带您去见他。"基特笑容可掬地说。

"你是谁？"罗杰问。

"我变得您都认不出来了吗，里迪克先生？"

罗杰盯着他看了一会儿，然后脸上绽出灿烂的笑容："哦，天哪！你是基特！"

"是的。"基特说。他们热情地握了握手。

"你长成男子汉了！"罗杰说，"你多大了？"

"十九岁。"

"天哪，我离开这里真是太久了。"

"是的。我们都很想念您。请这边走。"

基特把罗杰带进办公室。时隔多年又见到老同学，阿莫斯欣喜万分。他们三人一起参观了阿莫斯从巴格肖太太那里买来的工厂。

阿莫斯的老工厂如今只生产军用布料，而这家新工厂的产品更加丰富。顶楼有六个织布工制作特殊布料，比如锦缎、花缎、马特拉塞凸纹布。这些布料图案复杂，色彩斑斓，售价很高。

罗杰聚精会神地观察着一台织机。每根经纱都要穿过金属综丝一端的圆眼，综丝的另一端有一个钩子，钩子上有绳索。制作简单的平纹布料时，织布工拉动钩子上的绳索，带动综丝，将经纱中的奇数纱或偶数纱提起来，让飞梭带着纬纱穿过被叫作"梭口"的开口，然后再提起刚才没有提起的经纱，让飞梭带着纬纱反向穿过梭口，如此上下穿梭，循环往复。制作带条纹等图案的布料时，必须按顺序一次提起或放下几根综丝，可能是提起十二根，再放下十二根，然后提起六根，再放下六根，等等。这项工作是由常常坐在织机顶部、叫作"挽花童"的辅助织布工来完成的。图案越复杂，纺织过程中停下来更改提起的经线的次数就越多。操作人员必须熟练而勤奋，整个过程非常耗时。

罗杰花了几分钟观察阿莫斯最有经验的工人，然后把阿莫斯和基特拉到一边，这样工人就听不见他们的说话声了。"法国有个人想到了更好的办法来织出复杂图案。"他说。

基特心潮澎湃。他和罗杰一样热爱机器。正是罗杰首次向阿莫斯介绍了纺纱机。"说吧。"阿莫斯说。

"现在的做法是，"罗杰说，"每次图案改变时，挽花童就必须根据设计师的指示，提起不同的综丝组合——我猜，这个工厂的设计师就是你吧。"

阿莫斯点点头。

"新的办法是，所有的控制杆都被压到一张用硬纸板做成的大卡片上，卡片上根据你的设计打了孔。有孔的地方，控制杆就穿过；没有孔的地方，控制杆就被顶开。而通过控制杆，又能进一步决定哪些综丝被提起。这取代了挽花童逐根提起综丝的漫长过程。当条纹或格子的图案发生变化时，就会使用另外的卡片，这些卡片上的孔也会有相应的变化。"

基特想了想。这个设计思路极其简单。"所以……只要更换卡片，就可以随心所欲地改变织出的图案。"

罗杰点点头："你总是很快就能搞懂这些东西。"

"而且你想要多少张卡片都可以。"

阿莫斯说："太聪明了。这办法到底是谁想出来的？"

"一个叫贾卡[1]的法国人。这是刚刚才发明出来的机器,在英国甚至都买不到,但迟早会传过来的。"

基特对这种新机器赞叹不已。如果使用新机器,阿莫斯将能以两倍的速度制作精美的织物,甚至更快。如果这台机器是真实存在的,并且能有效工作,那阿莫斯必须拥有一台,或者几台。

阿莫斯也认识到了这一点。他说:"你要是听到有这种机器出售……"

"我会第一时间告诉你。"罗杰说。

*

铲子觉得,自出狱以来,萨尔变了。她更瘦,更不快活,也更坚强了。也许是艰苦的劳动改变了她,但他怀疑监狱里还发生了别的事。他不知道到底是什么事,也没有问:萨尔如果想让他知道,会告诉他的。

审判汤米·皮金的前一天,铲子和萨尔坐在贝尔客栈的后屋。那是一个漆黑的冬夜,两人都用大酒杯喝艾尔啤酒。王桥家家户户都在讨论这个案子。小偷行为司空见惯,但汤米只有十四岁,而且看起来更年幼。但是,他犯了死罪。在所有人的记忆中,王桥从来没有将孩

---

[1] 约瑟夫·马里·贾卡(1752—1834),法国工匠,1799 年制成有纹板传动机构的脚踏式提花开口机构——贾卡织机(提花织机),对将来发展出其他可编程机器(例如计算机)起了重要作用。

子送上绞刑架过。

"我对皮金一家人几乎没什么了解。"铲子说。

"他们住在我和贾奇家附近。"萨尔说,"他们生活拮据,但始终勉强维持着生计,直到吉姆突然消失。那之后珍就因为付不起房租被赶了出来。我也不知道她去了哪里。"

"我甚至不知道吉姆被征兵队抓走了。"

"珍向每一个愿意倾听她悲惨遭遇的人诉苦,但有太多的女人陷入同样的困境,她没有得到多少同情。"

"我估计有五万名男性被迫参军。"铲子说,"据《纪事晨报》报道,皇家海军大约有十万人,其中一半左右都是强征而来。"

萨尔吹了声口哨:"我不知道有那么多人被抓壮丁。可是,为什么珍没有得到济贫金呢?"

"她在自己居住的圣约翰教区申请了济贫金,"铲子说,"那里的教区牧师是泰特斯·普尔,他为人正派,但霍恩比姆显然以济贫监督官的身份列席了会议,他否定了普尔的意见,说珍没有资格领取济贫金。"

萨尔厌恶地摇了摇头。"统治这个国家的男人,"她说,"他们还会堕落到什么地步?"

"现在城里的人对汤米是什么看法?"

"有两派意见,"萨尔说,"一派说孩子就是孩子,另一派说小偷就是小偷。"

"大多数工人应该都同情孩子吧。"

"没错。即使在经济繁荣时期,我们也知道环境可能突然恶化,贫困紧接着就会降临。"她稍事停顿,"你知道,基特现在赚了不少钱。"

铲子确实知道。基特在阿莫斯的工厂当经理,每周挣三十先令。"那是他应得的,"铲子说,"阿莫斯很看重他。"

"基特连一半都没花。他知道钱这种东西,你今天有,明天可能就没了。他在存钱,以备不时之需。"

"非常明智。"

萨尔脸上露出幸福的微笑:"不过,他倒是给我买了一条新裙子。"

铲子将话题转回皮金的案子上:"我不相信他们会绞死小汤米。"

"我相信那些家伙什么都干得出来,铲子。像你这样的人应该去当法官、高级市政官和下议院议员,那样我们老百姓才有盼头。"

"为什么你这样的人不去呢?"

"女人?我们只能心怀梦想。但是现在,说真的,铲子,你已经是城里的领袖人物了。"

萨尔果然眼光敏锐。铲子一直在考虑竞选下议院议员的事。这是改变现状的唯一办法。"我在考虑。"他说。

"太好了。"

第二天,季法院开始审案。公会大厅的会议厅里座无虚席。作为首席法官,霍恩比姆坐在法官席中央,拿着一块喷了香水的手帕捂着鼻子,以抵挡人群散发的臭味。另外两名法官分坐在霍恩比姆两边,铲子希望他们能软化霍恩比姆一贯顽固的立场。书记员卢克·麦卡洛坐在法官面前,他的工作是给法官提供法律建议。

法官迅速处理了几起暴力和醉酒案件,然后汤米·皮金被带了进来。珍给他洗了脸,剪了头发,有人借给他一件干净的衬衫,但这件衬衫太大了,让他看起来更瘦小、更脆弱了。铲子如今有了自己的儿子——五岁的阿贝。虽然还不能公开承认这个儿子,铲子却深深地爱着他——他强烈地感觉到孩子需要得到珍爱和保护。他不愿看到汤米遭受法律无情的惩罚。

和往常一样,陪审团是从拥有"四十先令选举权"的人中选出来的,他们是这个城里拥有大量财产的人。铲子认识他们中的大多数人。他们认为自己的责任是打击偷窃等危害市镇秩序的犯罪行为,以保护他们正常的经营活动和赢利能力。他们将判定针对汤米的指控是否证据充分且足以将其送到巡回法庭受审。只有巡回法庭才能判处绞刑。

乔西亚·布莱克伯里是主要证人。他自视甚高,但铲子相信他是诚实的,而他也坦率地讲述了事情经过。他看到那个男孩偷了丝带,于是一把抓住他,以免他逃脱。

埃尔茜·麦金托什被传唤出庭,以证实布莱克伯里的陈词。她对事实的描述与布莱克伯里基本相同,于是指控成立。然而,当霍恩比姆感谢她的证言时,她说:"我讲的是实话,但不是全部事实。"

房间登时安静下来。

霍恩比姆叹了口气,但他不能对埃尔茜的话置若罔闻。"你是什么意思,麦金托什太太?"

"我还没有讲出的事实是,这个男孩当时饥肠辘辘,因为他父亲被征兵队绑走了,而他母亲没有得到济贫金。"

众人义愤填膺地低声议论开来。

铲子看到霍恩比姆紧绷着脸,强忍怒火。"我们不是来这里讨论济贫金的。"

埃尔茜转向被指控的孩子:"汤米,你为什么要偷丝带?"

法庭上一片死寂,众人都在等待汤米作答。

汤米说:"我们没有东西吃,母亲卖掉丝带,我们就有钱买面包了。"

房间里的某个地方,一个女人啜泣起来。

最后,埃尔茜转向陪审团。"如果你们把这男孩送去接受巡回审判,就会要了他的命。"埃尔茜说,"好好看看他吧。看看这双惊恐的眼睛,还有这连胡须都没长出来的下巴。我向你们保证,你们余生都会记住这张脸的。"

霍恩比姆说:"麦金托什太太,你刚刚做证,被告的父亲被征兵队绑走了。"

"是的。"

"你怎么知道?"

"他妻子告诉我的。"

霍恩比姆指着珍:"皮金太太,你看见你丈夫被绑走了吗?"

"没有,但我们都知道发生了什么事。"

"可是你不在场啊。"

"是的,我当时在这里,在王桥,照顾你想绞死的那个小男孩。"

人群发出愤怒的喧哗。

霍恩比姆坚持说："所以，没有人可以断定吉姆·皮金被征兵队绑走了。"

珍沉默不语。

这时哈米什·劳站了出来。"我当时在场。"他说，"我走进库姆的一家酒馆，吉姆也在那儿。他喝醉了，就快睡着了。"

观众中有人笑了起来。

珍抗议道："他从来都不是酒鬼。"

"那里的一个姑娘很可能在他的啤酒里加了杜松子酒。"

"这个我倒是信。"珍说。

哈米什继续道："我当时同我的老板巴罗菲尔德先生在一起，他向我解释说，那里是所谓的'诱捕屋'——女孩把男人灌醉，然后以一先令的价格交给征兵队。我们决定把吉姆从那里带走。但突然间，一名海军军官带着三个恶棍闯进来袭击了我们。看起来，他们给吉姆设了个圈套，而我们破坏了他们的计划。"

霍恩比姆问："你有没有试图阻止皮金被强制征兵？"

铲子希望哈米什不要承认，因为那是一种犯罪。

"我没有。我看到巴罗菲尔德先生倒在地上，就把他扶起来，带到了安全的地方。"

阿莫斯上前道："哈米什·劳所说的一切都是真的。"

"很好。"霍恩比姆不耐烦地说，"假设吉姆·皮金真的被强制征兵了，这对本案的审理也毫无影响。没有人会认为，被强制征兵的男丁的家人有权偷其他人的东西。"他停顿了一下,铲子看出他在竭力保持面无表情。"每年都有很多人因为偷窃而被绞死——有男有女,有老有少。"霍恩比姆声音微微颤抖,透露出他在压抑某种情绪,"他们大部分都是穷人,许多已为人父母。"

霍恩比姆竟然有点儿哽咽,旁观者不解地皱起眉,因为他那花岗岩一般坚硬冰冷的外表似乎即将分崩离析。"我们不能宽恕窃贼,不管他讲的故事多么可怜。如果我们原谅了一个窃贼,就必须原谅所有的窃贼。如果我们原谅了汤米·皮金,那过去成千上万因同样罪行而被绞死的人都将白白死去。那就……太不公平了。"

他顿了顿,恢复了镇静,然后说:"陪审团的先生们,证人已经证实了指控。个别证人为被告开脱的借口与本案无关。你们有责任把汤米·皮金送到巡回法庭受审。请表明你们的决定。"

十二个陪审员简短地商量了一下,然后一个人站起来,说道:"我们决定将被告送去巡回法庭接受审判。"说完,他坐了下来。

霍恩比姆说:"下一个案子。"

没错,铲子想,现状真的需要改变了。

第二十八章

1月的一个星期一，萨尔早早地来到市场广场，这时钟手还在练习敲钟，钟声响彻整个王桥，连市镇周边都听得到。他们正在学习一种新的敲钟方式——他们的术语叫新的"钟乐"——萨尔可以听出，他们的节奏还掌握得不太准，尽管钟声依然悦耳。她没有在贝尔客栈等待，而是决定加入钟手的行列。

她从北门廊进入大教堂。教堂里一片漆黑，只点着几支蜡烛，烛火似乎在随着钟声颤抖。她走到西端，推开墙上的小门。爬上螺旋楼梯便可以来到悬挂钟绳的房间。

钟手穿着已被汗水浸透的马甲，衬衫袖子卷起来，外套堆在地上。他们站成一圈，以便每个人看到其他所有人，这对他们保持精准的节奏至关重要。他们拽着从天花板上的小洞里垂下来的绳索。尽管开着若干小洞，天花板其实是一道厚重的木制屏障，可以减弱钟声，让钟手得以交谈。铲子正在敲一号钟，同时发出指示。他右边的贾奇正在敲最大的七号钟。

第四部分 征兵队

他们专注于敲钟的技巧,但不是很虔诚。这里本是神圣之所,他们却在犯错之后破口大骂。饶是如此,他们仍旧没有掌握新的钟乐。

钟朝一个方向摆动然后朝另一个方向摆动所花的时间,同你说出"大主教一、大主教二"的时间差不多。这一周期可以缩短或延长,但不会差得太多。因此,改变曲调的唯一方法是让两个相邻的钟手交换他们在敲钟顺序中的位置。所以,二号钟的钟手可以和一号或三号交换位置,但不能和其他钟手交换位置。

铲子的指令很简单:他只喊出需要交换敲钟顺序的两个钟手钟的编号。钟手必须时刻注意他的指令,除非他们熟悉敲钟顺序,知道接下来怎么敲。整件事最复杂的部分是预先确定敲钟顺序,以保证钟乐悦耳动听,并让曲调最终回到一开始的简单顺序。

萨尔在那里才待了几分钟,新的敲钟顺序就出了问题,他们还没敲完就完全乱套了。钟手纷纷捧腹大笑,指着正在咒骂自己太笨的贾奇。铲子问:"你的手怎么了?"这时萨尔才注意到贾奇的右手又红又肿。

"一场意外,"贾奇没好气地说,"锤子滑了。"

贾奇工作时不用锤子,萨尔怀疑他跟人打了架。

"我本以为自己可以敲钟的,"贾奇说,"结果伤势越来越严重了。"

铲子说:"我们六个人敲不了七口钟啊。"

萨尔一时心血来潮。"让我试试吧。"她说,但立刻就后悔了。她会出洋相的。

男人们放声大笑。贾奇说:"女人做不来这个。"

这句话反倒激起了萨尔的勇气。"我不明白为什么不可以。"她硬着头皮说，尽管她已经在后悔自己的胆大妄为了，"我足够强壮。"

"啊，但这是一门手艺，"贾奇说，"节奏至关重要。"

"节奏？"萨尔气呼呼地说，"你以为我整天都在干什么？我操作纺纱机。我一只手转动纺轮，另一只手来回滑动梳栉，努力避免纱线断裂。别跟我说什么节奏。"

铲子说："让她试试吧，贾奇。那样我们才知道谁是对的。"

贾奇耸耸肩，从钟绳旁走开。

萨尔真希望自己刚才没有唐突开口。

铲子说："我们先按最简单的顺序敲钟：按编号从小到大的顺序敲一轮。然后敲一号钟的人——也就是我——向下挪一个位置，敲一轮；再挪一个位置，再敲一轮；如此继续下去，直到回到一开始的顺序。"

哦，好，那就这么来吧，萨尔想。她抓住贾奇负责拉的钟绳。绳子末端在她脚边的垫子上凌乱地盘绕在一起。

铲子对她说："第一下只拉一小段，让钟摆起来；第二下需要拉得更用力，好让钟摆幅更大。钟顺利地摆起来之后，你会发现钟在摆到顶端时会在那里停留片刻，然后才落下来。"

萨尔很好奇这是怎么实现的——某种制动机制吗？基特应该知道。

"你先开始拉，萨尔。你的钟摆起来之后，我们就加入进来。"铲子说，没有给她时间去琢磨这里面的机制，"不过，千万别踩到绳子，它会让你奶子腾空，屁股落地的。"男人们听了哈哈大笑，萨尔

第四部分 征兵队

往后退了一步。

钟绳拉起来比她想象中费力,但钟还是敲响了。然后,萨尔还没回过神,钟就摆了回来,将绳索拉起来,盘绕在垫子上的绳索末端也随之散开。她如果踩在绳索上,肯定已经被撂翻了。

绳索停止上升后,她再次用力一拉。她虽然看不见钟,但感觉到了钟的摆动节奏,她很快就明白,必须在感觉钟最重的时候用最大的力气往下拉。

就在这时,钟在最高点暂时停住了。

她还没准备好,铲子就拉响了钟,他左边的男人很快跟进。围成一圈的钟手以难以置信的速度敲完了一轮。在她右边敲六号钟的人是铲子手下的织布工赛姆·杰克逊。赛姆一拉绳,萨尔也使出全身力气往下拉。

六号钟敲完后,七号钟敲得太早了。萨尔太心急了。下一轮她应该就能掌握准确节奏了。

但这一轮她又太慢了。

她能理解钟乐的变化模式:一号钟每轮都会向后挪一个位置,从而晚一拍敲响。但拉绳的间隔时间必须和前一轮钟声的间隔时间完全一致,这就比较难掌握了。她全神贯注,但依然做得不尽如人意。

很快他们就敲完最后一轮,敲钟顺序又回到了一二三四五六七号钟依次敲响。她几乎敲对了,但还差一点儿。她失败了。我真傻,竟以为自己能做到,她暗暗骂道。

令她大感惊讶的是,男人们纷纷鼓起掌来。

"非常出色!"铲子说。

贾奇不情不愿地说:"我本以为会糟得多呢。"

萨尔说:"我每次都觉得自己敲错了。"

"你确实敲错了,但只是错了一点儿。"铲子说,"外面没有人会察觉。但你听出来了,这说明你有乐感。"

赛姆说:"也许她应该加入我们!"

铲子摇摇头:"女人不能当钟手。主教会气得中风的。今天这事你们谁也不要泄露出去。"

萨尔耸耸肩。她不想当钟手。她证明了女人也可以敲钟,这就让她心满意足了。你必须努力打赢能打赢的仗,对剩下那些万难做到的事,你只能放弃。

"今晚就练到这里吧。"铲子说。男人们穿外套的时候,他把大教堂理事会提供的工资发给了他们,每人一先令。对于一小时的工作来说,这笔报酬不可谓不丰厚。他们在星期日和宗教节日敲钟可以得到两先令。

贾奇对萨尔说:"我应该从我的钱里拿出一便士给你。"

萨尔说:"你可以给我买一大杯艾尔啤酒。"

*

入夜很久了,阿莫斯依然在店里工作。借着几根蜡烛的光亮,他在一本大账簿上记账。这时,突然有人敲门。透过窗户望出去,他什么也没看见。虽然街上亮着灯，但瓢泼大雨正从窗玻璃上哗哗流下，他根本看不清外面。

阿莫斯打开门，发现简站在门外。她浑身湿透，衣冠不整，邋遢极了。阿莫斯不禁放声大笑。

"有什么好笑的？"她气呼呼地说。

"对不起，请进来吧，你这可怜的小东西。"简走进去，阿莫斯重新锁上门。"跟我来，我给你找几条毛巾。"阿莫斯把简领到厨房，厨房里的炉火还在熊熊燃烧。简脱下外套和帽子，扔在椅子上。在阿莫斯看来，这一随意而亲密的举动仿佛在暗示她就住在这里，这令阿莫斯产生了一种特别的激动之情。简穿着一件淡灰色连衣裙。阿莫斯在隔壁洗衣房找到毛巾，帮她擦干了身上的水。

"谢谢你，"她说，"但你在笑什么呀？"

"没笑什么。只是，你是我见过的打扮得最雍容华贵的女人，可我一开门就发现你被淋得像落汤鸡一样。"

简扑哧一声也笑了。

阿莫斯说："你为什么上我这里来了？王桥的正人君子若是知道你我独处一室，肯定会大惊失色的。"事实上，阿莫斯自己也感到不自在，尽管同时莫名地兴奋。他以前从来没有单独和女人相处过。不过，她想必很快就会离开吧。

简说："我在伯爵城堡待得实在太无聊，就坐马车来王桥了。我丈夫正在同民兵队一起进行露营训练，所有仆人都到酒馆去了，家里只剩一个在门厅站岗的下士。那地方很冷，也没有人给我做晚餐。我

047

孤苦伶仃,无依无靠,只能离开那里。然后,我就来这儿了。"

阿莫斯意识到,简想让他提供晚餐。嗯,这倒不是难事。王桥的正人君子若是知道阿莫斯给女人做晚餐,肯定会更加震惊的。但他们永远也不会知道。"我当然可以给你一些吃的。我自己还没吃晚餐呢。我只需要把豌豆汤热一下。我有个管家,但她不住在这里。"

"我知道。"简说。

原来,简早就料到阿莫斯一个人在家。

阿莫斯几乎没有和女人交往的经验。在过去几年里,他曾和三个女孩约会过,但都无果而终:他始终对简念念不忘。而现在,独自面对一个已婚女人,他真的有些手足无措了。

不过,他知道如何招待客人:至少他可以自信地做到这一点。

餐具柜上放着一口盛满汤的锅。他把锅放在炉子上加热。桌上已经摆好了面包、黄油、奶酪和一瓶波尔图葡萄酒。他为简摆上餐具,倒了两杯波尔图葡萄酒。

简说:"这房子一个人住太大了。你应该找个情妇。"

她经常开下流玩笑。阿莫斯微微一笑,答道:"我不要情妇。我可不是无缘无故成为卫理公会教徒的。"

"我知道。"简耸耸肩,换了个话题,"小基特·克利瑟罗作为你的经理表现如何?"

"他干得很好。他比我更了解机器,工人也很喜欢他。而且他现在也不小了。"

"他的工资涨了不少。"

"他值得拿翻倍的薪水。"

阿莫斯和简亲切地聊了一会儿,然后安静下来吃饭。吃完后,简说:"这正是我需要的。谢谢你。"

"早知道你要来,我本可以准备一些更精致的饮食。"

"但那样的话,就远不如这次这样开心了。还有酒吗?"

阿莫斯再次大吃一惊。他还以为简现在要回家了。"还有很多。"他说。

"哦,太好了。我们上楼好吗?那样会更舒服些。"

简一如既往地掌控着局面。她差不多是不请自来地吃了晚餐,现在她又打算在这里无拘无束地打发晚餐后的时光。这不是淑女该有的举止。但对阿莫斯来说,简的直率大胆并没有让他感到困扰。

"客厅里生了火。"他说。

阿莫斯把酒瓶和酒杯搬上楼。他坐在软垫沙发上,简坐在他旁边。他依然既兴奋又不安:兴奋是因为他们突然间如此亲密,不安则是因为他们在公然藐视男女大防。

简脱下鞋——低跟,尖头,饰有蝴蝶结丝带——把腿支在沙发上,转身面对阿莫斯,胳膊就搭在沙发靠背上,就像在家里一样随意。她问起阿莫斯的生意,问起阿莫斯的库姆之行,还有那个可怜的孩子。那孩子正在等待巡回法庭的审判,说不定会因为偷了区区一卷丝带而被绞死。回答简的问题时,阿莫斯注意到她脸上表情的变化——惊讶时眼睛会瞪得大如铜铃,开心时眼角会泛出细纹,哈哈大笑时会嘴巴大张,不以为然时会嘴唇紧抿。阿莫斯衷心希望自己余生的每个晚上都能这样看着她。

简离阿莫斯更近了,虽然阿莫斯并没有觉察出简在移动。简的膝盖碰到了阿莫斯的大腿。阿莫斯想起了5月集市上树林里的那个吻,想起了简是如何紧紧地拥抱着他,以至他能感觉到简那凹凸有致的身体贴合着他的身体。

简的裙子前襟开得很低,每次她俯下身——她经常这样做,俯身去碰阿莫斯的肩膀,或者轻拍他的手,传达某个意思的时候——阿莫斯都能看到她礼服胸衣里浑圆的小乳房。有一次,简和阿莫斯目光相交,她显然意识到阿莫斯在看什么。

阿莫斯的脸涨得通红。

简说:"如今女人的衣服做得太诱人了。有时候我都在想,干脆让你一次看个够算了。"

这个想法让阿莫斯嘴唇发干,但酒瓶已经空了。这是怎么回事?他依稀记得简给他和她自己的杯子斟满了酒。

简换了个姿势,但动作太快,即使阿莫斯想阻止也来不及了。她突然仰面躺下,头枕在阿莫斯的大腿上。她继续说着话,仿佛什么事也没发生过。"毕竟,"她说,"没什么清规戒律禁止男人看女人的身体。正因如此,裸体绘画和雕塑才会多如牛毛。上帝创造了我们,让我们如此美丽,我们却用无花果叶遮住自己。真的好可惜啊。告诉我,你觉得我身上哪部分最迷人?"

"你的眼睛。"阿莫斯立刻说,"你的灰色眸子可爱极了。"

"多好听的赞美啊。"简转过身,抬头望着阿莫斯,脸颊紧贴着阿莫斯的裤裆。阿莫斯突然意识到,他起了生理反应。简惊讶地"哦!"了一声,然后隔着裤子吻了阿莫斯一下。

阿莫斯顿时魂惊魄落。他差点儿以为自己在做白日梦。即使在他最露骨的春梦中,也从未发生过这般好事。他震惊得无法动弹。

简突然一跃而起,站在阿莫斯面前说:"我觉得我的腿很漂亮。"她撩起裙子给阿莫斯看。她穿着饰有丝带的及膝丝袜。"你觉得怎么样?"她说,"我的腿漂亮吗?"

阿莫斯目眩神迷,答不上来。

简说:"但你得看过整具身体才能判断。"她把手伸到身后,开始解裙子的扣子。"我想听到你诚实的意见。"她说。阿莫斯知道自己正在做伤风败俗的勾当,但他就是无法将目光移开。裙子有很多纽扣,但简两三下就解开了。阿莫斯怀疑她早就计划好了这一刻,所以选择了一条容易脱下的裙子。眨眼间,整条裙子就掉在了地上,摊成一团灰白色的丝绸。裙子下面是一件带骨架胸衣的衬裙。她解开胸衣,然后把衬裙从头上迅速脱下来。现在,除了丝袜,她全身一丝不挂。她双手叉腰,问道:"喏,你最喜欢哪部分?"

"全部。"阿莫斯声音沙哑地说。

简跪下来,跨坐在阿莫斯身上,迅速解开他的马裤,如同刚才脱自己的衣服一样快。

阿莫斯说:"你知道我对这种事没有经验吗?"

"我虽然已经结婚九年,但经验也不多。"简说。但她一下子抬起臀部,心满意足地喘息一声,坐了下去——整个过程充满自信,不见半点儿笨拙。

阿莫斯沉浸在爱和喜悦之中。他知道自己在做错事，但他已经不在乎了。他也知道简并不爱他，至少不像他爱简那样爱他，但即使这样他的愉悦也并未被削弱。他凝视着简的胸部。简说："你想吻它们的话就吻吧。"他立刻将嘴唇贴上去，一遍又一遍地亲吻。

令阿莫斯始料未及的是，欢愉的时光结束得太快了。愉悦感一阵接一阵向他袭来，他感到简身体前倾，与自己的身体紧紧贴合在一起。然后一切都结束了，两人瘫倒在沙发上，呼哧呼哧地喘着粗气。

"我们没有接吻。"阿莫斯呼吸平静后说道。

"我们现在可以接吻了。"简说。于是他们就接吻了，享受了漫长而幸福的几分钟。然后他们分开，简躺在阿莫斯的膝上，仰面朝天。阿莫斯尽情欣赏着简优美的胴体，问道："我可以抚摩你吗？"

"你想做什么都可以。"

几分钟后，壁炉架上的钟敲响十点，简站了起来。

她面对阿莫斯穿上鞋子，弯腰捡起衬裙，然后犹豫了一下。"你是第二个看到我裸体的男人，却是第一个用那种眼神看我的男人。"她说。

"什么眼神？"

她思忖片刻，说："就像山洞里的阿里巴巴，凝视着难以想象的宝藏。"

"这正是我在做的，凝视着难以想象的宝藏。"

"你的嘴可真甜。"简将衬裙从头上套下来，拉直，然后穿上连衣裙，伸手到背后扣上扣子。

穿好衣服后，简站在那里，用令人费解的表情看着阿莫斯，仿佛陷入了某种难以名状的情感之中无法自拔。片刻出神后，她说："哦，天哪，我做到了。我真的做到了。"

阿莫斯意识到，简刚才那种无所顾忌的态度都是装出来的。虽然这次亲密接触对简和阿莫斯来说都是人生中举足轻重的大事，但对两人的意义和影响却各不相同。他有些不知所措，却打心眼儿里高兴。

不一会儿，简说："你能帮我拿外套和帽子吗？"

阿莫斯扣上马裤扣子，给简取来外套和帽子。她穿戴的时候，阿莫斯也拿了自己的外套和帽子："我送你回家。"

"谢谢。不过，我们最好别在路上跟任何人说话。我没有精力编造可信的谎言解释我们去过哪里。"

街上行人寥寥，都在雨中匆匆赶路，没有人将目光投向阿莫斯。

简用钥匙打开了威拉德公馆的前门。"晚安，丹泽菲尔德先生。"她说，"谢谢你送我回家。"

丹泽菲尔德先生，阿莫斯暗想。简在最后一刻更改了阿莫斯的姓氏，而她脑海中浮现出的词竟然是"危险"[1]。这并不奇怪。

阿莫斯默默走开，脑中翻腾着各种他该问简的问题：他们什么时候再见面？她是想要同他一夜激情后继续装作毫无瓜葛，还是说她想要以此为开端发展出一段稳定的关系？如果是后者，那会是什么关

---

[1] 阿莫斯的姓氏是"巴罗菲尔德"（Barrowfield），而简在告别时将其改为"丹泽菲尔德"（Dangerfield），"丹泽"（Danger）是"危险"的意思。

系？她会离开她丈夫吗？

阿莫斯回到家，从前门走进店铺。这让他想起了今晚第一次见到简的情景——她浑身湿透，痛苦不堪。他重温了他们的对话。他走进厨房，仿佛看见简脱下外套和帽子，扔在椅子上。他坐在长凳上，想象着简坐在对面，用勺子喝汤，撕下一片面包，用洁白的牙齿咬下一小块奶酪。他走进炉火即将熄灭的客厅，坐在沙发上，在想象中重温简的头枕在他大腿上的重量，还有简隔着他的羊毛布马裤亲吻他时嘴唇的压力。接着便是最美妙的一幕：他看到简站在他面前，只穿着那双系着丝带的及膝长袜。

然后，阿莫斯终于逼自己问出一个问题：这是什么意思？

对阿莫斯来说，这次亲密经历不啻一场地震。对简来说，虽然没那么惊天动地，却仍然令她意乱神迷。不过话说回来，这一切简都早有预谋。为什么呢？她想要得到什么？

阿莫斯强迫自己面对现实。他坚信简不会离开她丈夫。离婚太难了，几乎是不可能的。如果简和阿莫斯未婚同居，他的生意就会受到所有体面人士的抵制，这意味着所有顾客都会弃他而去，而简是无法忍受贫穷的。难道简打算同阿莫斯一起私奔，在别的地方，甚至是另一个国家，以不同的名字开始新生活吗？这是可以做到的。他也许可以卖掉他在王桥的生意，换成现金，在别处开一家新公司。但他转念一想，简是永远都不会同意与自己履险蹈难的。

那她到底想要什么呢？偷情？这样的事，别人肯定已经做过。如果城里的流言可信，铲子和阿拉贝拉·拉蒂默已经保持了多年暧昧关系。

但阿莫斯无法忍受内心的罪恶感。他今天犯了罪,他从未犯过这样的罪。这是通奸,是摩西第七诫[1]所禁止的,是对上帝、诺斯伍德、简和他自己犯下的大罪。虽然他很想一次又一次地犯同样的罪,但那样的前景是他不敢想象的。

也许他会撞大运。也许诺斯伍德会适时地一命呜呼。

但话说回来,也许这只是他的痴心妄想。

---

[1] "摩西十诫"出自《旧约全书》中的《出埃及记》。第七诫为"不可奸淫"。——编者注

第二十九章

　　罗杰·里迪克的身影占据了基特的脑海。小时候他从没意识到罗杰是多么了不起的人。罗杰游学归来后，基特对他有了更多的了解，并开始欣赏他的优点。当然，他非常聪明，与他交谈总是妙趣横生。但比这更重要的是他阳光的性格。他开朗乐观，笑容能照亮整个房间。

　　罗杰比基特大十三岁，接受过基特做梦也无法企及的教育。尽管如此，他们还是平等地谈论着机器和编织技术。罗杰甚至对基特青眼有加。

　　基特对罗杰的感情是如此强烈，他不禁对此感到一丝焦虑。他似乎爱上了罗杰，但这当然是荒谬的。这意味着基特是同性恋，而这是不可能的。不可否认，基特小时候和其他男孩做过一些荒唐事。他们曾经一起手淫——他们称之为"撸管"。他们会站成一圈，看谁第一个射精。偶尔他们会互相撸，这总是让基特射得更快。但他们都不是同性恋——他们只是一群胡乱尝试的无知少年罢了。

　　尽管如此，基特还是无法把罗杰从脑海中赶走。有时候，罗杰会伸出一只胳膊搂住基特的肩膀，用力地挤压一下。这种男子汉之间表达亲热的方式会让基特激动一整天，仿佛罗杰从未松开胳膊一样。

在卫理公会的圣餐仪式上，他满脑子都是罗杰。基特不是狂热的卫理公会教徒：他去参加圣餐仪式是因为他母亲要去。他对工作日晚上的祈祷会和《圣经》学习小组都不感兴趣。他更喜欢讨论科学而不是宗教的图书分享俱乐部。所以，从卫理公会会堂出来的时候，他感到有点儿内疚。

这时，他看见罗杰靠在墙上。"我正想着说不定能碰见你呢。"罗杰说，他的微笑像炉火一样暖融融的，"我们能谈谈吗？"

"当然可以。"基特说。

"我们去卡利弗的店里喝一杯吧。"

基特从没有去过卡利弗的店，也不想去，尤其是在星期天。他说："去咖啡馆怎么样？"

"同意。"

贝尔客栈的老板开了一家新店，叫作"高街咖啡馆"，就在公会大厅隔壁。虽然名为咖啡馆，但实际上这类店供应正餐和葡萄酒，咖啡只是附带品。基特和罗杰在冬日阳光下沿着主街向高街走去。在咖啡馆里，罗杰点了一大杯艾尔啤酒，基特则点了咖啡。

罗杰问："你记得我说过的贾卡织机吗？"

"记得，"基特说，"那机器听着就叫人兴奋呀。"

"可我一直没搞到。我如果能去巴黎和织布工谈谈，肯定能搞清楚上哪儿去买。但即使买到了，要把机器出口到英国也难如登天。"

057

"真是要命。"

"所以我才来找你。"

基特明白这是怎么回事了:"你要自己造。"

"我希望你能帮我。"

"可我从没见过那种机器。"

罗杰又浅浅一笑:"在柏林读书的时候,我有一个特别的朋友,一个法国学生,名叫皮埃尔。"基特想知道罗杰所说的"特别的朋友"到底是什么意思。"皮埃尔发现贾卡先生为他的机器申请了专利,这意味着专利局有机器的图纸。"罗杰把手伸进外套,"这是图纸复印件。"

基特接过文件,展开一张图纸。他把自己的咖啡杯和罗杰的酒杯推到一边,将图纸摊开放在咖啡馆的桌子上。

基特研究图纸时,罗杰说:"我一个人搞不定。图纸永远无法告诉你你需要了解的一切。你总是要推想猜测,要随机应变。我需要一个对机器的整个运作过程有深入了解的人,而这个人就是你——你对织机了如指掌,我需要你的帮助。"

罗杰竟开口向自己求助,基特激动不已。但他摇了摇头,对自己能否胜任并无把握:"这需要一个月的时间来制造——说不定要两个月。"

"没关系。不用着急。我们很可能是英国唯一知道贾卡织机的人。就算两个月才造出来,我们仍然会是英国最早拥有这种机器的人。"

"但我有工作要做,没有空闲时间。"

第四部分　征兵队

"辞去你的工作。"

"我还没干多久呢!"

"我估计我们可以按一台一百镑的价格出售这种机器。我们平分收入,每人一半,这样你差不多一个月就能挣到五十镑,而不是——你现在一个月挣多少钱?"

"每周三十先令。"

"那就是一个月六镑多一点儿,而我给你的报酬是五十镑。一旦这种机器投入使用,其他布商会争先恐后地抢购。我建议你和我合伙生产贾卡织机,我们平分利润。"

基特知道,在第一台机器制造出来,所有的问题都解决了之后,更多的机器会更快地制造出来,他们将赚取难以想象的金钱。但罗杰的提议真正的诱人之处不在这里,而在于整天和罗杰并肩工作的前景。那会是多么开心的事啊。

罗杰见基特迟疑不定,误以为他担心他母亲反对,于是说:"现在不要做决定,好好想想。和你母亲谈谈。"

"我会这么做的。"基特站起来。他本想在这儿和罗杰度过剩余的下午时光,但他得回家了。"他们在等我回家吃饭呢。"

罗杰表情尴尬:"你走之前……"

"怎么了?"

"我手头很紧。你介意买单吗?"

这是罗杰的弱点。他把钱都花在了赌博上,然后不得不四处乞讨,直到更多的钱入账。基特很高兴能帮他,于是要来账单,付了

059

钱,还为罗杰又点了一杯啤酒。

"你真是太好了。"罗杰说。

"别客气。"

基特离开咖啡馆,匆匆回家。

他仍然和萨尔、贾奇和休住在同一座房子里,但这地方已经变了样。他们在窗户上挂了新窗帘,用玻璃杯代替了木杯,还备有充足的煤炭——这些都是用基特的工资买的。他走进屋子,闻到了萨尔在火上转着扦子烤牛肉的味道。

他们都变老了——这本来并不值得大惊小怪,但每次他想起来又忍不住感慨良多。萨尔和贾奇现在都三十多岁了。萨尔身体健壮,已经完全从监狱苦役的折磨中恢复过来。贾奇则总是鼻头通红,眼睛湿润,因为他对啤酒来者不拒。休和基特一样大,也十九岁了。她在阿莫斯的工厂里操作纺纱机。基特觉得她长得很漂亮,八成很快就会结婚。他希望休不要搬得太远。他会想念她的。

他们狼吞虎咽地吃着牛肉,这仍然是一种难得的奢侈品。他们吃完饭,心满意足地靠在椅背上休息,这时基特将罗杰的提议告诉了他们。

休说:"你这么年轻,阿莫斯却破格提拔了你,这时候你走掉,他肯定会大失所望的。"

"可是,他特别想弄到一台贾卡织机。他应该很高兴看到我去造这种机器吧。"

"你怎么知道还会有别人也想要那玩意儿?"

基特胸有成竹地说:"那就像珍妮纺纱机一样,一旦制造出来,所有布商都会趋之若鹜。而新技术一旦普及，就又会刺激出新发明。"

贾奇黑着脸说："这会让织布工丢掉饭碗的。"

"机器总会替代人工，"基特说，"而你阻挡不了这一趋势。"

休向来行事谨慎："你觉得罗杰可靠吗？"

"不可靠，"基特说，"但我可靠。我会确保机器制造成功，并正常运转。"

"这可不一定。"休说，"我觉得你应该继续为阿莫斯工作。"

"没有什么事是百分之百确定的。"基特反驳道，"谁都不能保证阿莫斯的公司会永远经营下去。工厂有时候就是会倒闭。"

"你当然应该做你认为正确的事。"休让步道，试图结束这场争论，"我只是觉得，你丢掉阿莫斯那里的工作太可惜了。我们这辈子头一次过上衣食无忧的安逸生活，你就要将这一切都重新置于危险之中。"

基特转向萨尔："您怎么看，妈妈？"

"我就知道你有这一天。"萨尔说，"你还是个小男孩的时候，我就预见到了。我总是说你注定会成就一番了不起的事业。你必须接受罗杰的提议，基特。这是你的命运。"

*

铲子喜欢去新开的咖啡馆吃午餐。这里一尘不染，清清静静，椅子坐上去很舒服，还有报纸可看。白天他更喜欢待在这里，而不是闹闹哄哄的贝尔客栈——这也许表明他已经年过四十了。

咖啡馆的顾客通常是男性,但没有明文禁止女性入内。茜茜·巴格肖是城里顶尖的布商之一,得到了同男人一样的待遇。铲子一边喝咖啡一边读《纪事晨报》的时候,她过来坐到铲子对面。她一度想嫁给铲子,铲子拒绝了她,但对她仍有好感。他们曾携手化解了1799年的罢工危机。铲子问她:"你对法国新的《民法典》有什么看法?"

"那是什么东西?"

"拿破仑·波拿巴颁布了一部改良过后的新法典,适用于整个法国,废除了农民承担的封建义务,让农民不用再向地主缴纳各种税费或提供免费劳力。"

"新法典里都有什么内容?"

"新法典规定,所有的法律都必须成文并公布——不允许存在秘密法规。单纯的习俗,无论多么古老,都没有法律效力,除非这些习俗被写入法律并公开发布。这与我们英国的'普通法'[1]不一样,后者有时含糊不清。新法典还规定,任何人都不得享有特别豁免权或其他特权,无论他们是谁——法律面前人人平等。"

"这里的'人人'只限男人。"

"恐怕是的。波拿巴对妇女权利不感兴趣。"

"我并不意外。"

"我们这里也应该有一部法国那样的成文法典,一部协商一致制

---

[1] 英美法系中表现为共同习惯与判例的、通行于全国的法律。——编者注

定出的法典，一部每个人都能读到的清晰明确的法典。简单，但是高效。拿破仑颁布的这部法典堪称法国历史上最伟大的成就。"

"小点儿声！你这么口无遮拦，小心这里有人告密，害你挨鞭子。"

"对不起。"

"你知道吗，铲子？你真的应该当高级市政官。大家已经在谈论这件事了。你现在拥有一家大企业，在王桥工商业中的地位举足轻重，而且你消息灵通。你如果成为自治市市政委员会的一分子，将会做出有益的贡献。"

铲子早就知道这事传得沸沸扬扬，但还是假装大吃一惊，说："你真是太好了。"

"我已经不再经营企业了，我也不想继续担任高级市政官。我想提名你接替我的位子。我知道你是站在工人一边的，但你一直明智审慎，通达事理。大家会视你为不偏不倚、秉公办事之人。不知你意下如何？"

高级市政官理论上是由选举产生的，但实际上通常只有一个人被提名，所以根本不需要投票。从这种角度看，市政委员会是一个自我延续的寡头统治团体，这是铲子所极力反对的。但是，他如果想要改变现状，就必须加入其中。"我愿为市民效犬马之劳。"他说。

茜茜站了起来："我去和其他高级市政官谈谈，看能不能争取到支持。"

"谢谢，"铲子说，"祝你好运。"

他继续埋头看报，脑子里却在思考茜茜刚才说的话。大多数高级市政官都是保守派，但并非全部——有一小部分是自由主义者，或者卫理公会教徒。铲子的加入会壮大改革派的力量，这样的前景令他热血沸腾。

他的思绪被再次打断，这次来找他的是罗杰·里迪克，后者刚刚结束游学，返回家乡。罗杰说："希望我没打扰你用午餐。"

"一点儿也没有。我已经吃完了。很高兴见到你。"

"回家的感觉棒极了。"

"你看起来有心事呀。"

罗杰大笑道："你说得没错。我想带你去一个地方看看。你愿意吗？"

"好啊。"

铲子付了账。他们一起离开咖啡馆，沿着主街走了一阵，然后拐进一条小巷。罗杰在一座大房子前停下来。铲子说："这不是你哥哥威尔家吗？"

"是的。"罗杰说，然后用钥匙打开了前门。

大厅里一片死寂，落满灰尘。铲子觉得整座建筑都空荡荡的。罗杰打开一扇门，进入一个原先可能是书房或早餐室的小房间。房间里没有家具。

他们在房子里来回巡视，铲子心中的疑问越来越多。大部分家具都不见了，包括墙上的油画。已经褪色的墙纸上留下一块块颜色依然鲜艳的矩形区域，那里明显曾经挂过画。这里只是普通家宅，虽然不像宫殿那样奢华，但十分宽敞。房子太脏，需要好好打扫一下。

第四部分　征兵队

铲子问:"这里出什么事了?"

"负责为夏陵民兵队采购军需品的时候,我哥哥利用职务之便,以我所不知道的方式谋取私利。"

这是违心之论。罗杰对威尔做了什么心知肚明。然而,承认自己了解兄长的腐败罪行,这显然不够明智。罗杰只是在谨慎行事罢了。铲子说:"我明白你的意思。"

"调换到别的岗位之后,他本应该谨身节用,但他依然不知检点。他赛马,赌博,包女人,摆宴席,挥金如土,穷奢极欲,最终一贫如洗。他已经卖掉了所有的家具和画作,现在他需要卖掉房子。"

"你带我来看这地方,是因为……"

"你现在是富甲一方的布商了。我听说你可能当选高级市政官。有人认为你还将迎娶主教遗孀。可是,你如今依然住在你姐姐服装店后院作坊的陋室里。你该有自己的房子了,铲子。"

"没错,"铲子说,"我该有自己的房子了。"

*

阿莫斯喜欢戏剧。他认为戏剧是人类最伟大的发明之一,与珍妮纺纱机不相上下。他看过芭蕾舞、哑剧、歌剧和杂技表演,但他最喜欢的还是戏剧。当代戏剧通常是喜剧,但自从十年前看过《威尼斯商人》,他就成了莎士比亚戏剧的爱好者。

阿莫斯前往王桥剧院观看《屈身求爱》[1]。这是一部浪漫喜剧，剧中角色误会连连，引得包括阿莫斯在内的观众哄堂大笑。饰演哈德卡斯尔小姐的女演员很漂亮，在假扮酒吧女招待时风情万种，性感极了。

中场休息时，阿莫斯碰到了简，她看上去红润动人。她在阿莫斯家的客厅里宽衣解带后，两个星期过去了。这段时间阿莫斯没见过她，也没和她联系过。也许这是因为军事演习已经结束，她的丈夫也回家了。或者，也许两周前他们只是春风一度，永远不会再赴巫山。

他希望真实情况是第二种。他会感到遗憾，但同时也会松一口气。因为那样一来，他就可以不必再在欲望和良心之间苦苦挣扎。他可以获得上帝仁慈的宽恕，继续过无可指摘的生活。

阿莫斯不可能在公共场合同简谈论这个话题，于是问了简她两位兄长的近况。

"他们的生活都无聊透了。"她说，"他们都成了卫理公会牧师，一个在曼彻斯特，另一个——信不信由你——在爱丁堡。"听她的口气，好像苏格兰和澳大利亚一样遥远。

阿莫斯看不出简的兄长的选择有什么无聊之处。他们都接受了教育，然后搬到充满活力的城市，从事具有挑战性的工作。阿莫斯觉得，这比简为了金钱和贵族头衔而草草嫁人的生活好多了。不过，这话他没有说出口。

---

[1] 英国作家奥利弗·哥尔德斯密斯（约1730—1774）创作的一部喜剧，1773年在伦敦首演，是英国戏剧史上最著名的喜剧之一，以丰富多彩的人物刻画著称。

第四部分 征兵队

演出结束后,简让阿莫斯送她回家。

"诺斯伍德子爵没跟你在一起吗?"阿莫斯问。

"他正在伦敦参加议会活动。"

这么说,她又是独自一人了。阿莫斯事先不知道这一点。他如果知道,或许就会避免与简搭话了。但他也可能依然抵挡不住诱惑。

简说:"反正亨利不是很喜欢戏剧。他不介意看看莎士比亚根据真实战争改编的戏剧,比如关于阿金库尔战役[1]的那部,但他认为纯属虚构的故事毫无意义。"

阿莫斯对此并不感到惊讶。诺斯伍德是个缺乏想象力的男人,虽然头脑聪明,但眼界狭窄,只对马匹、枪支和战争感兴趣。

阿莫斯无法礼貌地拒绝简的请求,于是陪着她沿主街回家,心里七上八下。阿莫斯不知道将简送到家之后会发生什么。尽管他百般抵抗,1月那个晚上的画面还是充斥着他的脑海:简的丝裙从她身上滑落在地的窸窣声,简把紧身胸衣从头上脱下时身体像弓一样拱起的样子,简的皮肤散发出的薰衣草香水和汗水交融的气味。阿莫斯感到欲火中烧。

简肯定凭直觉洞悉了阿莫斯为何沉默,因为她说:"我知道你在想什么。"阿莫斯登时面红耳赤,真心庆幸此时天色已黑,而且街灯昏暗。但简还是猜到了,说:"不用脸红——我明白。"阿莫斯只觉口干舌燥。

---

[1] 莎士比亚戏剧《亨利五世》重点讲述了百年战争期间阿金库尔战役前后发生的事件。

他们走到威拉德公馆的前门,阿莫斯止步道:"晚安,诺斯伍德子爵夫人。"

"进来吧。"简说。

阿莫斯知道,自己一旦进去,必将面对无法抗拒的诱惑。他差点儿就要不管不顾地迈过门槛,却在最后一刻恢复了冷静。"不,谢谢。"他说。为了避免让旁人听到产生误解,他又补充说:"时间太晚了,我不能耽误你休息。"

"我想和你谈谈。"

他压低声音道:"不,你没有这个想法。"

"你这话说得太伤人了。"

"我不想刻意冒犯你。"

她凑到阿莫斯面前。"看看我的嘴唇。"她说。阿莫斯照做了,他没法控制自己。"再过一分钟,我们就可以接吻了。"她接着说,"你可以吻遍我全身,任何地方,所有地方。"

阿莫斯站在那里,内心纠结不已,神经高度紧绷。他渐渐明白自己为什么不径直随简进屋为所欲为:简想用绳子把他套住,每次需要他的时候就拽拽绳子。想到这里,阿莫斯就感到备受侮辱。

阿莫斯说:"你只是将自己的一半给了我——甚至还不到一半。难道我只能在诺斯伍德不在时才得偿所愿,其余时间就只能品尝孤独?我不能这样活下去。"

"半条面包不是比没有面包强吗?"简引用了一句谚语。

阿莫斯引用了《申命记》中的一句话作为回应:"人活着不是单

靠食物。"[1]

"哦,得了吧,"她说,"你真让我恶心。"然后她重重地关上了门。

阿莫斯慢慢转过身。空荡荡的市场广场后面,大教堂的轮廓从黑暗中隐隐浮现出来。他虽然是卫理公会教徒,但仍然把大教堂视为上帝的殿堂。现在他走到教堂前,坐在台阶上,陷入沉思。

匪夷所思的是,阿莫斯竟然感觉自己解脱了。他没有去做那种让他感到羞耻的事。他开始用不同的眼光看待简。他回想起简对两位兄长的评价。她认为他们的生活都无聊透顶,因为他们选择当卫理公会牧师。她的价值观大错特错。

在简眼中,别人只是可以利用的工具。她从来没有爱过诺斯伍德,但她想得到诺斯伍德能给她的地位与金钱。她想利用阿莫斯,每当需要被爱时,她就点燃阿莫斯的激情,满足自己的欲望。这一切再明显不过,但阿莫斯花了很长时间才看清她并勇敢地接受现实。而在认清这一切之后,阿莫斯甚至不确定自己是否还爱她。自己有可能不爱她吗?

一想到简,阿莫斯依然会有心弦被拨动的感觉。也许他永远也放不下对简的这种感觉,但先前那份痴迷可能已经结束了。总而言之,在放下执着与妄念之后,如今的阿莫斯对未来充满了希望。

他站起来,转过身,望着广场远端昏暗街灯映照下的大教堂。"我现在头脑清醒了。"他大声说,"谢谢。"

---

[1] 出自《旧约全书》中的《申命记》第八章第三节:"他苦炼你,任你饥饿,将你和你列祖所不认识的吗哪赐给你吃,使你知道人活着不是单靠食物,乃是靠耶和华口里所出的一切话。"

*

霍恩比姆对王桥有一幅宏伟的愿景。他认为这里将发展成制造业重镇，创造巨大的财富，与曼彻斯特争夺英格兰第二大市镇的称号。但是，王桥的某些人总是要当绊脚石，一门心思地反对进步，其中罪大恶极者非铲子莫属。正因如此，听到有人建议铲子担任高级市政官时，霍恩比姆不禁勃然大怒。

毫不奇怪，这个建议是由一个女人提出的——茜茜·巴格肖。

他决定将这个建议扼杀在摇篮里。

幸运的是，铲子有一个弱点：阿拉贝拉·拉蒂默。

霍恩比姆花了一些时间思考如何最好地利用这个弱点来对付铲子，最后决定和新主教马库斯·雷丁科特谈谈。

接下来的星期天，去做礼拜时，霍恩比姆穿上了纯黑的新外套，这种打扮正逐渐成为严肃商人的标志。礼拜结束后，霍恩比姆向主教和他傲慢的妻子尤娜致以问候。"您已经到我们教区生活半年了，雷丁科特太太。"他说，"衷心希望您在王桥过得愉快。"

尤娜没有给出肯定的回答，而是说："我们先前住在伦敦的一座教堂——在梅菲尔区[1]，你知道。那里的生活很不一样。当然了，教会派我们上哪儿，我们就得上哪儿为上帝效劳呀。"

看来，在雷丁科特夫人眼中，到王桥担任主教意味着社会地位的

---

[1] 伦敦西区的富人居住区。

下降,霍恩比姆暗忖。他挤出一丝微笑道:"如果有什么我能帮到您的,请尽管开口。"

"非常感谢。主教府里的仆人服侍得很好。"

"听您这么说,我很高兴。"霍恩比姆转向主教。后者又高又胖,富有的牧师通常如此。"主教大人,我能跟您简单说几句吗?"

"当然可以。"

霍恩比姆瞥了雷丁科特太太一眼,说:"我想谈一件相当敏感的事。"

雷丁科特太太听懂了暗示,起身走开了。

霍恩比姆靠近主教,轻声道:"有一个叫大卫·肖维勒的布商——您可能听过有人叫他铲子,那是个滑稽的绰号。"

"啊,我明白,'肖维勒'的意思就是'用铲子的人'嘛。非常有趣。"

"他在谋求成为高级市政官。"

"你赞不赞成?"主教环顾四周,似乎担心看到铲子。

"他不在这里,大人。他是卫理公会教徒。"

"啊。"

"更恶劣的是,这家伙是个通奸者,城里有一半的人都知道。"

"天哪。"

"更令人震惊的是,他的情妇是阿拉贝拉·拉蒂默,您前任的遗孀。"

"这太不可思议了。"

"这段婚外情早在拉蒂默主教去世前就开始了,而且那女人有个五岁的孩子,人人都说那孩子的父亲其实是铲子。主教一怒之下给孩子取名为'押沙龙'。对您这样的饱学之士来说,那个名字的含义显而易见。"

"押沙龙使他父亲大卫王蒙羞受辱。"

"没错。虽然没有通奸的确凿证据,但我不愿意看到铲子成为这座市镇的高级市政官。"

"我也不愿意。不过,霍恩比姆,我在选择高级市政官方面没有发言权——那应该在你的职权范围内吧?"

现在谈到最关键的问题了,也是霍恩比姆此番游说中最难开口的环节。他说:"我来向您求助,是因为您是王桥的道德领袖。"

"话虽没错,但我看不出……"

"您能发表暗讽这一丑闻的布道吗?"

"我不能在讲坛上无证据地谴责他人。"

"的确不能指名道姓,但能不能大而化之呢,比如只是笼统地在布道中谴责通奸?"

主教慢慢点头:"也许可以,不过通奸这个话题的指向性有点儿太明显了。"

"那么,主题或许可以定为'不要对罪恶视而不见'。"

"啊,那就好多了。《圣经》中多次提到了'眨眼',就是你说的这个意思。"

"一个人做了错事,就不应该被忽视——您是说从这个角度切入?"

"没错。"

霍恩比姆仿佛受到了鼓舞:"您知道,大家经常悄悄谈论铲子的罪恶,甚至是偷偷地指指点点,但从没有人公开谴责他。"

"所以他才我行我素,毫无悔意。"

"您说得一点儿没错,主教大人。"

"嗯。"

霍恩比姆意识到光是让主教这样含糊表态还不够,他需要一个明确的承诺,于是说:"您只需要暗示,一个众所周知的罪人不应该被提升到受人尊崇的职位上。您不需要公开谴责他,大家自然明白您的意思。"

"我必须仔细考虑一下。但是,谢谢你提醒我这个问题。"

主教最多只能给霍恩比姆这样的承诺。霍恩比姆只能接受,并期待最好的结果。

"不用谢,主教大人。"他说。

*

铲子告诉阿拉贝拉,他有东西要给她看,并约她在鱼巷十五号外面碰面。铲子从罗杰·里迪克那里拿到了钥匙。

铲子很早就到了,在外面闲逛了好一会儿,阿拉贝拉才来。铲子迅速打开门,把她领了进去。"我们四处看看吧。"铲子说。

阿拉贝拉多半猜到了他的打算，但并没有当场提问。他们一起检查了房子。房子需要好好修缮。窗户破裂了，地板污迹斑斑。厨房和地下室的其他部分黑漆漆、脏兮兮的，食品储藏室里还有一只死老鼠。

"整个地方都需要彻底擦洗。"阿拉贝拉说。

"再刷一层漆。"

楼上是一间宽敞的客厅。再往上是一间大卧室，两侧分别有女士的化妆室和男士的更衣室。再往上是儿童和仆人的房间。窗户很大，壁炉也很大。

阿拉贝拉说："这会是一座非常漂亮的房子。"

"房子正在出售。你喜欢吗？"

阿拉贝拉笑盈盈地看着铲子："你到底想说什么？"

铲子握住她的手："阿拉贝拉，你这个了不起的女人，你愿意做我的妻子吗？"

"大卫·肖维勒，你这个了不起的男人，难道你不知道我比你大八岁吗？"

"你这是同意了吗？"

"是的。我求之不得！"

"我们住在这座房子里怎么样？你在这里会幸福吗？"

"我会幸福得发狂，亲爱的。"

"我们得等到你服丧期结束。"

"9月30日。"

"你居然知道确切的日期。"

"一位淑女不应该急着脱去丧服,但我就是忍不住期待那天早点儿到来。"

"还有六个月。"

"如果你现在买下这房子,我们就有时间打扫,刷漆,选家具,挂窗帘,做好所有的准备。"

他们亲吻了一下,然后铲子假装偷偷四处张望:"这里似乎就只有我们两个人……"

"太棒了!但地板看起来很硬,而且也不太干净。"

"没关系,你可以在上面。"

"我跟一些女人聊过……"

铲子面带微笑,不知道接下来会发生什么:"她们说了什么?"

阿拉贝拉露出半是顽皮半是害羞的笑容:"她们谈到了一件据说妓女会做的事。我从来没听说过。可能是编造出来的,但是……"

"但是什么?"

"我想试试。"

铲子闻言不禁兴趣勃发:"试什么?"

"她们用嘴做。"

铲子点点头:"我听说过。"

"有人对你这样做过吗?"

"没有。"

"她们显然会一直做到最后……你明白我的意思吧?"

"我明白。"铲子意识到自己的呼吸变得困难起来。

"这就是我想试的。"

"那就试试吧,拜托。"

"你真的想让我那么做?"

"想得要死。"铲子说。

第三十章

巡回法庭的法官长着一张瘦削刻薄的脸，铲子觉得那样子活像一只秃鹫。法官的眼睛离鼻梁非常近，鼻尖向下弯曲，如同钩状的鸟喙。在公会大厅就座时，法官埋下头，抬起双臂，展开长袍，如同秃鹫伸展翅膀准备着陆。然后，法官注视着聚集在面前的人，仿佛他们全是猎物。

或许这只是我的想象吧，铲子在心里嘀咕。或许法官是一位慈祥的老人，会尽量慈悲待人。毕竟，人不可貌相。

但通常情况下，相由心生是成立的。

话说回来，决定汤米是否有罪的不是法官，而是陪审团。铲子心灰意懒地看着十二位穿着考究的王桥名流要人宣誓就职。和往常一样，他们都是富商大贾，是最不可能对偷窃商品的罪行视而不见的人。

他们宣誓的时候，茜茜·巴格肖低声对铲子说："很遗憾你没当上高级市政官。我已经尽力了。"

"我知道你已经尽力了,我很感激。"

"恐怕是主教的布道惹的祸。"

铲子点点头:"'罪人不应该窃据高位'。"

"一定是有人撺掇他。"

"我敢肯定是霍恩比姆。他是我唯一的敌人。"

"我想你是对的。"

铲子初涉政坛就栽了跟头,却也得到了教训。他气自己没料到霍恩比姆会发起如此强大而无情的反击。如果再次尝试参选,他第一步就是消除敌人的威胁。

宣誓仪式结束,陪审团就座。

如果汤米被判有罪——这几乎是不可避免的——法官将决定施加何种惩罚,这时候便有酌情宽宥的余地了。孩子被绞死是极其罕见的——极其罕见,但并非没有先例。铲子祈祷这位法官不像他看上去那么残忍。

法庭里人满为患,空气闷热,气氛阴郁。珍·皮金站在人群最前面,眼睛哭得通红,双手将腰带末端反复折起又解开。等待法官宣判自己的孩子是否会被处决——再也想象不出比这更揪心的事了,铲子想。

铲子原以为霍恩比姆不会来。城里已经有许多人在悄悄议论他在季审法庭上对珍过于刻薄。不管这次审判结果如何,霍恩比姆都会身处对他不利的境地。但他看上去趾高气扬,傲睨自若。他与铲子目光相遇,嘴角立刻扭曲出半个胜利的微笑。没错,铲子暗想,阻击我出

第四部分　征兵队

任高级市政官的那场战斗，你赢了。

铲子大失所望，但还不至于伤心欲绝。令他义愤填膺的是，霍恩比姆抓住了他和阿拉贝拉的关系这一软肋打败了他。当然，他和阿拉贝拉都是罪人，遭到世俗的谴责在所难免，但他还是为阿拉贝拉辱身败名而深感痛心。人们一直在谈论阿拉贝拉，认为是她给铲子带来了耻辱。他永远不会原谅霍恩比姆对阿拉贝拉造成的伤害。

然而，汤米被带上法庭时，铲子发现自己的痛苦微不足道。

巡回审判一年只举行两次，开庭前汤米一直被囚禁在王桥监狱。那不是孩子该待的地方。他看起来更瘦了，仿佛饱受凌辱。铲子心头顿时涌起怜悯之情。也许汤米悲惨的模样会赢得陪审团的同情，但也未必。

证据和以前一样。乔西亚·布莱克伯里描述了偷窃和逮捕的过程。埃尔茜·麦金托什证实了他的说法，但又强调这孩子一直在挨饿，因为他父亲被征兵队绑走，而他母亲申请济贫金遭到拒绝。济贫监督官霍恩比姆一脸傲慢，愤愤不平，但始终保持沉默。

陪审团已经了解案子的来龙去脉。《王桥公报》报道了汤米将接受巡回法庭审判的消息，没去旁听季法院审判的人也从去过的人那里听说了详细案情。陪审员很可能早就拿定了主意。

不管怎样，他们没花几分钟就做出了决定。他们认为汤米有罪。

然后法官发言。

"陪审团的先生们，在我看来，你们已经做出了唯一可能的决定。"他的声音干涩刺耳，"你们已经履行了自己的职责，现在该由我来给予罪犯适当的惩罚了。"

他顿了一下,捂嘴咳嗽了一声。房间里鸦雀无声。

"有人认为,在这起案件中,托马斯[1]·皮金在某种程度上是受害者,而不是犯罪者。有人试图将这一罪行归咎于征兵队、济贫金管理人员,甚至是国王陛下的政府。然而,本法庭审判的不是征兵队,也不是济贫金制度,更不是政府。本法庭审判的是托马斯·皮金,而不是其他任何人。"

他看着埃尔茜:"我们可能会同情那些遭遇不幸的人,但我们不允许他们从其他人那里偷东西——这种姑息养奸的建议荒唐至极。"

他又停顿了一下,双手在大家看不见的地方进行了某种操作。当他举起双臂时,大家都看到他戴上了黑色的棉手套。

珍·皮金尖叫起来。

铲子大声说:"哦,上帝保佑。"

法官拿出一顶黑帽子,戴在顶着假发的脑袋上。

珍不禁号啕大哭,公众纷纷破口大骂,法官却泰然自若。他用沙哑的声音继续道:"根据法律,托马斯·皮金,你将被带回监狱,并从那里押往刑场,送上绞刑架绞死。"

这时有人放声大哭。但法官还没说完。

"绞死,"他重复道,然后说了第三次,"绞死。"

最后他说:"愿主宽恕你的灵魂。"

---

[1] "汤米"是托马斯的昵称。

珍·皮金被人半扶半抬着离开房间,铲子站起来朗声道:"法官大人,我将向国王请愿,推翻这一判决,敬请知悉。"

人群中响起了附和声。

"知道了,"法官兴味索然,冷冷地说,"在收到陛下的答复之前,判决不会执行。下一个案子。"

铲子离开了法庭。

他前往工厂检查工作,但他发现自己心神不宁。他从未向国王请过愿。他不知道从何入手。

中午他来到高街咖啡馆,喝了些咖啡,努力集中注意力。他在起草请愿书时需要帮助,最好能有几个杰出公民在请愿书上签名。他考虑这件事的时候,陆续有人来咖啡馆吃午餐。铲子看到了德林克沃特高级市政官。他已年逾七十,正拄着拐杖蹒跚而行,但他依然精神矍铄,头脑清醒。铲子迎上前去,和他坐在一起。

德林克沃特点了一份牛排和一大杯啤酒。他旁听了巡回法庭的审判,对铲子说:"霍恩比姆和那个法官简直心如豺狼,竟然要把一个孩子送上绞刑架!"

铲子说:"您愿意在给国王的请愿书上签名吗?有前任市长的支持,请愿书更有可能获得关注。"

"当然。"

"谢谢您。"

"法官只说了一句表现基督徒仁慈精神的话:'愿主宽恕你的灵魂。'真不知道这个世界会变成什么样子呀。"

铲子很高兴有人和他一样愤怒:"我们应该让更多人在请愿书上签名。"

"我的女婿查尔斯肯定会签。我们还能找谁呢?"

铲子思忖片刻,说:"阿莫斯会签的。但我们不能只找卫理公会教徒。我去问问巴格肖太太。"

"很好。这样我们就有两个王桥商人了,他们照理说不会对小偷手下留情。"

"诺斯伍德应该不会出手相助吧。"

德林克沃特面露犹疑:"不大可能,但值得一试。"

"也许您外孙女能说服他。"

"简?我不确定她对她丈夫有多大影响力,但我会问问她的。"

"我需要有人指导一下请愿书的措辞。向国王请愿多半需要遵守既定的程序和规则。"

"这是律师要做的事。问问帕克斯通吧。"

王桥有三位律师。他们的业务主要是房地产交易、遗嘱,以及夏陵农民之间的边界纠纷。帕克斯通是其中年纪最大的一位。"我现在就去见他。"铲子说。

"你不吃午餐吗?"

"不吃,"铲子说,"我觉得我现在吃不下饭。"

第四部分 征兵队

*

基特辞去了他在巴罗菲尔德两家工厂的经理职务。阿莫斯对此深感遗憾,但一点儿也没生气,还说如果他有机会购买英国的第一台贾卡织机,那将给他带来些许安慰。他还要求基特再工作一个月,以便给自己留够时间另作安排。基特同意了。他很高兴自己和阿莫斯之间并没有因为辞职的事产生嫌隙。

一个月快要结束的时候,基特收到了一封信。

他以前从未收到过信。

信是一个星期六寄来的,他刚从工厂回到家,就发现了这封信。邻居说,信是由一名士兵送到他家的,士兵手里拎着帆布袋,里面似乎装满了信。

信里通知他,他已经被征召加入民兵队了。

他感到很不舒服。他从来没有打过仗,担心自己没那本事。

他早该料到会有这天,因为自从年满十八,他就有资格入伍了。他只是从没想过征兵通知真的会送到他手上。

一家人在吃饭的时候讨论了这件事。"我会讨厌军队的。"基特说,"我知道我们必须保卫国家,但我会成为世界上最差劲的士兵。"

"当兵会让你变得更坚强。"贾奇说,然后他看到了萨尔责备的目光,便补充了一句,"别生气,孩子,我不是在说你软弱。"

萨尔开口道:"民兵队不是正规军。他们不能出国。他们必须留在国内,防御外敌入侵。"

"这种情况随时都可能发生！"基特说，"波拿巴有二十万士兵等着横渡英吉利海峡。"

即使没有外敌入侵，这一纸通知也会毁了他和罗杰一起制造贾卡织机的计划。他不仅挣不到钱，还会丧失与最喜欢的人一起工作的乐趣。

萨尔说："又不是非得要你把我们从波拿巴手里救出来。通常情况下，你可以付钱请人替你当兵，而且也不必花很多钱。已经有成百上千人这么干过了。让那些在屠宰场酒馆附近游荡的小伙子去战斗吧——他们就喜欢打打杀杀。"

"首先，我们得找到一个愿意替我当兵的人。"

"那不难。失业的人不计其数，其中有不少人负债累累。替你当兵之后，他们不仅可以还清债务，还找到了一份工作——你简直是帮了他们大忙。民兵的工资虽然很低，但好歹能得到食物、制服和床铺。对于缺衣少食、身无分文的年轻人来说，这是一笔不错的交易。"

"我明天就去四处打听。"

第二天是星期天。在卫理公会会堂，圣餐仪式结束后，唐纳森少校走到基特跟前，请他到一个安静的角落坐下。基特纳闷儿少校找自己干什么。

唐纳森说："我知道你被抽中去当兵了。"

基特大喜。也许唐纳森会帮他逃避征兵，于是他说："我不适合当兵。我讨厌暴力。我想找人替我。"

唐纳森神情严肃："很遗憾，你要失望了。我现在可以告诉你，这是不可能的。"

基特心下大骇，觉得自己好像陷入了一场无法醒来的噩梦。他死死盯着唐纳森。此人看上去非常真诚，脸上没有丝毫欺骗的痕迹。"为什么不可能？"基特说，"难道不是有成百上千的人这样做吗？"

"的确有许多人这样做，但允不允许找人顶替是由指挥官决定的。就你的情况而言，诺斯伍德上校是不会允许的。"

"为什么？他对我有什么不满吗？"

"没有。恰恰相反，他知道你是谁，听说你才华卓越，所以想让你加入他统率的民兵队。我们已经招募了很多好勇斗狠的小流氓。我们缺的是有头脑的人才。"

"看来我在劫难逃了？"

"别这么想。你是工程师。我可以保证，你在六个月内就会被擢升为中尉。这是上校本人的提议。"

"工程师？做什么？"

"比如，我们可能需要让一万名士兵和二十门重炮迅速通过一条没有桥的河。"

"你们多半得用船搭一座桥了。"

唐纳森会心一笑，仿佛刚刚打出了一张王牌："你这下明白我们为什么需要你了吧？"

基特意识到他刚刚决定了自己的命运。"明白了。"他垂头丧气地说。

"被征召的士兵必须在战争期间一直服役，这可能会持续许多年。但作为军官,你可以在三到五年内从民兵队中辞职。而且,军官的工资要高得多。"

"我绝对适应不了军旅生活。"

"我们的国家正处于战争状态。我认识你好多年了,你比同龄人更成熟。想想你对祖国的责任吧。波拿巴已经占领了半个欧洲。他之所以还没统治我们,唯一的原因是我们拥有强大的军队……如果他入侵英国本土,就得靠我们民兵队去击退他。"

"别说了。我越听越不想当兵。"

唐纳森站起来,拍拍基特的肩膀。"你会在民兵队里学到很多东西的,把这当作一个学习、成长的机会吧。"说完他就离开了。

基特双手抱头,自言自语地嘟囔道:"这更像是被判了死刑。"

*

铲子来到码头区监督装货。这批货物要装上开往库姆的驳船。驳船船工是一个五十岁上下、头发花白的老人,操着伦敦口音。铲子不认识他,但他说自己叫马特·卡弗。包裹太沉,他搬起来很吃力,铲子便上前帮忙。尽管如此,那船工还是得经常停下来喘气。

一次中途休息的时候,那船工突然说:"天哪!那个穿黑外套的人,他的名字是乔伊·霍恩比姆吗?"

铲子顺着他指的方向看过去:"他是我们这里的霍恩比姆高级市政官。不过,没错,他的名字应该是约瑟夫。"

"哎呀,真是没想到啊。高级市政官。他那件外套肯定得花一个工人三个月的工资吧。他如今是怎样的人啊?"

"铁石心肠。"

"啊,他一贯冷酷无情。"

"你认识他?"

"我认识他。我在伦敦一个叫'七面钟'的地方长大。我和乔伊同岁。"

"你们当时很穷吗?"

"穷得叮当响。我们是小偷,除了偷来的东西一无所有。"

铲子亢奋起来——霍恩比姆小时候当过小偷。"那你们的父母呢?"

"我是个弃婴。乔伊十二岁之前倒是有母亲,叫莉齐·霍恩比姆。她也是小偷,专偷老人。她会找老家伙乞讨六便士,趁对方说'不行',甚至说'好'的时候,从对方的马甲口袋里偷走金表。但有一天,她做了一个错误的选择,选了一个比她跑得快的男人下手。那人抓住她的手腕,不肯松开。"

"她后来怎么了?"

"她被绞死了。"

"天哪,"铲子说,"霍恩比姆就是因为这件事才变成了现在这样子的吗?"

"毫无疑问。行刑的时候,我们一起去看了。"船工的眼神暗淡下去,铲子知道他眼前又浮现出了处决的画面,"乔伊的母亲落下去的时候,我就站在他旁边。有的囚犯一落下去脖子就扯断了,死得很容易。但乔伊的母亲不走运,她花了好几分钟才被勒死。那样子可怕极了——张着嘴巴,吐着舌头,尿了一身。乔伊那么小就亲眼看见妈妈惨死,实在太可怜了,真的。"

铲子听得不寒而栗:"我差点儿都为他感到难过了。"

"别自作多情,"船工说,"他不会感谢你的。"

第四部分　征兵队

第三十一章

　　铲子与阿拉贝拉·拉蒂默的婚礼是王桥那一年不从国教者的婚礼中最轰动的一场。卫理公会会堂里人山人海——面积扩大了一倍的新会堂尚未完工——外面还聚集了一小群人。尽管这场婚礼弥漫着一种独特的氛围——大家对这对新人的"罪恶"闭口不提，却又隐隐为他们感到一丝羞耻——大家仍然蜂拥而至。也许，大家就是奔着这氛围而来的吧，铲子想。这氛围既让人赧颜，又叫人兴奋；既卑污之尤，又诱人至极。到现在为止，城里没有几个人没听说过这样的传言：阿拉贝拉在丈夫去世之前——甚至是之前很久——就成了铲子的情妇。有的人来参加婚礼，或许就是为了表达反对与不满，然后在朋友耳边喷喷非议。不过，铲子环顾众人时，觉得大多数人似乎都在真诚地祝福他与阿拉贝拉。

　　这天是1805年9月30日，星期一。

　　阿拉贝拉穿了一件新的栗色丝绸连衣裙——铲子注意到，这种颜色让她看上去容光焕发。他不由自主地想起了裙子下面的身体，那是他非常熟悉的身体。他曾爱过贝齐苗条的少女身体和完美的皮肤；而现在，他喜欢阿拉贝拉柔软圆润的成熟身体，喜欢那身体上的道道褶皱，喜欢那夹杂在浅棕色头发里的根根银丝。

铲子理了发，穿了一件藏青色的新外套。阿拉贝拉说，这颜色让他的蓝眼睛显得格外明亮。

凯内尔姆·麦金托什是阿拉贝拉的女婿，也是她唯一的男性亲属，但他现在是圣公会的麦金托什主任牧师，不能参加卫理公会的仪式，所以是埃尔茜陪着阿拉贝拉走过甬道来到祭坛。阿拉贝拉牵着五岁的阿贝的手，阿贝穿着一套新的蓝色套装，外套和裤子扣在一起，非常贴身，这被称为"骷髅装"，是小男孩们最喜欢的装束。

查尔斯·米德温特牧师就"宽恕"这一话题做了简短的布道："你们不要论断人，免得你们被论断。"[1] 查尔斯说，宽恕在婚姻中是必不可少的。事实上，两个人只要在一起生活，无论时间长短，都不可避免地会偶尔冒犯对方，但必须通过宽恕来治愈创伤，绝不能任其溃烂。他接着说，同样的原则也适用于生活的方方面面——铲子认为，这是在暗示人们应该忘记他和阿拉贝拉的罪恶，因为他们即将结为夫妇。

本该专心聆听布道的铲子一直注视着阿拉贝拉。多年前，他们曾向对方承诺要厮守终身，至死不渝；随着时间的流逝，他们的誓言变得愈加坚定。他相信阿拉贝拉，他知道阿拉贝拉也相信他。然而，当

---

[1] 出自《新约全书》中的《马太福音》第七章第一节。

两人在教堂里当着朋友和邻居的面兑现当年的承诺时,他却意外地被感动了。对于这段婚姻,他没有什么焦虑需要安抚,也没有什么怀疑需要打消。他不需要得到阿拉贝拉将永远爱他的保证。尽管如此,阿拉贝拉同意铲子做她的丈夫,直到死亡最终把他们分开的那一刻,铲子还是忍不住热泪盈眶。

众人唱起了《诗篇》第二十三篇:"耶和华是我的牧者,我必不至缺乏……"铲子唱歌很糟糕,有时会被要求小声唱,以免影响他人。但是今天,他放声高歌,而且严重跑调,却没有任何人介意。

他和阿拉贝拉走出会堂,众人也跟着离开。大家都被邀请前往他们的新家。大厅里摆满了食物和饮料。埃尔茜采办了饮食,铲子已经付过账。房子里弥漫着新刷的油漆的味道,摆满了他和阿拉贝拉一起挑选的家具。铲子什么也没吃:每个人都想和他说话,他根本没有时间吃东西。他发现阿拉贝拉也是一样。大家纷纷前来道贺,铲子眉开眼笑,喜不自胜。

两小时后,在埃尔茜的劝说下,客人纷纷离开。埃尔茜之前从招待宾客的食物中特意分出一些,现在她把食物摆在客厅的一张桌子上,还放了一瓶葡萄酒,然后向铲子与阿拉贝拉道了晚安,离开了。屋里只剩他们两人之后,铲子和阿拉贝拉并排坐在沙发上,手里拿着各自的盘子和酒杯,享用了晚餐。窗户开着,飘来9月傍晚的温暖空气。吃完饭,他们手牵手坐着。黑暗慢慢潜入房间,阴影在角落里汇聚。

铲子说:"我们将做一件以前从未做过的事:夜夜并肩入眠,朝朝一同苏醒。"

"这不是很美好吗？"阿拉贝拉说。

铲子点点头。"再也找不到比这更美好的生活了。"他说。

*

阿莫斯拿着账簿来到主任牧师宅邸。他为主日学校记账，每三个月和埃尔茜核对一次账目。老师都是志愿者，食物由资助者提供，但学校仍然需要钱来购买书籍和书写材料，捐赠者有权知道他们赠予的资金都花在了什么地方。

埃尔茜总是很高兴见到阿莫斯。阿莫斯现在三十二岁，英俊更胜以往。在梦里，埃尔茜嫁给了阿莫斯，而不是凯内尔姆。但这一次埃尔茜有点儿紧张。她有重要的事情要告诉阿莫斯。她本不想说的，但这件事最好由爱他的人告诉他。

埃尔茜请阿莫斯喝雪利酒，他接受了。他们并排坐在餐桌旁，一起翻看账簿。她嗅到一股怡人的淡淡檀香味。账目没有什么可担心的：她可以毫不费力地筹到所需的钱。

阿莫斯合上账簿的时候，埃尔茜本该马上告诉他这个消息，可她太紧张了，竟然聊到了别的话题："没有基特你怎么办？他是你的得力助手。"

"我想念有他的日子。哈米什·劳仍然留在我身边，但我正在寻找一个了解机器的人。"

"我估计基特不会喜欢军旅生活。"

"能招到基特这样的人才入伍,诺斯伍德上校肯定喜出望外吧。"

"那当然。"机会来了,埃尔茜鼓起勇气。"说到诺斯伍德……"她努力控制住颤抖的声音,"你知道简怀孕了吗?"

一阵长时间的沉默。

最后,阿莫斯开口道:"上帝啊。"

他瞪大眼睛看着埃尔茜。埃尔茜努力读懂他的表情。他脸色苍白,心中翻涌着某种强烈的感情,但埃尔茜不知道那是什么。

阿莫斯的嘴唇嚅动了两下,似乎想说什么。半晌,他终于吐出几个字:"这么多年了。"

"他们结婚九年了。"埃尔茜好不容易才让声音保持稳定。

贝琳达·古德奈特和城里别的长舌妇先前说简无法怀孕——她们说她"肚子不争气"。她们现在又推测诺斯伍德不能生育,真正的父亲另有其人。事实是,她们什么都不知道。

埃尔茜努力填补沉默:"他们希望生个男孩。诺斯伍德和他父亲一定想要个继承人。"

阿莫斯说:"预产期是什么时候?"

"我想快了。"

阿莫斯沉吟道:"也许,这会让他们夫妇的关系变得更紧密。"

"也许吧。"诺斯伍德和简平时聚少离多。

阿莫斯说:"简从不刻意掩饰自己的不满。"

在过去的几个月里,埃尔茜感觉阿莫斯不像以前那样关心简了。

她不知道是不是他们两人间出了什么状况，但那只是不切实际的幻想。简怀孕的消息显然让阿莫斯大受震动。

那些搬弄是非的家伙还有一种说法：简的孩子的父亲是阿莫斯。

荒唐，埃尔茜想，这完全不可信。

*

在距离王桥五英里的田野上，基特正在教五百名新兵如何组成方阵。

步兵在战场上前进时，通常会排成长排。这是一种很好的队形，只是容易遭到敌方骑兵的攻击。骑兵可以迅速绕过队列尾部，从后面发动攻击。想打败骑兵进攻，唯一的办法就是组成方阵。

如果没有进一步的指示，被命令组成方阵的士兵会不知所措地转来转去，时间可以长达半小时。在这段时间内，他们可能会被敌人尽数歼灭。所以，步兵组成方阵时有一套标准程序。

士兵被分成八到十个连，每个连有两三个中士和同样数量的中尉。队伍中央的士兵留在原地，组成方阵的前侧。两翼的士兵则向后转，组成方阵的左右两侧。精锐掷弹兵和灵活机动的士兵则会绕到末尾组成方阵的后侧。中士持戟，保持队形笔直。

士兵间隔一码站立，二十五人一排，然后向后排列。纵深达四排之后，前两排士兵跪下，后两排士兵站立。军官和医务兵站在方阵中央。

过去的三小时里,基特让士兵排成一排,然后变成方阵,接着再排成一排,再变成方阵,如此反复练习。上午快结束的时候,士兵在五分钟内就排成了方阵。

在战斗中,第一排会先开火,然后跑到后方装填弹药。士兵要在敌方骑兵离他们刚好三十码时开火。早一点儿,他们会射不中,骑兵会在他们再次装填好弹药之前冲上来将他们砍倒;晚一点儿,受伤的敌人和战马会撞到他们身上,打破防线。

基特告诉士兵,只要沉住气,保持队形,就能抵抗敌方骑兵的冲锋。他没有战斗经验,那坚定的语气都是装出来的。他想象自己站在方阵的一侧,数百名敌军士兵骑着高大的战马疾速靠近,有的举起手枪向他射击,有的挥舞锋利的长剑刺进他的身体。他非常肯定自己会把火枪往地上一扔,撒腿就跑。

*

简的孩子的洗礼仪式非常盛大。大教堂敲响的钟乐漫长而复杂,这段乐曲铲子和其他钟手练习了很久才掌握。郡里有头有脸的人物全都身着华冠丽服前来观礼。明亮的阳光透过彩色玻璃照进来,中殿里摆满了鲜花。夏陵伯爵本人也驾临教堂,他身材高大,只是如今已有点儿驼背。他显然对自己的血脉得到延续深感欣慰。众人吟唱了赞美诗,做了感恩祈祷。唱诗班也在引吭高歌。

阿莫斯目不转睛地注视着诺斯伍德子爵。他三十多岁了,越来越像他父亲，鬈发愈加稀疏，发际线往后退去，形同字母 M。他看上去志得意满，阿莫斯确信这个人从未怀疑过他不是孩子的父亲。

阿莫斯自己也不知道真相。他本想问简，但始终没有机会和她说话。不过就算问了，她也可能不会告诉阿莫斯真相。甚至可能她自己都不知道真相。她坦率地告诉过阿莫斯，她和诺斯伍德很少做爱，但"很少"并不等于"从不"。她只和阿莫斯做过一次，但一次就足够了。还有另一种可能性：阿莫斯可能不是她唯一的情人。

不管真相如何，有一点阿莫斯可以确定：简在暴风雨中来到他家，目的就是与他做爱并受孕。简想确保自己能怀上孩子，所以阿莫斯拒绝再次与她做爱时，她才会那么生气。她的动机并不是对阿莫斯的感情，甚至也不是性欲。她只是想利用阿莫斯孕育一个继承人。她想成为伯爵的母亲。

简抱着裹在柔软白色羊毛襁褓里的婴儿。经验丰富的阿莫斯一眼就看出，那是山羊绒做的。简穿得和往常一样讲究：身上披着毛皮镶边的外套；头上戴着女帽，帽带系在下巴下面；脖子上戴着两条珍珠项链。但她看上去疲惫不堪。毫无疑问，生孩子将她折磨得够呛——阿莫斯明白，分娩通常是这样。不过，她一定倍感宽慰。没能生育子嗣的贵族妻子有时会被视为不称职。她逃过了这样的厄运。现在没人能说她"肚子不争气"了。

雷丁科特主教主持了洗礼。他骄傲地穿着礼袍——及踝的白色长袍和紫色的长披肩。他拿着银洒水器来洒圣水，似乎很享受成为这场表演的主角。他用洪亮的声音说："以圣父、圣子和圣灵的名义，我为你施洗，亨利。"

孩子也起名亨利，就像是为了向所有人强调，这孩子真的是亨利·诺斯伍德的儿子一样，阿莫斯苦涩地想。

仪式结束后，会众走到大礼堂，伯爵将在那里举办宴会。受邀入内用餐的客人多达一千人，其他客人则可以在外面路上架起的搁板桌边享用免费啤酒。婴儿亨利躺在舞厅的婴儿床里，阿莫斯得以第一次好好看看他。

阿莫斯只看出这婴儿有蓝蓝的眼睛、粉粉的皮肤和圆圆的脸蛋，就像他见过的其他新生儿一样。小亨利戴着一顶针织帽，即使他长着头发，阿莫斯也看不出那是什么颜色。这孩子既不像亨利·诺斯伍德，也不像阿莫斯·巴罗菲尔德，更不像其他任何人。二十年后，他可能会长出诺斯伍德那样的鬈发和大鼻子，或者阿莫斯那样的长脸和长下巴。但他同样可能长得像简的父亲，风度翩翩的查尔斯·米德温特。那样就没有人能确定谁是这孩子的父亲了。

阿莫斯盘算着事态发展，内心深处却涌起一股强烈的冲动，想要照顾这个弱小的孩子。他想要安抚孩子，喂孩子东西，给孩子保暖——尽管这孩子显然睡得很香，吃得很饱，而且在山羊绒毯子里也八成特别暖和。阿莫斯的这种情绪毫无理性可言，但即便如此，这种情绪仍然十分强烈。

婴儿睁开眼，发出一声不满的哭泣，简立刻出现，把婴儿抱了起来。她在婴儿耳边轻声细语地安慰，婴儿又恢复了平静。

简迎向阿莫斯的视线，问："他是不是很漂亮？"

"非常漂亮。"阿莫斯礼貌地说,但这并不是真心话。

"我打算叫他哈尔[1]。"简说,"我不能管他们父子俩都叫亨利——那样会乱套的。"

一时间,附近一个人也没有。阿莫斯压低声音问:"我想到了1月那件事,莫非——"

简立刻打断他,声音近乎耳语,但态度异常激烈。"不要问我。"她说。

"但是肯定——"

"永远不要问我这个问题,"她声色俱厉地说,"永远不要。"

然后,她转身面对一个走过来的客人,露出灿烂的笑容,说道:"库姆夫人,您不辞辛劳,远道而来,真的令我不胜荣幸呀!"

阿莫斯离开大礼堂,回家了。

*

乔治国王拒绝赦免汤米·皮金。

这让所有人都震惊不已。大家本以为赦免是理所当然的,因为偷窃者太年轻了,盗窃罪行也相对轻微。

霍恩比姆本应该很高兴,但他没有。一年前,他坚决要求处死这个犯下偷窃罪的孩子,但现在他不那么肯定了。这一年中,情况发生

---

[1] 亨利的昵称。

了变化。王桥的舆论转而反对霍恩比姆。他并不真正在乎人们喜不喜欢他，但如果公众继续将他视为嗜血成性的怪物，他或许会难以实现建功立业的抱负。人们害怕他固然是好事，但他希望有朝一日能成为王桥市长，或者代表王桥的下议院议员，为此他需要选票。

更让他恼火的是，他的妻子林妮为他感到非常难过，其表现方式便是经常把他喜欢的食物买到家里，偶尔亲切地拍拍他，还叮嘱小乔要安静地玩耍。霍恩比姆讨厌别人可怜他。他对妻子越来越粗暴无礼，但这只让妻子愈加同情他。

倘若国王赦免了汤米，公众对他的愤怒基本会烟消云散，他们会忘记他曾经冷酷地坚持处死一个孩子。但现在，这场悲剧不得不迎来惨烈的结局。

霍恩比姆仍然觉得自己力主死刑是正确的。一旦因为小偷饿肚子而开始宽恕他们，社会就会迅速滑向无政府状态。但他现在才发现，自己在这件事上激进有余，圆滑不足。他应该假装同情汤米，假装不愿把他送去巡回法庭接受审判。"猫哭耗子"这一招，他以后要多用才对。我对你们的困境深表同情，但我无法改变国法。我真的很遗憾。真的。

他不擅长演戏，但他会努力尝试。

他穿上黑色外套，系上黑色领巾，以表示对死者的尊重。他在早餐前就出了门。人群有爆发骚乱的危险，他已经提醒多伊郡长，务必在城里最凶残的暴徒起床之前安排行刑。

绞刑架竖立在市场广场上，绞索晃来荡去，索套已经系好。在冰冷的石头大教堂的衬托下,绞刑架的阴森轮廓分外显眼。被判死刑的孩子将站在木板平台上,木板一端装着铰链,另一端可以向下打开。木板用一根粗壮的橡木支撑着。摩根·艾文森站在绞刑架旁,手里拿着一把大锤。他用大锤敲开支撑物之后,汤米·皮金就会被绞死。

绞刑架周围已经聚集了一群人。霍恩比姆没有和他们混在一起,而是站在一段距离之外。不一会儿,多伊走上前来。霍恩比姆说:"随时都可以行刑。"

"很好,高级市政官,"多伊说,"我马上就把他从监狱里带出来。"

更多的人走进广场,仿佛有看不见的信使告诉他们杀戮即将发生,或者有唯独他们才能听见的丧钟在发出召唤。几分钟后,多伊在狱卒吉尔·吉尔摩的陪同下回来了。汤米·皮金瘦小的身躯夹在他们二人中间,双手被反绑在背后。他在哇哇大哭。

霍恩比姆环顾广场,搜寻小偷的母亲珍的身影,但一无所获。她没来也好,来了肯定会哭天抢地,闹得不可开交。

多伊和吉尔带汤米走到台阶前。上台阶的时候,汤米绊了一跤。他们扶着他的胳膊,把他架到平台上。他们紧紧地抓住他的胳膊,艾文森把索套套在他头上,谨慎而熟练地将索套收紧。然后,三人都回到了台阶下。

一个牧师爬上台阶,霍恩比姆认出那是圣约翰教区的牧师泰特斯·普尔,他曾试图说服霍恩比姆给珍·皮金提供济贫金。普尔发音清晰洪亮,传遍了整个广场:"我是来帮你做祷告的,汤米。"

汤米的声音充满恐慌:"我会下地狱吗?"

第四部分 征兵队

"不会,只要你相信我们的主耶稣基督,求他赦免你的罪过。"

"我相信!"汤米哭道,"我相信他,但上帝会宽恕我吗?"

"是的,汤米,他会的,"普尔说,"就像他宽恕所有相信他的仁慈之人的罪过一样。"

普尔将手放在男孩的肩膀上,压低了声音。霍恩比姆猜他们八成在一起念主祷文。过了一分钟,普尔求神赐福于汤米,然后走下台阶,把汤米一个人留在绞刑架上。

多伊看向霍恩比姆,霍恩比姆点点头。

多伊对艾文森说:"行刑。"

艾文森抡起大锤挥下去,准确地击中了橡木支柱,支柱从旁边飞了出去。平台的一端落下来,砰的一声撞在绞刑架的底座上。汤米骤然下坠,绳子一下子就绷紧了,索套紧紧勒住他的脖子。

众人不约而同地发出饱含同情的呻吟。

汤米张开嘴,既想尖叫,又想呼吸,但他叫不出声,也吸不了气。他还活着:也许是因为他太轻了,突然的下坠没有折断他的脖子。他没有立即死亡,只好痛苦地被慢慢勒死。他绝望地扭动着身体,仿佛这样便可以让自己从痛苦中解脱出来。他开始前后摇摆,眼球暴凸,满脸通红。时间慢得近乎停滞,令人倍感煎熬。

人群中许多人都在抽泣。

汤米的眼睛没有闭上,但他的动作越来越微弱,最终他不再挣扎。那小小的身体在绳索上摇来荡去,幅度逐渐变小,直至完全停止不动。最后,艾文森伸手去摸汤米的手腕。他停顿片刻,然后向多伊点了点头。

多伊转身对众人说:"孩子死了。"

霍恩比姆看得出来,人群不会暴乱。笼罩刑场的气氛是悲伤,而不是愤怒。有几个人恶狠狠地看着他,但没有人跟他说话。众人开始散开,霍恩比姆转身回家。

他到家时,家人正在吃早餐。小乔坐在餐桌旁。他太小了,按道理是不能和大人一起吃饭的,但霍恩比姆太喜欢这孩子了,允许他破例。他系了一块围嘴,正在吃炒鸡蛋。

霍恩比姆啜着加了奶油的咖啡。他拿起几片烤面包,涂上黄油,但只吃了一口。

德博拉平静地说:"事情已经结束了吧。"

"是的。"

"一切顺利吗?"

"是的。"

他们只是泛泛而谈,以免让乔不舒服。但那孩子太聪明了,他们这招完全没用。"汤米·皮金被送上绞刑架了,现在他死了。"男孩神采奕奕地说。

他父亲霍华德问:"谁告诉你的?"

"他们在厨房里说的。"

霍恩比姆咕哝道:"他们应该更谨慎些——当着孩子的面可不能说这个。"

乔问:"祖父,为什么一定要绞死他?"

第四部分　征兵队

霍华德说："不要在你祖父喝咖啡的时候打扰他。"

"没关系。"霍恩比姆说，"不妨让这孩子了解一下生活的真相。"他转向乔："那个小罪犯被绞死是因为他是小偷。"

乔对这个解释还不满意："他们说他偷东西是因为他饿了。"

"这多半是真的。"

"也许他偷东西是因为实在没办法。"

"这有什么区别？"

"嗯，如果他饿着肚子……"

"假设他偷的是别的东西怎么办？假设他偷走了你的玩具士兵，你会怎么办？"

那些玩具士兵是乔最宝贵的财产。他有一百多个，他能根据军服知道每个士兵的军衔。他经常在地毯上用玩具士兵玩打仗游戏，一玩就是几小时。听到祖父的问题，他显得有点儿慌乱。稍作思考后，他说："小偷为什么要偷我的士兵？"

"和他偷粉红丝带的理由一样——卖掉，然后拿钱去买面包。"

"可它们是我的士兵啊。"

"可他饿了啊。"

乔被这个道德两难问题弄得左右为难，不知所措，眼看着就要哭出来了。他母亲贝尔见状，连忙出面安抚："乔，你可以让他同你一起玩打仗游戏，然后请厨师给他拿点儿面包和黄油。"

乔登时笑逐颜开。"是的，"他说，"还有果酱——面包、黄油和果酱。"

乔的问题解决了，但在现实世界中，对汤米·皮金这种人的贫困问题，却没有如此简单的解决方案。不过，霍恩比姆并没有直接讲出这个道理。乔还有大把时间去弄明白，并不是生活中的所有问题都能用面包、黄油和果酱来解决。

*

埃尔茜去看望珍·皮金，想确保她没事。埃尔茜穿过双桥，沿着一条小路前往莫利农场。走到半路，她在田里看到保罗·莫利，他告诉埃尔茜，珍住在他家谷仓后面的披屋里。埃尔茜找到了那个地方，但房里没有人。这差不多是埃尔茜见过的最贫穷的家。家里只有一张床垫和两条毯子，还有两个杯子和两个盘子，但没有桌椅。珍不仅仅是缺钱，她简直可以说是一无所有。

莫利太太在农舍里，说珍昨天很晚的时候离开了。"我问珍是否还好，但她没有回答。"

埃尔茜白跑了一趟，只好动身返回城里。从南面靠近双桥的时候，埃尔茜看见一个男人沿着南侧的河岸走来。他背上绑着一根鱼竿，怀里抱着什么东西，埃尔茜见状，心跳几乎停止。

男人又走近一些，埃尔茜看出他抱着的是一个女人。女人衣服湿透了，滴了一路的水。

"不，"埃尔茜说，"不，不。"

女人的头、胳膊和腿无力地耷拉着。她完全丧失了意识，情况也可能比这更糟。

埃尔茜惊讶地发现，那女人的眼睛睁得大大的，茫然地凝望着天空。

"我在河湾发现了她，那里是所有垃圾汇集的地方。"男人说。看埃尔茜的穿着打扮，男人判断她非贵即富，于是补充道："我把她捞了起来，但愿这没犯什么错。"

"她死了吗？"

"哦，是的，都全身冰冷了。她应该是昨天天黑后跳河的，一直没人发现，直到我路过才看见她的尸首。不过，我不知道她是谁。"

埃尔茜知道。她是珍·皮金。

埃尔茜强忍住抽泣。"你能把她搬去麻风病人岛的医院吗？"她说。

"哦，可以。"渔夫说，"很容易。她几乎没有什么重量，可怜的东西。她一点儿也不重。"

*

此前，拿破仑从未入侵过英国。

他带着集结在布洛涅的军队向东挺进，进入中欧的德语区，与奥地利军队交战。那年秋天，法国人赢得了一场又一场胜利：韦尔廷根、埃尔兴根、乌尔姆[1]。

---

[1] 以上三地均在今德国。

然而，英国皇家海军在特拉法尔加角附近的西班牙海岸赢得了一场重要海战，举国欢腾。

接下来，12月，法国人在奥斯特里茨击败了奥地利和俄国的联军[1]。

就这样，战争旷日持久，流血年复一年。

---

[1] 指奥斯特里茨战役，1805年法国拿破仑一世率军击退俄奥联军的战役。12月2日，在奥斯特里茨村（Austerlitz，今捷克斯拉夫科夫），双方展开决战，法军大胜。

第五部分

世界大战

1812年至1815年

The World War 1812 to 1815

第五部分　世界大战

第三十二章

亲爱的铲子：

　　嘿，我在军队里待了十三年，居然还活着，他们应该给我发一枚奖章，表彰我在尸山血海里一直坚持到今天！现在我在西班牙，这里有一种叫"雪茄"的东西，是用叶子包裹起来的烟草，可以直接点燃，不需要烟斗，我们现在都抽这玩意儿。

　　言归正传，我们刚刚取得了一次胜利，不过也付出了惨重的代价。我们包围了一个叫巴达霍斯[1]的城市。那里的城墙非常坚固，法国人拼死反抗，而且天气也对我们十分不利，我不得不在倾盆大雨中挖战壕。

　　我们花了一个星期才把大炮运到指定位置。工程师在泥泞的地面上修筑的木板路不断被雨水破坏并冲走。但我们最终还是成功了。炮弹像暴雨一样落到城里。要是每发一枚炮弹都能

---

[1]　西班牙西南部城市。

给我一英镑就好了。我们又花了将近两周的时间,终于突破了城墙,攻占了敌人的防御工事。

唉,这是迄今为止我见过的最惨烈的战斗,因为敌人动用了所有武器向我们开火——榴霰弹、手榴弹、炸弹,甚至是一捆捆燃烧的干草。我们损失了成千上万名弟兄,那里血流成河,尸横遍野,简直就是屠宰场,铲子。不过,我们最终还是挺过来了,我可以告诉你,我们后来狠狠地报复了市民。这方面我就不多说了,反正第二天有好几个士兵因为强奸妇女挨了鞭子。

第二天天亮后,战场的惨状更加清晰地呈现在我们面前。尸体堆积如山,战壕染满鲜血。我看见我们的指挥官威灵顿,他一面望着手下士兵的尸体痛哭流涕,一面用白手帕擦拭眼泪。

接下来,我们要向北进军。请向上帝祈祷继续保佑我吧。

你亲爱的妻弟弗雷迪·凯恩斯

*

夏陵伯爵于1812年7月去世。两天后,阿莫斯在高街的柯卡普书店外偶遇简。她穿着黑色丧服,兴奋之情却溢于言表。"千万别向我表达什么真诚的慰问。"她说,"我一直在假装悲痛,都累得筋疲力尽了。希望我不用在你面前惺惺作态。我和那个无聊的老头子一起生活了十六年——谁知道他居然活到了七十五岁！早知如此，我当初还不如直接嫁给他，而不是他儿子呢。"

简已经四十岁了，但仍然非常迷人。她眼角的细纹和黑发中的几缕银丝似乎只是增添了她的妩媚。黑色的衣服也很适合她。然而，阿莫斯不再爱她了。讽刺的是，这反倒让他们的友谊更加牢固。时不时地，她会好心地让阿莫斯同哈尔悄悄相处一会儿。那孩子快七岁了，阿莫斯怀疑哈尔是他的儿子，尽管没有得到证实。

他并不后悔改变了与简的关系。他年轻时曾对简一片痴情，而且不幸的是，这份痴情在青春期结束后持续了很久。他觉得自己在某些方面成熟得太慢了。理论上，他现在可以再次坠入爱河。然而，他还有不到一年就满四十岁了。他觉得自己老大不小了，没有能力再去谈情说爱了。他只在夜里才感到孤独。他有很多朋友，白天也很忙碌，但晚上无人与他同床共枕。

简一如既往地只关心自己。"我终于摆脱我公公了，"她眉飞色舞地说，"我是伯爵夫人了！"

"这正是你一直想要的，"阿莫斯说，"恭喜你。"

"谢谢。我不得不负责组织葬礼，因为亨利太忙了。你知道，他现在是伯爵了。他必须在上议院就职。他将成为新的夏陵郡治安长官。小哈尔也将成为诺斯伍德子爵。"

阿莫斯没有想到这一点。这个可能是他儿子也可能不是他儿子的男孩，现在成为贵族了。哎呀，再过十年，他就可以去牛津大学读书了。阿莫斯一直希望自己能进入高等学府深造，但他父亲却让他经商，所以他很想有个儿子来实现自己的梦想。也许，这一希望终究会成为现实。

这时，阿莫斯突然意识到，哈尔可能也想从军，就像他的父亲一样。哈尔可能会被刀剑砍死，或者被炮弹炸死！这种可能性令阿莫斯顿时沮丧不已，黯然神伤。

就在这时，那男孩拿着一本书从书店里走了出来。阿莫斯突然发觉自己心跳加速。他不得不掩饰一见到哈尔就涌上心头的兴奋之情。

到目前为止，那男孩的外貌还没有透露他亲生父亲身份的线索：他有一头黑发，一张像他母亲一样的可爱脸庞。他的模样会在青春期发生变化。也许到那时阿莫斯就会知道真相。

店主朱利安·柯卡普跟在哈尔后面走出书店。柯卡普是一个肥膦膦、圆滚滚的秃顶男人，有贵族顾客大驾光临，他自然心花怒放，极尽谄媚。

阿莫斯装出漫不经心的语气说："哈尔，你买了什么书？"

"书名是《桑福德与默顿》。他们是两个男孩。"

柯卡普说："恕我多嘴，这本书非常适合年轻的诺斯伍德子爵。早上好，夏陵伯爵夫人，还有巴罗菲尔德高级市政官。"几年前，在对自由宽容的支持浪潮中，阿莫斯被选为高级市政官，铲子也最终进入了市政委员会。

哈尔说："我没有钱，但是柯卡普先生说他可以把钱记在您账上，妈妈。"

"没问题,亲爱的,当然可以记在我账上,"简说,"这本书讲的是什么?"

柯卡普说:"汤米·默顿是一个被宠坏的年轻人,他得到了质朴诚实的哈里·桑福德的友好帮助,最终改邪归正,重新做人。伯爵夫人,这是一个极富道德教化意义的故事,非常受欢迎。"

阿莫斯觉得这故事听起来有点儿虚伪,但他什么也没说。

简对柯卡普的殷勤介绍不屑一顾,冷冷地说:"谢谢你,柯卡普先生。"

书商鞠了一躬,退了下去。

阿莫斯说:"听说你祖父过世了,我非常难过,哈尔。"

"祖父对我真的很好。"哈尔说,"他以前常给我读书,但现在我可以自己读了。"

阿莫斯回忆起自己祖父母去世时的情形,当时自己并没有感到多么悲痛。祖父母本就垂垂老矣,行将就木,父母竟会那样伤心,他觉得相当诧异。他当时的反应和哈尔现在一样,只是一种冷静理智的遗憾,远未达到哀恸的程度。

他对简说:"葬礼将在大教堂举行,对吧?"

"是的。他将被安葬在伯爵城堡的家族墓穴,但葬礼将在王桥这里举行——我真希望你能来。"

"我当然会来。"

他们告别后,阿莫斯继续往前走。他几乎立刻就遇到了身穿淡黄色连衣裙的埃尔茜。他们聊了会儿伯爵过世的事——这是眼下的大新闻。埃尔茜说:"既然亨利继任伯爵了,王桥就必须选出一位新的下议院议员。"

"我没有想到这一点。"阿莫斯说,"可能会有一次补选,不过这也许没什么必要——据说很快就会举行大选。"斯宾塞·珀西瓦尔首相在下议院休息室被一名对政府怀有强烈不满的妄想狂枪杀。新任首相是利物浦伯爵,他可能想通过寻求选民的支持来巩固自己的地位。

埃尔茜说:"哈尔·诺斯伍德显然太年轻了。"

"霍恩比姆会对这一职位垂涎三尺的。"阿莫斯说。

"他总是什么都想要。"埃尔茜轻蔑地说,"他是济贫监督官、首席法官,还是高级市政官。如果有粪堆督查官的职位,他也会想收入囊中。"

"他喜欢大权在握的感觉。"

埃尔茜指着阿莫斯的胸口:"你——你才应该当代表我们的下议院议员。"

阿莫斯很惊讶:"为什么是我?"

"因为你聪明公正,城里的每个人都知道。"埃尔茜热情洋溢地说,"你会对这个市镇做出巨大的贡献。"

"我没有时间。"

"在议会开会期间,你可以任命一个副手来管理工厂。"

阿莫斯意识到她的建议不是心血来潮,而是深思熟虑的结果。他捏了捏鼻尖,沉吟道:"哈米什·劳可以充当副手。他对这个行业了如指掌。"

"那就这样。"

"但我能赢得选举吗?"

"所有卫理公会教徒都会投你的票。"

"但大多数选民都是圣公会教徒。"

"没人喜欢霍恩比姆。"

"不过,大家都怕他。"

"想想都叫人心寒——我们仅仅因为怕他,就违心地选他当议员。"

阿莫斯点点头:"这太离谱了。"

"是啊,那就请你考虑参选吧。"

阿莫斯被说服了,说:"好吧。"

"也许你当了议员,可以促成英国与法国议和。"

"我当然赞成议和。"英国与波拿巴领导的法国已经打了二十年的仗,看不到结束的迹象。事实上,这场冲突已经蔓延到世界各地。

英国劫持美国船只,并强迫船员加入皇家海军——这是征兵队抓壮丁行径的新变种——此举激怒了新成立的美利坚合众国,美国向英国宣战并入侵了加拿大[1]。

法国军队占领了西班牙,波拿巴立其兄约瑟夫为国王。西班牙民族主义起义军在英国军队的帮助下与法国征服者作战,帮助他们的英国军队包括第107步兵团,即王桥步兵团。那里的联军总司令威灵顿伯爵备受推崇,但他几乎没有取得任何进展。

---

[1] 当时加拿大还是英国殖民地。

这时，波拿巴入侵了俄国。

持续不断的战争导致世界贸易量进一步下滑，通货膨胀失控。英国人在遥远的异国他乡战死沙场，他们的同胞却陷入了越发贫穷饥饿的境地。

埃尔茜气呼呼地说："一定有办法促成议和。战争不是不可避免的！"

阿莫斯喜欢埃尔茜为国困民穷的时局义愤填膺的样子。这与简形成了鲜明的对比，简只在自己的利益受损时才生气。

"下议院议员，"他沉思道，"这件事我得再考虑考虑。"

埃尔茜嫣然一笑，她的笑容总是那么灿烂。"那你就继续考虑吧。"她边说边走开了。

阿莫斯穿过桥，来到河南岸的工业区。他现在有三家工厂，其中一家名为"巴罗菲尔德新工厂"，基特·克利瑟罗正在这家工厂安装阿莫斯委托制造的蒸汽机。

基特在民兵队中服役五年，最后获得了少校军衔，然后他辞职创办了他和罗杰·里迪克筹划多年的合资企业。罗杰设计机器，基特制造机器。尽管战时经济不景气，他们还是赚钱了。

阿莫斯仍然把基特当作孩子，尽管后者如今已经二十七岁，事业有成，生活富足，而且是个工程奇才。这也许是因为基特仍然单身，似乎没有兴趣找女朋友，更不用说结婚了。也许正因如此，阿莫斯有时会忍不住觉得，基特说不定也陷入了毫无希望的苦恋当中，就像他当年对简痴心不改那样。

王桥正在改用蒸汽动力。河水作为机械驱动力更便宜，但不够可靠。水流的力量时强时弱。如果夏季过于干燥，水位会降低，水流会偏少，工厂的飞轮会转得很慢，大家只能期待秋雨。而煤炭固然更昂贵，却可以提供稳定的动力输出。

阿莫斯的新蒸汽机被安装在独立的房间里，以防爆炸造成巨大的破坏。有时候，倘若安全阀失效，就会发生爆炸。房间通风良好，有烟囱排放废气。汽锅放置在坚固的橡木底座上。蒸汽机将使用从河里抽取并过滤的水。"你打算什么时候将蒸汽机连接到织机上？"阿莫斯问。

"后天。"基特说。他总是胸有成竹，而且能给出精准的答案。

阿莫斯检查了另外两家工厂。他最关心的是能否遵守承诺向每位客户按时交货。下午快结束时，他回到办公室写信。晚上七点，工厂的机器渐渐停止运转，阿莫斯打道回府。

管家已经将晚餐放在厨房案桌上，阿莫斯坐下来用餐。不一会儿，前门传来一阵急促的敲门声，他起身去开门。

简站在门阶上。

"真是昨日重现啊。"阿莫斯说。

"只是现在没有细雨纷纷，我也没有含情脉脉。"简说，"我很生气，简直要气疯了，没法继续同我丈夫待在家里。"不待阿莫斯邀请，简就自行走了进来。

阿莫斯关上门："发生了什么事？"

"亨利要去西班牙！我以为自己就要开始过伯爵夫人的生活了，

还没高兴几天哩!"

阿莫斯猜到了原因:"他要加入王桥步兵团。"

"是的。显然这是家族传统。老伯爵二十多岁时继承爵位,当时他就去第107步兵团服役了三年。亨利说,他也应该效法先辈——尤其是国家兵戈扰攘的时候。"

"像现在这样需要英国贵族赴汤蹈火的时候并不多。他们必须通过捐躯赴国难的行动,证明自己有权享受平日锦衣玉食、养尊处优的生活。"

"你听起来像个革命者。"

"卫理公会教徒是革命者,但我们这些革命者不会砍人脑袋。"

简的怒气突然消了。"哦,别耍嘴皮子了。"她说,"我该怎么办才好呢?"

"来和我一起吃晚餐吧。"

"我吃不下,但我会陪你坐着。"

他们来到厨房。阿莫斯给简倒了葡萄酒,她喝了一小口。阿莫斯说:"哈尔看上去健康又聪明。"

"他非常可爱。"

"再过几年他就会长得像他父亲了——不管他父亲是谁。"

"哦,阿莫斯,他是你的孩子。"

阿莫斯惊愕不已。简以前从没说过这样的话。他说:"你确定吗?"

"你看见他从书店里出来了!亨利这辈子从没买过小说。他只读军事历史。"

"那真的证明不了什么。"

"我无法证明什么。我只是每天都能在哈尔身上看到你的影子。"

阿莫斯略作思索,最后选择相信简的直觉,于是说:"也许亨利去西班牙的时候,我可以多见见哈尔?不过,你们应该会住在伯爵城堡吧。"

"我一个人住?不,谢谢。我会让亨利保留威拉德公馆作为我们在王桥的居所。我在那里有自己的房间,民兵队可以用其余的部分。我会告诉他,国家需要那座房子。只要他认为是爱国行为,无论什么他都愿意做。"

"你不想要馅儿饼吗?很好吃的。"

"那就来点儿吧。"

"我给你切一小片。吃了东西,感觉会舒服些。"

简接过阿莫斯递给她的盘子,放到桌上。但她没吃东西,而是盯着阿莫斯。

阿莫斯问:"怎么了?"

她说:"没什么。你总是这么体贴,忠诚。我应该嫁给你的。"

"这话没错,"阿莫斯说,"可惜现在太晚了。"

*

埃尔茜知道自己有多么幸运。她生了五个孩子,竟然还活着,而她的最后一个孩子乔治出生于 1806 年。许多妇女在分娩时死去，很少有人能活着生下这么多孩子。更不可思议的是，她所有的孩子都非常健康。但是，生乔吉[1]时的经历与生其他孩子不一样：分娩时间很长，埃尔茜流了很多血。分娩结束后，她坚定地告诉凯内尔姆，她不会再生孩子了。凯内尔姆接受了她的决定。对凯内尔姆来说，夫妻生活从来都不是最重要的，放弃了也没有什么遗憾。现在，六年过去了，她感觉自己的身体正在发生变化，这预示着她即将丧失怀孕的能力。

她和凯内尔姆从来没有真正亲近过。他不擅长和孩子相处，很少参与抚养自己的孩子。他也很少去埃尔茜的主日学校。他并不懒惰：作为主任牧师，他积极履行自己的职责。但他们之间没有太多共同点。她真正的伙伴是阿莫斯，阿莫斯默默地为主日学校做贡献，而且与孩子们相处融洽，尽管他自己没有孩子。

五个孩子都到主任牧师宅邸的餐厅来吃早餐。凯内尔姆多半更愿意让小一点儿的孩子在育儿室吃饭，但埃尔茜说他们已经够大了——乔吉六岁了——何况，只有让他们上餐桌，才可能教他们学会餐桌礼仪。最大的斯蒂芬十五岁，在王桥文法学校上学。

凯内尔姆偶尔会趁机测试孩子们的宗教知识，今天他的问题是《圣经》里谁没有父母。他要求孩子们按年龄顺序作答，从最小的开始。

---

[1] 乔治的昵称。

乔吉说:"耶稣。"

"不,"凯内尔姆说,"耶稣有母亲玛利亚和父亲约瑟。"埃尔茜不知道凯内尔姆是否会无意间促使孩子们提出这样的问题:既然耶稣的母亲玛利亚是处女,约瑟怎么可能是耶稣的父亲呢?大一点儿的孩子可能会产生这样的疑问。但凯内尔姆立刻避开这个问题,转而问下一个孩子:"玛莎,你知道吗?"

玛莎比乔治大一岁,她有更好的答案。"上帝。"她说。

"没错,上帝没有父母,但我在想另一个人,一个男人。"

十岁的里奇说:"我知道,我知道——亚当。"

"很好。还有一个。"

下一个接受提问的是比利,他看上去很痛苦,说:"我不知道。"

凯内尔姆看向斯蒂芬。

斯蒂芬是一个脾气暴躁的少年。他说:"这不是一个正经问题。"

"是吗?"凯内尔姆说,"为什么?"

"答案是约书亚,因为他是嫩的儿子。这就是他父亲的名字,嫩,听起来跟'没有人'一样[1]。"

比利顿时气得跳脚。"不公平!"他说,"你故意让我答不上来,爸爸。"

埃尔茜拊掌大笑:"比利说得对,提这样的问题不公平。我认为所有的孩子都答得很棒。每个人都将得到六便士买甘草糖。"

---

[1] 英文中"嫩"(Nun)的发音与"没有人"(none)近似。

梅森送来了邮件,凯内尔姆转而专心看起信来。孩子们吃完饭就离开了。埃尔茜正要起身,凯内尔姆突然抬起头,说:"啊!"

埃尔茜问:"怎么了?"

"梅尔切斯特的主教去世了。"

"他不是很年轻吗?"

"五十岁。太出乎意料了。"

"真可惜。"

"这样一来,大主教会找一个接任者。"

凯内尔姆兴奋莫名,但埃尔茜只觉得非常失望:"我知道你在想什么。"

凯内尔姆还是将心里话说了出来:"这是我一直在等待的大好机会。梅尔切斯特不是重要的主教辖区,适合任命年轻人做主教。我四十岁了,在王桥当了八年的主任牧师。我还拥有牛津大学的学位——我是梅尔切斯特主教的最佳人选。"

埃尔茜神情严峻:"你在这儿不开心吗?"

"当然开心,但这还不够。我命中注定要当主教。这一点,我一直心知肚明。"

凯内尔姆说得没错,但随着人的年岁日增,年轻时的雄心壮志往往会渐渐消磨。"我不想去梅尔切斯特,"埃尔茜说,"那里有一百英里远呢。"

"哦,但你必须去,"凯内尔姆漫不经心地说,"如果我被任命为主教的话。"

第五部分　世界大战

凯内尔姆当然是对的。女人必须跟随自己的丈夫。她们的自由比仆人还少。

"你非常自信，"埃尔茜说，"但你可猜不准大主教的心思。"

"我很快就会知道的。奥古斯塔斯·塔特索尔正在进行三年一次的教区巡视，下周就将抵达王桥。"

塔特索尔是大主教的得力助手。"他会住在主教府。"

"当然。不过，我会邀请他在某个晚上与我们共进晚餐。"

"好吧。"

凯内尔姆摇头晃脑，踌躇满志，折好餐巾，说道："到时候，我八成什么情况都能打听出来。"

*

三年前，基特还在民兵队中服役。某个星期一的晚上，罗杰来到他家，和他全家共进晚餐。然后，贾奇去练习敲钟了，萨尔去贝尔客栈了，休和她喜欢的男孩巴兹·赫德森出去散步了。

基特和罗杰坐在厨房的火炉旁，罗杰抽着烟斗。和罗杰单独待在房子里，基特感到很奇怪，但他不知道为什么。他本该高兴的：他喜欢罗杰。

他们默默地坐了一两分钟，然后罗杰放下烟斗说："没什么大不了的，你知道。"

基特一头雾水："什么没什么大不了的？"

"你的那种感情。"

基特突然觉得脸膛发热。他害羞了。他的感情是秘而不宣的,因为那是丧伦败行的可耻念头。罗杰肯定不知道他心里在想什么吧?他不可能知道。

罗杰说:"相信我,我知道你的感受。"

基特说:"如果别人不告诉你,你怎么能知道这个人的感受呢?"

"我自己就是过来人——你现在的所有感受,我都曾经体验过。我想让你明白,这没什么。"

基特不知道该如何回应。

罗杰说:"你应该说出来,说出你的感受,告诉我。我向你保证,只要说出来,你就能重新获得幸福与快乐。"

基特决定缄口不言,但还是不由自主地说出了三个字:"我爱你。"

"我知道,"罗杰说,"我也爱你。"然后他吻了基特。

不久之后,基特就从民兵队中辞职,开始同罗杰合伙做生意。他们在王桥租了一座房子,一楼用于工作,二楼用于居住。从那以后,他们每晚都睡在一起。

渐渐地,基特变成了负责的一方、成熟的一方。他掌管资金。将这定为合作条件的正是罗杰本人,因为他知道钱若在自己手上,早晚会全都赌光。基特接受付款,支付账单,将利润分成两半。他自己的那一半存入了王桥和夏陵的银行,而罗杰的那一半,或早或迟都落入了"款爷"卡利弗囊中。基特也提出了一个合作条件:罗杰永远不能借钱。但基特不确定罗杰有没有遵守约定。罗杰是个天才——他拥有出类拔萃的工程头脑——但他沉迷于赌博。基特照顾他，并且保护他。这与他们从前在巴德福德时的关系完全相反。

每到星期天，罗杰就去卡利弗的店里玩每个玩家发五张牌的卢牌[1]，基特则去看望母亲。他在卫理公会圣餐仪式上与家人会合，然后陪他们走回家。他给他们买了一座普通的房子。萨尔四十五岁，贾奇四十三岁，两人都还在工作，萨尔为阿莫斯工作，贾奇为霍恩比姆工作。基特每年冬天都会给他们买一大堆煤，星期六则给他们送一块肉做星期天的正餐。他们从不穷奢极欲，贪求无厌。萨尔经常说："我们不希望像富人那样生活，因为我们不是。"但基特总是确保他们生活所需一应俱全。

休嫁给了巴兹·赫德森。他是个好木匠，从不缺活儿干。他不是卫理公会教徒，所以他和休去圣路加教堂做礼拜，但他们做完礼拜会与家人一起吃饭。

萨尔端上艾尔啤酒。基特更喜欢葡萄酒，但他从不向萨尔要葡萄酒，因为他知道酒一上来，贾奇准会大喝特喝。即使在清醒的时候，贾奇也喜欢蓄意生事。贾奇知道巴兹是一个爱国的保守主义者，便说："我认为，如果俄国被波拿巴征服，对俄国人民会大有好处。"

基特温和地说："真是令人惊讶的观点呀。你为什么这么说，贾奇？"

---

[1] 17世纪至19世纪英国盛行的纸牌赌博游戏。

"啊，俄国人大多数都是奴隶，对不对？"

"应该是农奴吧。"

"有什么区别？"

"他们种自己的土地。"

"但他们自己是当地贵族的财产，对不对？"

"是的，农奴就跟财产一样。"

"这不就得了？"

巴兹插话道："是波拿巴在法兰西帝国恢复了奴隶制，不是吗？"

"不对，"贾奇说，"革命废除了奴隶制。"

"革命确实废除了奴隶制，"巴兹说，"但波拿巴又恢复了奴隶制。"

基特说："贾奇，巴兹是对的。法国人害怕失去他们在西印度群岛的统治权，所以波拿巴又将奴隶制合法化了。"

贾奇一脸烦躁："哼，我还是觉得，相较于被沙皇统治，俄国人在波拿巴统治下会过得更好。"

巴兹不依不饶："这个恐怕谁都说不准。显然，法国人在俄国境内处境艰难。报纸上说，所有的法国士兵都在饥饿和疾病中奄奄一息，而他们连一仗都没打过哩。"

"我不太关注报纸上的报道。"贾奇气呼呼地说。他不怎么喜欢别人纠正他的错误。

萨尔说："嗯，你送的那块牛肉真好吃，基特，谢谢你。我还做了板油布丁，里面放了葡萄干，非常好吃。"

巴兹说："我喜欢板油布丁。"

盘子被拿走，甜点端了上来，气氛一下子轻松了。巴兹说："你的生意还不错吧，基特？"

"还不错。你给阿莫斯的汽锅制作的橡木支架非常好，相当结实，谢谢。"

"它应该能比汽锅用得久。"

贾奇拿起勺子，但没有吃。他说："嘿，我不知道你们是怎么想的，但你们俩制造的机器会让别人丢掉饭碗的，这有什么意义呢？"

基特说："对不起，贾奇，但时代日新月异，我们如果不跟上时代的发展，就会发现自己落伍了。"

"照你这么说，我已经落伍了？"

萨尔把手放在他的胳膊上说："吃点儿布丁吧，我的丈夫。"

贾奇不理她："你们知道北方的卢德分子在干什么，对吧？"

每个人都知道卢德分子的事。据说，他们的首领是一个叫内德·卢德的人。不过，就算此人真的存在，这名字八成也是假名。

贾奇接着说："他们在砸机器！"

基特说："他们大多数应该是针织机操作工。"

贾奇说："他们是不愿忍受工厂主残酷压榨的人。"

萨尔说："哎呀，你不会想看到王桥这里也有人砸机器吧？"

"我觉得，你不能责怪那些因为遭受压迫而奋起反击的人。"

"我们也许不会怪他们，但政府肯定会追究他们的责任。你不想被流放到澳大利亚去吧？"

"我宁愿在澳大利亚待十四年,也不愿被工厂主剥削。"

萨尔登时火冒三丈:"你根本不知道澳大利亚是什么样子,再说,你凭什么认为只需要待十四年?"

"嗯,我姐姐就是这样判的。"

"是的,但她十七年前就离开了,一直没有回来。几乎没有人能活着回来。"

基特说:"不管怎样,议会已经修订了法律:现在破坏机器会被判死刑。"

"从什么时候开始的?"贾奇问。

"议会在2月或3月就通过了《防止破坏针织机法》。"

"权贵试图摧毁我们的精神,事情就是这样。"贾奇说,"首先是《叛国罪法》和《危及治安集会处置法》,然后是《防止工人非法联合法》,现在又来了这个。任何维护劳动人民权利的人都有可能被绞死。英国正在变成一个全是懦夫的国家。"

他顿了顿,露出挑衅的神情,说道:"难怪我们打不过法国人。"

*

奥古斯塔斯·塔特索尔到主任牧师宅邸用餐时,向埃尔茜问起了主日学校的情况。他兴致勃勃又认真地提了许多问题,埃尔茜喜出望外,受宠若惊。塔特索尔吃得津津有味,但几乎不沾酒。凯内尔姆显然对他们之间的闲聊十分恼火,很快就丧失了耐心。水果和坚果上桌后,他说:"副主教大人,我必须向您请教梅尔切斯特主教职位空缺的事。"

"没问题。"

"我非常好奇大主教正在寻找什么样的人。"

"我很乐意满足你的好奇心。"塔特索尔用柔和而清晰的声音说,"我猜你认为自己是候选人——这不无道理——所以我必须马上告诉你,你没有被选中。"

正所谓长痛不如短痛,直言不讳反倒是仁慈之举,埃尔茜想。但凯内尔姆无法掩饰心中的烦乱,满脸通红。埃尔茜一度担心他会失声痛哭。不过,愤怒最后占据了上风。他在白桌布上握紧拳头。"您认为我是很好的候选人,然而——"他哽住了,差点儿没能说出下面的话,"然而,您却暗示别人已经得到了这份工作。"

"是的。"

"他是谁?"凯内尔姆问道,然后发觉自己出言不逊,连忙补充了一句,"如果您不介意告诉我的话。"

"我一点儿也不介意。大主教选择了霍勒斯·汤姆林。"

"汤姆林?我认识汤姆林!他比我晚两年进入牛津大学。我没听说他在那之后成就了超类拔群的事业。老实告诉我,副主教——是不是因为我是苏格兰人?"

"绝对不是。我可以向你保证。"

"那是为什么?"

"我告诉你,汤姆林过去五年里一直担任一支龙骑兵团的随军牧师,只是因为在西班牙染上了疾病才辞职归国。"

"随军牧师?"

"我知道你在想什么。最优秀的神职人员通常不会担任随军牧师。"

"没错。"

"从某种意义上说,这就是问题的关键。大主教非常支持反拿破仑的战争。他认为我们是在与无神论思想做斗争。波拿巴虽然扭转了法国革命者的一些最激进的反基督教行为,但并未归还从法国教会窃取的财产。大主教认为,我们神职人员应该参与这场战争。前线的士兵知道自己随时可能死去,最需要上帝的安慰。我们最优秀的牧师不应该待在国内舒舒服服地过日子,他们必须前往需要他们的地方。这种赴汤蹈火、为国献身的大无畏行为,是大主教最渴望奖励的。"

凯内尔姆沉默了良久。埃尔茜觉得此时最好保持沉默。最后,凯内尔姆说:"您的意思,我想最后确认一次。"

塔特索尔露出鼓励的微笑:"要我确认哪一点,但说无妨。"

"您认为我配得上主教的职位。"

"是的。你聪明,正直,勤奋。你对任何教区来说都是一笔宝贵的财富。"

"但根据您的判断,在目前的情况下,大主教总是更偏爱当过随军牧师的人。"

"没错。"

"所以,能确保我实现愿望的唯一方法,就是成为随军牧师。"

"是的,这是唯一可靠的办法。"

凯内尔姆拿起酒杯,一饮而尽。他看上去仿佛即将被绑赴刑场的死囚。

埃尔茜心头一紧:哦,不。

"既然如此,"凯内尔姆说,"我明天早上就去申请担任第107步兵团的随军牧师。"

第三十三章

米德温特牧师说，他将在周日早上圣餐仪式后宣布阿莫斯参选下议院议员的消息。在整个礼拜过程中，阿莫斯一直非常紧张。他无法预见自己会得到多少支持。埃尔茜说人们了解他，也喜欢他，但他们真的希望他在议会中代表他们吗？

他们聚集在王桥将要建成的第三座卫理公会会堂里。这座会堂规模最大——气势恢宏，金碧辉煌，以至有教友觉得它过于壮丽了。他们认为，人应该对上帝的造物，而不是对人的建筑感到敬畏。但也有人认为，卫理公会先前都在用教义给人以精神的慰藉，如今也该用宏伟的建筑给人以视觉的震撼了。

阿莫斯在这场争论中保持中立。他有更重要的事情要考虑。

米德温特开口道："你们多半都知道，下议院已经解散，大选已经开始。"

他神态威严，气宇轩昂。他已经六十七岁了，但岁月使他愈加绝伦逸群。他须发皆白，但还是和以前一样浓密。年轻的女孩视他为父亲般的人物，但中年妇女听到他用天鹅绒般柔软的嗓音和她们说话时，往往会面红耳热，嘻嘻傻笑。

"我很高兴能告诉大家，我们这里的一位教友打算参选。"他说。为了制造戏剧效果，他停顿了片刻才继续说："这位教友便是——阿莫斯·巴罗菲尔德。"

圣公会教徒不会在教堂里鼓掌，即便是卫理公会教徒，在会堂里也不鼓掌，但他们会说"阿门"或"赞美上帝"，以表达赞同。阿莫斯注意到几个教友，他们正朝他打鼓励的手势。

这很好。

米德温特说："卫理公会运动应该对我们国家的治理方式产生更大的影响。我已经同意提名阿莫斯参选，我相信这将得到你们的认可。"

更多的"阿门"声响起。

"愿意帮助阿莫斯竞选的人，请留下来参加筹备会议。"

阿莫斯好奇有多少人会留下来。

礼拜结束后，会众总是要待一会儿才会散去。他们互致问候，攀谈聊天，交换消息。大约三十分钟后，一半的人走了，剩下的人再次坐下，满脸期待。

米德温特要求他们肃静，然后请阿莫斯发言。

阿莫斯以前从未发表过演讲。

埃尔茜告诉他，要像他在主日学校上课那样讲话。"自然点儿，友好点儿，把你想说的话说清楚就行了。你会发现这很容易。"埃尔茜一直对他充满信心。

他站起身,环顾四周。支持者大多是男人。"谢谢大家。"他有点儿生硬地说,然后决定开诚布公,于是补充了一句,"我不确定会不会有人留下来。"

他的谦虚表态逗得大家哈哈大笑。坚冰被打破了。

"我将以辉格党人的身份参选。"他继续道。辉格党是主张宗教宽容的政党。"但我不打算在竞选中涉及宗教问题。如果当选,我必须为所有王桥居民争取利益,不管他们是卫理公会教徒还是圣公会教徒,是富人还是穷人,是选民还是非选民。"

他意识到这种说法太宽泛、太空洞了,不由得懊恼地说:"我想候选人都会做出类似的承诺吧。"他的诚实再次赢得了赞赏的笑声。

"我来说得更具体些。"他继续道,"我相信,这个国家需要两样简单的东西:面包与和平。"他拿起杯子喝了一口水。观众中有些人点头表示同意。

"议会竟然立法使粮食价格居高不下,这实在是无耻之尤。这种法律保护了这个国家最富有的人的收入,普通人却要为面包价格的上涨付出代价。这样劫贫济富的恶法必须废除,人们必须得到被喻为'生命支柱'的面包。"

大家齐声高呼"阿门"。阿莫斯刚刚戳中了大家的痛处。这个国家的地主贵族无耻地利用他们的权力——尤其是他们在上议院的投票权——来保证农产品的利润,进而确保他们成千上万亩农田的高额租金。卫理公会教徒大多是中产阶级工匠和小商人,自然对地主阶级的胡作非为切齿痛恨。富人贪得无厌,锦衣玉食;穷人却只能食不果腹,号寒啼饥。

"我们需要和平,正如穷人需要面包。战争给商人和劳动人民造成了严重的损害,但我们的首相——威廉·皮特、波特兰公爵、斯宾塞·珀西瓦尔,以及现在的利物浦伯爵——甚至没有尝试过与法国和谈。这一点必须改变。"他迟疑片刻,"我本可以继续阐述这个问题,但从你们的表情看,你们应该不需要更多的论证了。"

听众闻言再次大笑。

"那么,我们来谈谈需要做些什么来改变现状吧。"他坐下来,向牧师打了个手势。

米德温特又站起来。"王桥大约有一百五十人有投票权,"他说,"我们需要弄清楚他们是谁,他们过去是怎么投票的,这次又有什么倾向。然后,我们就可以开始说服他们投票给阿莫斯了。"

阿莫斯觉得这听起来像是一项艰巨的任务。

米德温特说:"市长有义务公布合格选民名单,接下来的几天,我们应该能在城里的公告栏看到这份名单,《王桥公报》也会刊登这份名单。我们需要弄清楚五年前他们在上次大选中是如何投票的:这是公开信息,市政厅和报纸档案中都会留下记录。"投票公开透明,毫无私密性可言:选民必须在满屋子的人面前说出他们的选择,每个人的投票都将刊登在《王桥公报》上。"然后,我们一旦了解到这些信息,就可以开始同他们谈话了。"他停顿了一下。

"请原谅,我现在要对你们讲一些似乎多余的话:在我们的竞选活动中，绝不允许任何贿赂或暗示贿赂的行为。"

事实上，王桥的选举活动一直没有遭受腐败侵蚀。上次选举，选民都心甘情愿地给诺斯伍德子爵投了票。但米德温特觉得必须强调卫理公会教徒的立场。阿莫斯也同意他的看法。"我们不会在酒吧为选民买饮料，"米德温特接着说，"不会提供或承诺任何好处以换取选民的支持。我们会让选民投票给最优秀的候选人，并告诉选民，我们希望他们选择我们的候选人。"

一个声音从后面传来，阿莫斯看到是铲子在说话。"我认为女人在选举中发挥着重要作用。"他说。他的妻子阿拉贝拉和他在一起：他们结婚后，阿拉贝拉就成了卫理公会教徒。他们中间坐着阿贝，铲子十三岁的继子——或者说是儿子，如果你相信贝琳达·古德奈特的八卦的话。铲子接着说："她们可能不喜欢就粮食法或波拿巴进行争论，但在座的几乎每一个女人都可以把手放在胸前，说自己认识阿莫斯·巴罗菲尔德很多年了，阿莫斯是一个诚实勤奋的人。这样的评价比谈论奥地利和俄国要有用得多。"

"很好。"米德温特说，"现在，我建议我们在星期三的祷告会后再次碰面——那时我们应该就有选民名单了。但今晚散会之前，我们需要签署提名文件。我来提名。铲子，你来附议好吗？名单上有一位高级市政官会更有说服力。"

"我乐见其成。"铲子说。

"有圣公会教徒签名也会有所助益。正如阿莫斯先前所说，他不想只做卫理公会教徒的候选人。"

阿莫斯说:"建筑商塞西尔·普雷斯曼怎么样?我知道他反对战争,但他平时都去圣路加教堂做礼拜。"

"好主意。"

铲子说:"我认识塞西尔。我会和他谈谈。"

然后,竞选拉开了帷幕。

*

埃尔茜几乎每天下午都会去看望母亲。母亲住的房子非常宽敞——对两个大人和一个孩子来说相当大,埃尔茜想。这里还属于威尔·里迪克的时候,到处都装饰着橡木镶板和深色天鹅绒。人们常常看到一拨拨妓女被带入屋子,然后一堆堆空酒瓶被甩出门来。威尔在这里纵酒行淫,醉生梦死,将这里搞得臭名昭著。不过,现在这里已经焕然一新。铲子喜欢古典家具——方背椅子、直腿桌子——但上面都铺着花纹精美的织物。阿拉贝拉喜欢有曲线的家具、柔软的靠垫、厚实的座椅软垫,还有挂着布幔和花朵垂饰的窗帘。这么多年来,埃尔茜见证了他们的不同偏好融合成一种独特的风格:舒适却不烦琐。每到夏天,家中的花瓶里还会插上从花园里采来的玫瑰。

阿拉贝拉已经五十八岁了,但依然美丽动人。铲子也觉得阿拉贝拉风韵犹存——只要看到他们在一起的样子,你就知道铲子是这样想的。今天阿拉贝拉穿着橄榄绿色的丝绸连衣裙,袖口和裙摆都饰有蕾丝。铲子喜欢妻子打扮得优雅精致。

埃尔茜来访时，通常屋里只有她和阿拉贝拉两个人：铲子上班去了，而阿贝在学校。单独相处时，两人会谈论十分私密的话题。阿拉贝拉知道埃尔茜仍然无可救药地爱着阿莫斯，埃尔茜也知道阿贝是铲子的儿子，而不是主教的。阿贝是个快乐的男孩：主教的诅咒没起作用。

她们在客厅里享用茶点。客厅朝西，此刻正沐浴着10月的淡淡日光。埃尔茜说："我在来这儿的路上碰到了贝琳达·古德奈特。"

"你们小时候非常要好。"阿拉贝拉说。

"我记得她有一个玩具剧场。我们过去常编一些关于女孩爱上吉卜赛男孩的戏剧。"

"你曾让我看过一部。太糟糕了。"

埃尔茜哑然失笑，然后说："现在贝琳达是个可怕的长舌妇。"

"我知道。人家管她叫'王桥公报'。"

"她告诉了我一些令我心烦意乱的事。显然，有人在毫不避讳地宣扬阿莫斯是年轻的诺斯伍德子爵的父亲。"

阿拉贝拉耸耸肩："这可能是真的，不过没有人确切地知道。他出生时曾传出流言蜚语，但后来渐渐平息了。为何流言又传开了？"

"显然是因为选举。霍恩比姆的支持者在背后煽风点火。"

"你认为这个流言会阻止大家投票给阿莫斯吗？"

"有可能。"

"我会把这件事告诉大卫。"阿拉贝拉喜欢叫她丈夫"大卫"，而不是"铲子"。

两个女人沉默了一分钟,这种情况并不常见,然后阿拉贝拉开口道:"你心里还有别的事吧。"

埃尔茜点点头:"凯内尔姆正在收拾行李,准备去西班牙。"

"他什么时候走?"

"这要看情况了。向威灵顿派遣增援部队的时间预定在新年,届时将有一艘船从库姆出发,运走加入第107步兵团的官兵。凯内尔姆正在等通知。"

"你得搬出主任牧师宅邸了。你打算去哪里?"

"我不确定。我可能会租个房子。"

"你看起来很烦恼。告诉我你在想什么。"

"哦,母亲,"埃尔茜说,"我想住在这里,和您在一起。"

阿拉贝拉点点头,一点儿也不惊讶:"我也想要你陪着我,你知道的。"

"可是铲子呢?"

"这个我就不确定了。他是一个善良慷慨的人,但他会乐意同别人的孩子——五个孩子——住在一起吗?"

"我知道这要求很过分,但您能和他谈谈吗?"

"当然可以。"阿拉贝拉说,"但我不知道他会说什么。"

*

铲子在门厅里整理衣帽,准备去参加市政委员会会议,阿拉贝拉注视着他。马裤如今已经不再流行，他的裤子是灰色条纹布做的。他穿上蓝色双排扣燕尾服，戴上卷边高顶帽，然后对着挂在门边的镜子仔细打量自己。

"我喜欢你穿衣打扮的风格。"阿拉贝拉说，"很多男人都邋里邋遢，单调乏味，你看起来却总像裁缝广告里的模特。"

"谢谢你。"铲子说，"不过，我是在为自家的布料做广告，而不是别人的裁缝店。"

阿拉贝拉说："我今天听到一些流言，我应该告诉你。"

"希望这些流言够刺激。"

"有点儿，但会给你带来麻烦。"

"说吧。"

"埃尔茜今天下午又来了。"

铲子想起阿拉贝拉的女婿作为随军牧师加入了第107步兵团，问："凯内尔姆什么时候动身去西班牙？"

"他还在做准备。"

"抱歉，我打断你了。你说的是什么流言？"

"有人说，阿莫斯是小诺斯伍德子爵的父亲。"

这是个坏消息，铲子想。任何伤风败俗的流言，即便只是捕风捉影，都可能让候选人一败涂地。第一次竞选高级市政官时，类似的流言就让他惨遭淘汰。第二次竞选时，他已经同阿拉贝拉结婚，丑闻便对他全无作用了。

他问："埃尔茜说的'有人'是什么意思？"

"她是从贝琳达·古德奈特那儿听来的,古德奈特是个无所不知的长舌妇。"

"嗯,确实有关于小哈尔的流言,但那是几年前的事了。"铲子之所以记得这件事,是因为哈尔的处境和阿贝相同。两个男孩都被认为是通奸而生的孽种。阿拉贝拉的第一任丈夫拉蒂默主教对此非常愤怒,但简给亨利诞下子嗣时,亨利似乎并没有质疑自己不是孩子的父亲,流言蜚语也随之消弭了。

阿拉贝拉说:"流言似乎又出现了。"

铲子厌恶地哼了一声:"我知道为什么。是因为选举。"

"你认为霍恩比姆是散布流言的幕后黑手?"

"毫无疑问。"

阿拉贝拉的脸上露出反感的神色,好像吃到了什么恶心的东西:"那男人是个狠角色。"

"没错。但我可以让他闭嘴。今晚我要跟他谈谈。"

"祝你好运。"

铲子吻吻阿拉贝拉的嘴唇,走了出去。

由十二名高级市政官组成的自治市市政委员会在公会大厅的会议厅开会。像往常一样,桌上摆着一瓶雪利酒和一盘玻璃杯,供高级市政官取用。弗兰克·菲什威克市长以他一贯的亲切而坚定的风格主持了会议。

两位议员候选人都是高级市政官,所以也出席了会议。铲子对他们之间的反差深感震惊。阿莫斯还不到四十岁,而霍恩比姆已经接近六十岁了,但令他们判若云泥的不仅仅是年龄。阿莫斯一副乐天安命的模样,霍恩比姆则像是一个饱经风霜却百折不挠的斗士。他低着头,从浓密的眉毛下翻眼看着周围,仿佛随时准备迎接所有挑战者。

选举是这次会议的主要话题。议会已下令在 10 月 5 日至 11 月 10 日之间举行下议院议员选举——具体日期由地方当局决定。市政委员会决定于圣阿道福斯节这天在市场广场上举行候选人的竞选演讲,第二天在公会大厅投票。市政委员会已经收到两份提名,两名候选人都符合所有必需的条件。计票工作将由法官的书记员卢克·麦卡洛监督。这样的安排没有什么争议,铲子将时间都用于思考怎样警告霍恩比姆别再散播关于阿莫斯的流言了。

会议一结束,他就径直走到霍恩比姆跟前,说:"如果可以的话,高级市政官,我想同你说句话。"

霍恩比姆一脸冷漠地说:"我时间紧迫。"

铲子的语气陡然严厉起来:"乔伊,你如果不想吃亏,就得抽空听我说话。"

霍恩比姆顿时惊呆了。

"跟我去边上谈会儿。"铲子把霍恩比姆带到一个角落,"最近又有人在散播老掉牙的流言,说哈尔·诺斯伍德是阿莫斯的私生子。"

霍恩比姆恢复了惯常的傲慢态度:"我希望你不要以为是我在城里四处传播淫秽的谣言。"

"你要对你的朋友和支持者所说的话负责。不要假装他们不受你控制。你让他们做什么,他们就会做什么。你让他们收手,他们就会收手。现在你必须命令他们闭嘴,别再提哈尔·诺斯伍德的事。"

霍恩比姆提高了嗓门儿:"我就算认同你说的话,又为什么要听从你的命令呢?"一两个人闻言望向他们。

铲子同样大声地回答:"因为身居玻璃房,投石招祸殃。"

霍恩比姆压低了声音。"我不知道你在说什么。"他说,但明显慌了神。

铲子轻声却坚定地说:"是你逼我讲出来的:你自己就是罪人之子。"

"胡说八道!"霍恩比姆的呼吸急促起来,他竭力控制着自己的情绪。

"你一直说你母亲死于伦敦的天花大流行。"

"这千真万确。"

"你不会连马特·卡弗都忘了吧?"

霍恩比姆闷哼一声,仿佛肚子上挨了一拳。他脸色苍白,呼吸困难。他似乎说不出话来。

"我遇到了马特·卡弗,"铲子说,"他对你可是记得非常清楚。"

霍恩比姆好不容易才开口:"我不认识叫这个名字的人。"

"你看着你母亲被绞死的时候,马特就站在你旁边。"这句话很残忍,但他必须让霍恩比姆明白,他对霍恩比姆的过去了如指掌。

霍恩比姆从牙缝里挤出五个字:"你这个魔鬼。"

铲子摇摇头:"我不是魔鬼,我也不会毁掉你的声誉。你不值得同情,但选举的胜负不应该被恶毒的流言所左右。我七年前就已经知晓你的出身底细，但我没有告诉任何人，甚至没有向阿拉贝拉透露过。我会继续守口如瓶——前提是，你们必须停止散布关于阿莫斯和哈尔的流言。"

霍恩比姆气喘吁吁地说："我会处理的。"

"很好。"铲子说，然后走开了。霍恩比姆永远不会原谅他刚才赤裸裸的威胁，但他们本来就是宿敌，所以铲子并没有失去什么。

回到家后，晚餐已经摆在餐桌上。铲子喝了些卷心菜汤，切了两片冷牛肉。阿拉贝拉抿了口葡萄酒，铲子觉得她有话要说。吃完晚餐，铲子推开盘子，说道："说吧，别憋着了。"

阿拉贝拉莞尔一笑："你总能察觉我的忧虑。"

"还有呢？"

"我们在这个房子里很幸福，你、我和阿贝。"

"这要感谢上帝，还要感谢你。"

"我也要感谢你，大卫。感谢你喜欢我。"

"这就是我娶你的原因。"

"你觉得喜欢一个人这种事稀松平常，其实不然。我以前从来没有和喜欢我的男人一起生活过。我父亲觉得我又丑又不听话，斯蒂芬对我也没什么兴趣。"

"难以想象。"

"我不希望目前的生活有任何改变。"

"但生活本就是变化无常的，而且……"

"而且凯内尔姆去西班牙后，埃尔茜和她的孩子们就没地方住了。"

"哦！"他说，"我觉得他们可以来这里和我们一起住。"

"真的吗？"

"我们这里完全住得下。"

"你不介意？"

"我很乐意！我喜欢埃尔茜，还有她的每一个孩子。"

"哦，大卫，谢谢你。"阿拉贝拉说，她忽然泪如雨下。

*

阿莫斯·巴罗菲尔德一直在激怒霍恩比姆。阿莫斯挫败了霍恩比姆接管老奥巴代亚·巴罗菲尔德生意的计划；后来，阿莫斯又设法让威尔·里迪克丢掉了民兵队采购负责人的职务；现在，阿莫斯正试图成为下议院议员。霍恩比姆很久之前就开始憧憬有朝一日能接替诺斯伍德的议员席位，以至将其视为自己应得的权利。他没料到自己居然不得不跟阿莫斯争夺这个位子。

他本以为哈尔·诺斯伍德是阿莫斯私生子的流言传开后，阿莫斯就会声名狼藉，怎知诡计多端的铲子破坏了他的计划。现在，霍恩比姆只好使出撒手锏了。

他前去拜访纱线生产商沃利·沃森。沃利不织布，只纺纱和染色，但他经营的纺纱厂是城里最大的，产品质量一向有口皆碑。他是托利党人，本该给霍恩比姆投票，但他是卫理公会教徒，这可能会使他倾向于支持辉格党和巴罗菲尔德。

像沃利这样的人在选民中占相当大一部分。但霍恩比姆认为自己知道如何对付他们。

霍恩比姆出门时，他的孙子跟了上来。祖孙俩一起走在主街上，他孙子要去广场上的文法学校。年轻的乔·霍恩比姆如今都比祖父高了。他才十五岁，但看上去已像个成年人。他甚至留着相当体面的小胡子。他的眼睛仍然是蓝色的，但眼神不再天真无邪，而是变得更加敏锐大胆了。他严肃认真，一丝不苟，就他的年龄来说，这相当不寻常。他学习刻苦，打算去爱丁堡大学攻读科学和工程学。

霍恩比姆多年来一直为谁来接替他经营家族生意而发愁。德博拉有这种能力，但她毕竟是女流之辈，要一帮男人心甘情愿地听她指挥难于登天。他的儿子霍华德也不能胜任这份工作。但乔可以做到。乔是霍恩比姆唯一的孙子，也是霍恩比姆商业帝国的王储。

对霍恩比姆来说，企业的持续运营至关重要。这是他毕生的事业。他在大教堂的墓地里为自己争取到了一块地——买这块墓地的钱足以购入一套精雕细琢的全新橡木唱诗班座位——但他留给后人的真正纪念品将是英格兰西部最大的布料制造企业。

"祖父，选举活动进行得怎么样？"乔说，"来了个开门红？"

"我没料到竟然冒出了竞争对手。"霍恩比姆说，"通常只会提名一个候选人。"

"我不明白为什么卫理公会教徒能成为立法者。他们已经违反了教会的规定。"

年轻的乔唯一的缺点是总喜欢捍卫严格的道德标准。他并不心软——实际上,他心如铁石——但他偶尔会坚持做他认为正确的事情,即使是形格势禁、必须妥协的时候也固执己见。他在学校曾因另一个男孩帮他写了获奖文章而拒绝领奖。他反对和谈,因为波拿巴是暴君。他非常仰慕军队,因为军队里军官可以发号施令,士兵必须令行禁止。霍恩比姆相信,随着年龄的增长,乔的思想会变得更加灵活圆通。

现在霍恩比姆说道:"我们与人打交道的时候应当考虑实际情况,而不是想当然。"

乔似乎不愿接受教导,但还没等他想出如何作答,爷孙俩就来到广场,分头赶路了。

霍恩比姆过了桥,经过他自己的工厂,向沃利的纺纱厂走去。像大多数工厂主一样,沃利大部分时间都待在工厂里,看管机器和操作机器的工人,霍恩比姆就是在那里找到他的。但他有一间独立的办公室,隔绝了噪声。他将霍恩比姆带到了那里。

沃利很年轻。霍恩比姆发现,一个人如果要成为非圣公会教徒,通常会在涉世未深时转变信仰。"霍恩比姆先生,我用丝绸和美利奴羊毛给您制作的红色纱线,质量还不错吧?"

美利奴羊毛非常柔软,加入丝绸后会变得更坚韧,并呈现出微微的光泽。这种混纺布做出的女装广受欢迎。"很好,谢谢。"霍恩比姆说,"我可能很快就会再订购一些。"

"太好了。我们随时准备为您供货。"沃利很紧张,因为他不知道接下来会发生什么。他说:"这些年来,您和我做了很多生意,我相信双方都受益匪浅。"

"没错。在过去的十二个月里,我已经在你这儿花了两千三百七十四镑。"

听到霍恩比姆报出的精确数字,沃利惊愕不已,但他故作镇定道:"能拿到您的订单,我倍感荣幸,霍恩比姆先生。"

霍恩比姆突然切入正题:"我希望在即将到来的选举中,你能投我一票。"

"啊,"沃利说,他看起来相当尴尬,又有点儿畏惧,"您知道,巴罗菲尔德是我的卫理公会教友,所以我有点儿左右为难。"

"是吗?"霍恩比姆说,"真有那么难以抉择吗?"

"真希望我能投你们一人一票!"沃利傻笑一声。

"但既然你不能……"

一阵沉默。

霍恩比姆说:"当然,我无权告诉你如何投票。"

"您这么说真是太好了。"沃利似乎误以为霍恩比姆退缩了。

霍恩比姆不得不让他幡然醒悟:"你必须在你与巴罗菲尔德的友谊和我的两千三百七十四镑之间做出取舍。"

"哎呀。"

"哪个对你更重要?这是你面临的决定。"

沃利看起来苦不堪言:"如果您这么说的话……"

"我确实是这么说的。"

"那么请您放心，我会投票给您。"

"谢谢。"霍恩比姆站起来，"我相信我们最终会达成共识。再见。"

"再见，霍恩比姆先生。"

*

圣阿道福斯节这天寒气刺骨，但阳光明媚。广场上人山人海，竞选演讲吸引了更多的人聚集于此。萨尔像往常一样和贾奇一起来到广场，但她忧心如焚。贾奇在霍恩比姆的上游工厂工作。因为霍恩比姆不再向民兵队供应布料，这个工厂每周关闭三天。贾奇的收入减少了一半，无事可做的时候就去酒馆打发日子。游手好闲加上好酒贪杯，让他的脾气变得越来越暴躁。他结交的朋友也是生活困顿、走投无路的织布工，他们互倒苦水，怨气冲天。

集市上总会出现一些小状况——小偷小摸、酗酒闹事，还有偶尔发展成斗殴的吵架——但是今天，萨尔感到一种山雨欲来风满楼的氛围。今年早些时候，捣毁机器的运动如燎原之火，从北方迅速蔓延到全国各地。运动参与者组织严密，俨然雷厉风行的军队，达官显贵无不惊恐万状。贾奇却对这种运动赞不绝口。

还有一件事让萨尔不安。虽然珀西瓦尔首相的谋杀案与纺织业无关——凶手是出于个人恩怨才行凶的——但首相遇刺的消息在一些城镇引发了狂欢。英国的阶级仇恨达到了新的高峰。

萨尔担心今天下议院候选人发表演讲时会发生暴乱。倘若如此,她最关心的就是如何让贾奇远离麻烦。

他们在货摊周围溜达时,贾奇的朋友杰克·坎普出现了。"来喝杯啤酒吗,贾奇?"他说。

"也许晚点儿吧。"贾奇回答。

"到贝尔客栈找我。"杰克走了。

贾奇对萨尔说:"我没有钱。"

萨尔很同情他,给了他一先令。"好好享受吧,亲爱的,答应我别喝醉了。"她说。

"我保证。"贾奇走开了。

萨尔看到,第107步兵团一名负责征兵的中士摆好了摊位。他正在和一群本地男孩说话,向他们展示火枪,萨尔停下来听。"这是最新的陆战型燧发火枪,发给步兵团的,"他说,"长三英尺三英寸,不带刺刀,被称为'棕贝丝'。"

他把枪递给站在旁边的高个儿小伙子,萨尔认出那是霍恩比姆的孙子乔。一个工厂女工兴趣盎然地注视着乔。过了一会儿,萨尔想起了女工的名字:玛格丽·里夫。她很漂亮,表情大胆奔放,显然对乔芳心暗许。萨尔叹了口气,回想起自己少女怀春、情窦初开的日子。

乔举起枪,扛在肩上。萨尔看着他,觉得很好笑。

"注意,枪管不是亮锃锃的,而是暗幽幽的棕色。"中士说,"你们这些年轻人中有谁能猜出为什么会有这样的变化吗?"

乔说:"省得给它擦亮?"

中士哈哈大笑:"军队可不想给你们省去麻烦。"其他男孩也跟着笑起来。"之所以是暗棕色,是为了防止枪管反光。武器反射的阳光可以帮助法国人精确地瞄准你。"中士说道。

男孩们兴奋不已。

"枪上有一个凹槽瞄准器,可以提高你们的瞄准精度,还有一个扳机护环,可以帮助你们保持手稳定不晃。你们认为对火枪手来说最重要的东西是什么?"

"出色的视力。"回答问题的又是乔。

"那当然很重要。"中士说,"但在我看来,步兵最需要的是冷静。这将帮助你们认真瞄准,平稳射击。当子弹满天乱飞、战友纷纷倒下的时候,冷静是最难能可贵的品质。而在别人惊慌失措的时候,冷静可以让你活下去。"

他从乔手里接过火枪,递给另一个男孩,也就是酒商的儿子桑迪·德拉蒙德。

中士说:"我们现在主要使用预先包装好的弹药——火药筒和子弹袋会减慢你的速度。现在的步兵一分钟可以装弹射击三次。"

萨尔从征兵摊位走开了。

在大教堂的台阶附近,两辆两边敞开的大车停在相距二十码的地方,两个针锋相对的竞选团队挂起了彩旗和彩带,准备将大车用作演讲平台。萨尔注意到,屠宰场酒馆的芒戈·兰兹曼和他的同伙潜伏在附近。他们总是渴望打架生事。

阿莫斯站在辉格党的演讲平台旁边,穿着深绿色外套和白色马甲，与路人握手交谈。一个路人发现了萨尔，便说："喂，博克斯太太，你为这个人工作，来说说实话吧，他是一个怎样的工厂主？"

"我必须承认，阿莫斯比大多数工厂主都好。"萨尔微笑着回答。

法官的书记员和市政委员会的律师卢克·麦卡洛出现了。霍恩比姆跟在他身后，穿着朴素的黑衣服，戴着假发和帽子。麦卡洛负责确保选举顺利进行。"巴罗菲尔德先生，霍恩比姆先生，我将掷出这枚硬币。霍恩比姆先生，作为年高德劭的高级市政官，您有权来猜是正面还是反面。胜者可以选择先发言还是后发言。"

麦卡洛抛了硬币，霍恩比姆说："正面。"

麦卡洛接住硬币，握紧拳头，把硬币放在另一只手的手背上。"反面。"他说。

阿莫斯说："我后发言。"

萨尔猜，阿莫斯做出这样的选择，是为了后发制人，将霍恩比姆的论点一一驳倒……

麦卡洛说："霍恩比姆先生，您准备好之后我们就可以开始了。"

霍恩比姆回到托利党的大车边，对提名他的汉弗莱·弗罗格莫尔说话。弗罗格莫尔递给霍恩比姆一捆文件，霍恩比姆仔细研究起来。

萨尔想，王桥的人仍然记得汤米·皮金，霍恩比姆永远不会赢得公众的支持，但他不需要担心公众。只有选民才重要，而他们是商人和有产者，不太可能同情小偷。

萨尔看到贾奇和杰克·坎普已经从贝尔客栈里走出来，身边还跟着几个朋友，他们手里都拿着啤酒杯。他们要是一直待在屋里就好了，萨尔在心里嘀咕。

麦卡洛站到托利党的大车上，使劲摇动手铃。更多的人围了过来。"现在选举代表王桥的下议院议员。"他说，"约瑟夫·霍恩比姆首先发言，然后是阿莫斯·巴罗菲尔德。请安静听候选人讲话，不许喧哗。"

阿莫斯，祝你好运，萨尔想。

霍恩比姆手持文件走上演讲平台，站了一会儿，整理思绪。人群安静下来。在这个间隙，一个人高喊道："人渣！"这句嘲讽引来哄堂大笑，霍恩比姆不禁心神忐忑。

不过，他很快就恢复了镇定。"王桥的选民们！"他开始说。

广场上有一千人上下，其中大概有一半在听他发言。然而，这座市镇只有大约一百五十个选民。今天上午的大多数听众都没有选举权，许多人对此大为不满。酒馆里，人们咬牙切齿地谈论着"世袭政府"的缺陷，这是对国王和上议院的委婉说法。根据法律，国王和贵族都是不能批评的。

酒馆里最激进的人对法国大革命拍手叫好。萨尔曾和基特的搭档罗杰·里迪克讨论过法国。罗杰在法国生活过，对赞成革命的英国人深为鄙视。罗杰说，法国大革命用一种暴政取代了另一种暴政，英国人比他们的邻居享有更大的自由。萨尔相信罗杰的话，但她说仅仅主张英国不像其他地方那么糟糕是不够的，英国仍然存在巨大的不公和残酷的暴政。罗杰并未反驳萨尔。

霍恩比姆说："我们的国王和教会正受到威胁。"萨尔尊重教会，至少尊重教会的某些方面，但她不喜欢国王。她猜大多数工厂工人也有同样的感受。

贾奇身边的人喊道："国王从来没有为我做过任何事！"这话引起了人群的欢呼。

霍恩比姆谈到了波拿巴，如今后者已是法国皇帝。霍恩比姆在这个话题上引起了听众的共鸣。许多王桥工人的儿子都在军中服役，将波拿巴视为撒旦的左膀右臂。霍恩比姆因为诋毁波拿巴赢得了几声欢呼。

他谈到法国大革命，暗示辉格党支持革命。萨尔不知道有多少人会信以为真。听众中或许有人会上当，但大多数有权投票的人都知道事实并非如此。

霍恩比姆最大的错误在于他的态度。他说话的口气就像是在给厂里的经理发号施令。他声音坚定，语气威严，但缺乏亲切和友善的态度。如果说这场演讲能改变什么的话，那就是让他失去了选票。

最后，他回到了国王和教会的话题，谈到了尊重两者的必要性。这无异于站到了工厂工人的对立面，引来台下嘘声一片。萨尔挤过人群，站到贾奇附近。杰克·坎普弯腰捡起一块石头，萨尔见状连忙抓住他准备投掷石块的手臂，说："嘿，杰克，你可想清楚，你这是在谋杀高级市政官。"此言一出，对方立刻就泄气了。

霍恩比姆结束演讲时，只得到了稀稀拉拉的掌声和震耳欲聋的嘲笑。到目前为止，一切进展顺利，萨尔想。

阿莫斯则完全不同。他走上演讲平台，摘下帽子，仿佛在对观众表示尊重。他没拿稿子，直接开讲："如果我问王桥居民，他们现在最担心的是什么，大多数人都会说两件事：战争和面包价格。"这句话立刻引来一阵掌声。

他接着说："霍恩比姆高级市政官谈到了国王和教会。你们谁也没跟我提过这些。我想，你们需要的是和平与七便士一条的面包。"人群爆发出欢呼，阿莫斯不得不提高嗓门儿把话说完："我说得对吗？"欢呼变成了雷鸣般的喝彩。

对战争的仇视并不仅限于工人。在拥有投票权的阶层当中，有很多人已经厌倦了持续二十年的战争。太多的年轻人战死沙场。许多人希望世界回归正常，可以像过去一样去欧洲大陆旅行，去巴黎买衣服，去罗马参观历史遗迹——而不是像现在这样眼睁睁地看着自己的儿子去送死。但大多数议员关心的是胜利，而不是和平。有些选民可能认为，议会需要更多像阿莫斯这样的人。

萨尔认为阿莫斯是天生的演说家，是那种能轻而易举地赢得群众支持的人。他不知道自己是一位风度翩翩的君子，这反倒增添了他的魅力。

几乎没有人发出嘘声，也没有人向他扔石头。

演讲结束后，萨尔向阿莫斯表示祝贺。"他们喜欢你。"萨尔说，"他们对你的喜爱远远超过对霍恩比姆。"

"我相信是的。"阿莫斯说，"但他们更害怕霍恩比姆。"

*

投票于第二天上午进行。王桥的一百五十七名选民涌入公会大厅。卢克·麦卡洛和一位助手坐在房间中央的一张桌子后面,每人拿着一张按姓氏首字母排序的名单。选民围在桌子周围,试图引起麦卡洛的注意。与某人视线相交,或者听到某人的名字时,麦卡洛会检查手上的名单,确认此人已经登记,然后大声重复此人的名字。这时,选民会喊出自己要投票给谁,麦卡洛则在选民名字旁写上 H 或 B[1]。

每当听到有人投票给自己时,霍恩比姆都会扬扬得意;每当听到有人投票给阿莫斯·巴罗菲尔德时,霍恩比姆都会摇头叹气。投票进行得很慢,他很快就记不清确切的票数了。所有与霍恩比姆做生意的人都投了他的票——他逐一拜访了这些人,他们不敢不投他。但这就够了吗?他唯一能确定的是,两位候选人的得票几乎不相上下。

投票花了将近两小时,最终麦卡洛大声喊道:"还有人要投票吗?"没有人回答。

然后,他和他的助手开始计票。两人统计完毕后,助手在麦卡洛耳边低语,麦卡洛点头表示同意。但随后他们又统计了一遍,以防万一。结果看来是一致的,因为麦卡洛直接站了起来。

"代表王桥的下议院议员已经通过自由公正的选举产生了。"他说,房间里鸦雀无声,"我在此宣布,获胜者是约瑟夫·霍恩比姆。"

---

[1] H 代表霍恩比姆,B 代表巴罗菲尔德。

霍恩比姆的支持者欢呼起来。

掌声渐渐平息,巴罗菲尔德的一位支持者大声说:"下次再来选,阿莫斯。"

酒商艾伦·德拉蒙德握了握霍恩比姆的手,向他表示祝贺。德拉蒙德的儿子和霍恩比姆的孙子是朋友。昨天下午他们踢了一场足球赛,乔获得祖父许可,昨晚在德拉蒙德家过夜。现在霍恩比姆说:"我们两家的小伙子肯定玩得很开心。他们八成整晚都在谈论女孩。"

"毫无疑问,"德拉蒙德说,"但我很奇怪今天早上没在教堂看到他们。也许您应该把他们从床上叫起来。"

霍恩比姆茫然不解:"我应该把他们叫起来?但他们在你家。"

"不。恕我直言,他们在您家。"

霍恩比姆很肯定这两个男孩没有在他家过夜。"但是,乔告诉我他和桑迪住在一起。"

两人面面相觑,不知所措。

德拉蒙德补充道:"今天早上我查看了桑迪的房间——他的床没人睡过。"

问题似乎解决了。霍恩比姆说:"那他们一定在我家。显然我误解了。"但他很少误解别人的话,所以他心中依然疑云密布。"我要回家检查一下。"

"如果可以的话,我和您一起去。"德拉蒙德说,"去确认一下。"

他们慢慢走出房间,因为霍恩比姆的支持者纷纷拥上前来祝贺。但他对所有人都冷若冰霜,只同他们握手致谢,同时仍在继续走动,无视所有试图与他谈话的人。来到寒冷的街道上,他加快了脚步,德拉蒙德不得不匆忙跟上迈开长腿、健步如飞的霍恩比姆。

几分钟后,他们到达霍恩比姆家。男仆辛普森打开门,霍恩比姆劈头便问:"今天早上你看到乔了吗?"

"没有,先生,他在德拉蒙德先生家……"辛普森看见站在霍恩比姆身后的德拉蒙德,话说到一半就戛然而止。

"我去看看他的房间。"霍恩比姆跑上楼梯,德拉蒙德急忙跟上。

乔的床没人睡过。

德拉蒙德说:"那两个家伙到底在搞什么鬼?"

"我希望这只是恶作剧。"霍恩比姆说,"不然的话,只有可能是他们出了什么意外,或者他们跟人打了一架,如今正躺在某条沟里。"他愁眉紧锁,陷入沉思:"你知道还有谁参加了昨天的足球赛吗?"

"桑迪提到了鲁普·安德伍德的儿子布鲁诺。"

"我们去问问他知不知道什么。"

鲁普的丝带生意欣欣向荣,如今他在厨具店街拥有一座漂亮的房子。霍恩比姆和德拉蒙德急忙赶到那里,敲开了门。他们发现安德伍德一家刚坐下来吃午餐。霍恩比姆想起来,鲁普曾是简·米德温特的众多爱慕者之一,但他娶了一个看起来不如简漂亮,却比简聪明的女人。这女人显然给他生下了此刻坐在桌边的三个健康青少年。

鲁普站起来:"霍恩比姆高级市政官,德拉蒙德先生,二位突然光临寒舍,我真的没有想到啊。请问是出了什么事吗?"

"没错。"霍恩比姆说,"我们找不到乔和桑迪了。你的儿子布鲁诺昨天可能和他们一起踢过足球，我们想问问他是否知道他们在哪里。"

一个约莫十六岁的男孩说："我知道，先生。"

鲁普说："孩子，霍恩比姆高级市政官跟你说话的时候，你要站起来。"

"对不起。"布鲁诺连忙站起来。

霍恩比姆说："他们在哪里？"

布鲁诺说："他们参军了。"

众人瞠目结舌。

过了片刻，德拉蒙德嘟囔道："上帝啊，发发慈悲吧。"

霍恩比姆说："这些蠢货！"

鲁普对儿子说："你没告诉我这件事，布鲁诺。"

"他们让我们什么都别说。"

德拉蒙德问："他们到底为什么要这么做？"

"是啊。"霍恩比姆说，"他们是中了哪门子邪？"

布鲁诺回答了这个问题："乔说他有责任为保卫自己的国家出一份力，桑迪表示赞同。"

"哦，看在上帝的分儿上。"德拉蒙德又急又气。

布鲁诺说："我们其他人都觉得他们疯了。"

霍恩比姆说："他们去哪儿了？"

"他们跟那个在集市上征兵的中士一起走了。"

霍恩比姆说："这样征兵是违法的。他们才十五岁！"

鲁普说："现在十五岁的孩子可以参军了，只要他们身高达标。法律早在1797年就修改过了。"

"我是不会允许乔胡作非为的。"霍恩比姆说。他唯一的孙子在战争中出生入死，这样的画面太可怕了，简直让他无法想象。

德拉蒙德说："我们可以去找谁处理这件事？"

第107步兵团驻扎在西班牙，在王桥没有办公室。军队在这里的代表是民兵队。库姆勋爵是当地民兵队的新任荣誉上校，但他的角色只是仪式性的，他实际上并不是指挥民兵队的军官。相比之下，先前亨利上校就是民兵队的实际领导者，并在这方面表现优异。如今民兵队其实由阿奇·唐纳森率领，他已晋升为中校，坐在威拉德公馆亨利的旧办公室里。霍恩比姆说："我要去和唐纳森交涉。他必须把咱们两家的孩子带回来。"

两人再次出发。威拉德公馆位于市场广场。官威十足的比奇中士在大厅值班。在装模作样地犹豫一番后，比奇将他们领进了唐纳森的办公室。

许多民兵队军官和士兵已经转入第107步兵团。尽管危险重重，但转入正规军可以获得更高的薪水，还有机会到外国见世面。不过，唐纳森选择留下。他是卫理公会教徒，可能对杀人有所顾忌。在霍恩比姆的记忆中，唐纳森还是个面容稚嫩的中尉，但现在他已是体形富态的中年人了。

霍恩比姆说："听着，唐纳森，我的孙子和德拉蒙德的儿子被负责征兵的中士骗进了军队。"

唐纳森毫无同情之心："这恐怕与我无关。"

"但你一定知道他们在哪里。"

"不知道。征兵人员并不愚蠢。他们不会告诉我，也不会告诉其他人。新兵中途反悔，或者新兵的亲属想将他们捞回去——这种情况在军队中时常发生，在战争期间几乎得不到同情。"

霍恩比姆勃然大怒，但他努力克制自己，继续游说："得了得了，唐纳森，你一定知道他们去哪儿了。"

"当然，我有点儿眉目。"唐纳森承认道，"他们正在前往某个港口的路上，增援西班牙的军队正在那里集结。可能是布里斯托尔、库姆、南安普敦、朴次茅斯、伦敦，或者是我从未听说过的地方。不管他们去了哪里，只要他们还在英国，军官都会一刻不停地盯着他们。等有机会逃跑的时候，他们已经在葡萄牙了。"

"我要去伦敦的陆军部调查。"

"那祝你好运。但你到了陆军部就会发现，他们甚至连士兵名单都没有，更不用说某个人可能被派往哪里的详细信息了。"

"该死！"

唐纳森眼中流露出假意同情的神色。"你们两家公子的遭遇与吉姆·皮金很像。"唐纳森平静地说，"你们可能还记得，皮金的妻子找不到自己丈夫去哪儿了。她当时的感受应该同你们现在如出一辙。当她发现自己丈夫被强行抓进海军之后，也是这般叫天天不应，叫地地不灵。"

霍恩比姆勃然大怒："你好大的胆子！"

"我不过是实话实说。"

"唐纳森,你真是一条傲慢无礼的疯狗。"

"向挑衅者发起决斗违背我的宗教信仰,所以你很走运,霍恩比姆。但是,你如果不能像绅士一样说话,最好滚出我的办公室。"

德拉蒙德说:"走吧,霍恩比姆,我们走吧。"

两位高级市政官走到门口,德拉蒙德打开门。霍恩比姆说:"这事没完,唐纳森。"

唐纳森回应道:"你要对抗军队,是吗,霍恩比姆?那会是一场有趣的战斗,但我知道谁会赢。"

霍恩比姆走出门,德拉蒙德跟在后面。他们穿过大厅时,德拉蒙德说:"唐纳森是一头自以为是的猪,但他是对的,霍恩比姆。对抗军队是死路一条。我们无能为力。"

"我相信天无绝人之路。"霍恩比姆说,"我听说,大教堂的主任牧师自愿成为第107步兵团的随军牧师,有这回事吧?"

"有。是凯内尔姆·麦金托什,他娶了老主教的女儿。"

"他已经去西班牙了吗?"

"多半没有。他应该还住在主任牧师宅邸。"

"我们去看看他能不能帮忙。"

主任牧师宅邸离威拉德公馆只有几步之遥。一个女仆打开门,把他们领进麦金托什的书房。他们发现麦金托什正在把书装进行李箱。他英俊的脸上布满因焦虑而产生的皱纹。德拉蒙德说:"你要把书带到战区?"

"当然。"麦金托什说,"一本《圣经》、一本祈祷书,还有几本灵修书籍。我的任务是给士兵精神上的滋养。不然我还能带什么——手枪?"

霍恩比姆不想讨论随军牧师的责任问题,说:"乔·霍恩比姆和桑迪·德拉蒙德昨天加入了第107步兵团,我们找不到他们在哪里。"

"啊!"麦金托什惊呼道,"但愿我的儿子斯蒂芬不会也突发奇想去扛枪。"

"几乎可以肯定的是,他们正在前往西班牙。第107步兵团在威灵顿手下作战。"

"您想让我做什么?"

"把他们送回家!"

"唉,我深表同情,但我不能这么做。我到前线去可不是给军队拆台的,我没法将优秀的年轻士兵送回家。如果这样做,我八成会被遣送回来——军队无疑会觉得随军牧师不如健康的小伙子有用。如果发生了不幸的话,我会为他们按基督教仪式举行葬礼——希望这能让二位稍感安慰。"

突然间,霍恩比姆觉得自己再也撑不下去了。让他彻底崩溃的正是"葬礼"二字。几十年来,他始终坚信自己再也不会遭受痛苦和失落,坚信自己是命运的主人,坚信生活再也不会为他准备悲剧。但就在刚才,这种信念在他心中土崩瓦解,只留下令人簌簌发抖的恐惧。从年幼行窃时算起,他还从来没有这样惶悚不安过。

"麦金托什,我求求你了。"他凄凄切切地说,"到战场以后,请把乔找出来，看看他情况如何，身体是不是健康，衣食是不是充足。如果可能的话，请写信告诉我。乔比其他任何人都讨我欢心。可现在，他突然间离开了我，要去打仗。我不能再照顾他了。我只是一个无助的老人，跪在你面前，恳求你：请多照顾一下我的孙子——好吗？"

德拉蒙德和麦金托什大惊失色地注视着他。他知道为什么：他们从来没有见过，甚至从来没有想象过他会这样告哀乞怜。他们几乎不敢相信他看上去竟会如此软弱，听上去竟会如此无助。但霍恩比姆已经不在乎他们怎么看他了。"求求你了，麦金托什，请多照顾一下我的孙子，好吗？"他说。

麦金托什不知所措，答道："我会尽力的。"

第三十四章

贾奇回到家时心情很不好，浑身散发着艾尔啤酒和烟草的气味。显然，他那天大部分时间都是和朋友在酒馆里度过的。萨尔非常失望："我还以为你今天去见摩西·克罗克特了呢。"

克罗克特是一位布商。有一两年时间，他的工厂经营得十分辛苦，但如今他赢得了一份德文郡步兵团的军需合同，生意正在好转。贾奇仍然每周只为霍恩比姆工作三天，萨尔提醒贾奇，克罗克特可能正在寻找能全职工作六天的织布工。

"不错。"贾奇说，"我今天上午去见摩西了。"

"怎么样？"

"他打算改用蒸汽织机，就是这样。他自己手下的织布工都打算开掉一部分，更不会雇用新的织布工了。一个工人可以同时操作三到四台蒸汽织机。"

"真可惜。"

"他说他得与时俱进。"

"这一点倒是没法反驳。"

"我就反驳了。我说时代可能需要倒退。"

面对暴跳如雷的贾奇,性格温和的摩西·克罗克特肯定相当恼火吧,萨尔不禁为丈夫的粗鲁表现感到惭愧。"我希望你们没有吵架。"她把一碗热腾腾的汤放在他面前,"这是你最喜欢的土豆汤,还有可以涂面包的新鲜黄油。"她希望食物能吸收一些贾奇体内的酒精。

"不,我没有和摩西吵架,"贾奇说,"但内德·卢德总有一天会跟他吵架的。"他吸溜了一口汤。

作为机器破坏者的神秘领袖,内德·卢德刚出现的时候只活跃于英格兰中部和北部,但后来卢德运动蔓延到了西部。

萨尔在贾奇对面坐下,开始吃东西。汤和面包又好吃又容易填饱肚子。休已经结婚,基特和罗杰也住到了一起,所以餐桌上就只剩他们两个了。

萨尔说:"你知道在约克郡发生了什么,对吧?"

"他们抓了人。"

"会有审判的。你认为会是公平审判吗?"

"别痴心妄想了。他们很可能抓错了人,但他们不会在意的。他们会绞死一些人,把其他人流放到澳大利亚。他们只是想叫工人吓破胆,不敢抗议罢了。"

"如果王桥这里发生破坏机器的事,你认为谁会第一个遭到逮捕?"萨尔在一片面包上涂上黄油,递给贾奇。

贾奇没有回答她的问题,而是反问她:"你知道是谁把那该死的蒸汽织机卖给摩西的,对不对?你儿子,就是他。"

"基特也是你的儿子,已经有十七年了。"

"我的继子。"

"是啊,作为继父,你从他身上得到了许多好处,不是吗?体面的居所、每周日的美餐,全由他出钱。"

"我不要施舍。我想要自己出钱买美餐。男人想要工作赚钱,自己负担自己的开销。"

"我知道。"萨尔说,语气缓和了一些。她确实知道。钱不再是她的头号难题,因为基特很能挣钱,又非常大方。现在萨尔的头号难题是贾奇的自尊心。所有人都有自尊心,但贾奇的自尊心比大多数人都强。"对吃苦耐劳的男人来说,无所事事是一种折磨。好逸恶劳的男人喜欢悠闲懒散的生活,像你这样的男人却讨厌无事可做。可是,你不能因此就自暴自弃呀。"

他们默默地吃完饭,然后萨尔洗了碗。今晚要练习敲钟。萨尔已经养成了陪伴贾奇的习惯。从前,她常和乔安妮一起到贝尔客栈等候钟手,但自从乔安妮被流放,她就不喜欢独自去客栈了。

他们沿着灯火通明的主街向大教堂走去。穿过广场时,他们遇见了贾奇的朋友杰克·坎普,后者穿着一件破破烂烂的旧外套。坎普问:"你没事吧,贾奇?"

"我挺好的。"贾奇说,"现在去练习敲钟。"

"那晚点儿再见。"

"好。"

快到大教堂时，萨尔说："杰克似乎很喜欢你。"

"你为什么这么说？"

"他和你在客栈待了一整天，还想今晚再见到你。"

贾奇龇牙一笑："我可爱又不是我的错。"

萨尔被逗得开怀大笑。

教堂的北门没锁，说明铲子已经在里面了。他们爬上螺旋楼梯，来到悬挂钟绳的房间，别的钟手已经到了，正在脱外套、撸袖子。萨尔靠墙坐下，以免妨碍他们。她喜欢听钟声组成的音乐，但更喜欢听男人相互调侃。他们的话总是那么风趣，偶尔还很机灵。

铲子叫大家安静下来。他们开始敲击熟悉的钟乐来热身。然后他们开始练习特殊场合的钟乐，比如举行婚礼和洗礼时的钟乐。萨尔听着听着就走神了。

她一如既往地为自己所爱的人忧心不已。她投入了巨大的精力保护贾奇，以免他惹火烧身。捍卫自己的权利固然无可厚非，但你必须采用正确的方式。面对不公，你更应该带着悲伤的情绪去争取权利，而不是怒不可遏地以暴制暴。贾奇总是动不动就跟人吵架。

基特二十七岁了，仍然单身。据她所知，基特从来没有交过女朋友——当然也没有带过女朋友回家。她很肯定自己知道原因。人们会说基特"不适合结婚"，这是一种委婉的表达方式。她并不介意别人对儿子的看法，只是对自己不会有孙辈感到失望。

基特一直对机器很在行，生意也很红火，但罗杰并不是理想的合伙人。赌徒从来都不可靠。

她的外甥女休是最不用操心的。休已经结婚,看起来很幸福。休有两个女儿,所以萨尔至少有两个甥外孙女。

贾奇的话打断了她的沉思。"我得出去走走——去上个厕所。你知道下一段怎么敲,萨尔,你能代替我吗?"

"好的。"多年来,她经常代替那些在最后一刻退出训练的人。她足够强壮,而且节奏把握得很好。

贾奇走下石阶,萨尔站到了他那根晃来晃去的钟绳旁。她对贾奇的离开感到有点儿惊讶——他通常不会突然想上厕所。也许他吃了什么不干净的东西——她敢肯定,不是她做的土豆汤惹的祸,也许是贾奇在贝尔客栈吃的某道菜。

萨尔将这个念头抛诸脑后,专心听铲子的指示。她惊讶地发现,没过多久,练习就结束了。贾奇还没有回来。萨尔希望他没有生病。铲子把贾奇的一先令酬金给了她,她说她会转交给贾奇。

所有人一齐穿过广场,前往贝尔客栈,在门口遇见了贾奇。"你病了吗?"萨尔焦急地问道。

"没有。"

她把那枚先令递给了他。"你可以用这钱给我买杯啤酒。"她说,"这是我应得的。"

他们坐下来,打算放松个把小时就回家睡觉。凌晨五点必须上班的人不能熬夜。

然而,放松并没有持续一小时。仅仅过了几分钟,多伊郡长就进来了。他戴着廉价的假发,拄着沉重的手杖,看上去气势汹汹,又有点儿惶惶不安。陪同他的是两名警员：雷吉·戴维森和本·克罗克特。萨尔盯着他们，不知道是什么让他们如此激动。她瞥见铲子流露出一抹忧虑的眼神，他似乎已经猜到了郡长在想什么。但萨尔猜不出来。

贝尔客栈里的酒客立即察觉到气氛的变化。房间里渐渐安静下来，每个人都看着多伊。没有人喜欢他。

"摩西·克罗克特的工厂着火了。"多伊宣布道。

房间里响起了一阵惊讶的嗡嗡声。

"从残骸可以清楚地看出，很多机器在火灾发生前就已经被砸毁了。"

众人闻言惊骇不已。

"而且，门上的锁也被撬开了。"

萨尔听到铲子说："哦，见鬼。"

"外面的墙上，有人用红漆写了'内德·卢德'的字样。"

肇事者的身份一目了然，萨尔想。工厂遭到了卢德分子的攻击。

"可以肯定，干了这件事的家伙会被绞死。"多伊接着说，然后径直指向贾奇，"博克斯，你是城里最不安分的闹事者。你有什么要说的？"

贾奇微微一笑。萨尔很奇怪，面对死刑威胁的时候，他怎么能表现得如此自信。他说："你聋了吗，郡长？"

多伊愤然作色："你在说什么呀？"

贾奇似乎乐在其中："我们得开始叫你'聋子多伊'了。"

"我不是聋子，你这个白痴！"

第五部分　世界大战

"好吧，你如果不是聋子的话，那一定听到了王桥其他人今天晚上听到的声音——我在大教堂敲了七号钟一小时。"

客栈里的人放声大笑。看到讨厌的多伊丢人现眼，他们全都乐不可支。但萨尔没有笑。她明白贾奇做了什么，不禁怒火中烧。贾奇把她卷入了一场阴谋，却没有事先跟她通气。她毫不怀疑贾奇就是闯入克罗克特工厂的人之一。但他有不在场证明：他一直在练习敲钟。只有萨尔和其他钟手知道他中途溜走了——他指望他们替他保守秘密。萨尔想，倘若不撒谎，我就会背叛丈夫，下场只能是看着他被绞死。这太不公平了。

那天晚上，她第二次看见铲子流露出猜出真相的眼神。他肯定进行了同样的推理，并得出了同样的结论：贾奇已经将他们所有人置于险境。

然而，眼下多伊有些仓皇失措。他不是一个思维敏捷的人。他的头号嫌疑人有不在场证明，他不知道接下来该怎么办。沉默良久后，他故作强硬道："那就走着瞧！"但这句话反而暴露了他的心虚，众人再次哄笑。

多伊狼狈离去。

酒客恢复了交谈，整个客栈又热闹起来。铲子探出身子，用其他钟手都能听到的低沉而清晰的声音对贾奇讲话。"你不应该这么做，贾奇。"他说，"你将了大家一军，让我们不得不为你撒谎。嗯，好吧，我愿意替你遮掩一次。但如果你被告上法庭，我再为你做伪证的话，就会构成重罪。我可不愿意为你犯罪。"

其他人也都点头附和。

贾奇假装不以为意地说:"我永远也不会被告上法庭的。"

"但愿不会。"铲子说,"不过万一有这么一天,而我又不得不出庭做证,那我现在必须告诉你,我会实话实说。如果你被绞死,那是你咎由自取。"

*

2月初,埃尔茜已经与母亲和铲子住在一起了。某天,她收到了一封从西班牙寄来的信,上面是凯内尔姆熟悉的整洁笔迹。她把信拿到客厅,急切地拆开。

1812年圣诞节

于西班牙罗德里戈城

亲爱的妻子:

我此刻身处西班牙罗德里戈城,一个河边悬崖上的小城。这里有一座大教堂——当然,是罗马天主教堂,这着实令人遗憾。我住在第107步兵团军官住房的一个小房间里。

啊,凯内尔姆平安到达西班牙了,这让埃尔茜松了口气。海上旅行总是令人担惊受怕。

埃尔茜并不爱凯内尔姆——她从来没有爱过他——但这些年来，埃尔茜开始欣赏他的优点，并容忍他的缺点。他是埃尔茜五个孩子的父亲。他的安全对埃尔茜来说非常重要。

埃尔茜接着往下读：

我原以为西班牙是个烈日炎炎的国家，谁知这里的天气却寒冷刺骨，而且我住的房子没有玻璃窗——这里的大多数房子都是如此。东边的山岭上可以看到积雪，当地人将这种高低起伏的山脉称为"齿状山"。

埃尔茜得给他寄些暖和的羊毛衣物：也许需要内衣，还需要长筒袜。可怜的家伙。明明大家都说西班牙酷热难耐呀。

军队正在从一次挫折中恢复过来。对布尔戈斯的围攻失败了，我军撤退时有些混乱，在返回冬季驻地的长途行军中，不少士兵冻死或饿死。这是我到达之前的事。

埃尔茜在报纸上看到了英军从布尔戈斯撤退的消息。威灵顿侯爵在过去一年里取得了一些胜利，但到了年底，他似乎又回到了原点。埃尔茜怀疑威灵顿并非像人人夸赞的那样是一位常胜将军。

这里的士兵迫切需要精神指引。有人认为，战斗会让士兵意识到天堂和地狱近在咫尺，从而反思自己的处境，并寻求上帝的庇佑，但事实似乎并非如此。他们中几乎没有人愿意参加礼拜。许多人把时间花在纵酒作乐、狂嫖滥赌上——原谅我提到了妓女，亲爱的。我有很多事情要做！但我的主要工作是告诉他们，我是他们的牧师，如果他们需要我，我随时准备与他们一起祈祷。

凯内尔姆倒是有了一点儿改变，埃尔茜想。他先前总是执着于基督教的各种仪式。他非常重视神圣的教袍、镶嵌珠宝的圣器和宗教游行。在此之前，与处于困境中的人一起祈祷对他来说并不重要。从军经历拓宽了他的视野。

  我既然已经安顿下来，就应该去拜访一下威灵顿。他的司令部位于一个叫弗莱内达的村子，离这儿有一段路程，但我不会要求使用战马。那个村庄破败不堪，脏乱污秽。我不无遗憾地发现，那里也有几个从事某种行业的女子——你在给孩子们读这封信时，可以跳过这句话。

  我们的总司令住在教堂旁的房子里。这是此地最好的房子，但其实并不怎么样，只是马厩上方的几个房间。作为莫宁顿伯爵的儿子，威灵顿是在丹根城堡长大的，住在这里肯定感觉从天上掉到了地下！

  我到达之后询问一个副官，得知威灵顿正在打猎。我猜，没仗可打的时候，威灵顿肯定也闲不下来。那个副官相当傲慢，说他不确定将军是否有空见我。我当然别无选择，只能耐心等待。

就在我等待接见的时候，你猜我遇到了谁：夏陵伯爵亨利！他体形消瘦，但看起来很开心。事实上，我觉得他在这里简直是如鱼得水，乐在其中。他被调到司令部担任参谋，与威灵顿合作密切。他们两人出生于同一年。早在1786年，两人就已在昂热的法国皇家马术学院相识了。

埃尔茜想，这两人还有一个共同点：亨利对军队比对妻子更感兴趣，而如果传言属实，威灵顿也一样。

我想起了霍恩比姆高级市政官的苦恼，并提到乔·霍恩比姆和桑迪·德拉蒙德出于爱国热情自愿参军的事，亨利对此颇感兴趣。我告诉亨利，他们是来自王桥文法学校的两位头角峥嵘的青年俊杰，有担当军官的潜力。亨利说他会关照他们。所以，请告诉霍恩比姆，我已经尽力为他孙子成为军官铺平了道路。

埃尔茜肯定会将这一消息转达给霍恩比姆。他并不会因此高枕无忧，但至少会知道有两个王桥的人在西班牙关照他的孙子。

终于，威灵顿现身了。他穿着天蓝色外套和黑色披肩，后来我才知道那是索尔兹伯里狩猎俱乐部的制服。我立刻明白为什么他得了"大鼻佬"的绰号:他有一个特别大的鹰钩鼻,高高的鼻梁,长长的鼻尖。除开鼻子不论,他是一个英俊的男人,比平均身高略高,鬈发向前梳着,以掩盖他略微后退的发际线。

亨利把我介绍给威灵顿,威灵顿站在马旁和我交谈了几分钟。他问起我在牛津和王桥的经历,说很高兴见到我。他没有邀请我进屋,但有那么多人看到他与我兴致勃勃地对话,我已经大为满足。他为人和蔼可亲,不拘礼节,不过我总觉得最好别惹他不快。我本能地觉察到,他是那种外表温和友好、内心刚毅冷酷的人物。

埃尔茜为凯内尔姆感到欣慰。她知道凯内尔姆多么看重大人物的赏识。在众人面前和总司令谈话,这足以让他开心好几个月。这是一种无伤大雅的弱点,她已经学会了宽容。

草草数语,言不尽意。不过,这封信定会载入每周从里斯本驶往英国的邮船,随威灵顿的公文及其他无数家书一起漂洋过海,返回故乡。我时常想起孩子们——请向他们转达我的爱护之情。毋庸赘言,亲爱的妻子,我也要向你表达我最深切的尊敬和爱意。

你忠诚的丈夫

凯内尔姆·麦金托什

埃尔茜放下信,思索片刻,然后又读了一遍。她注意到,在最后一段,凯内尔姆提到了三次"爱"。他们结婚十八年来,他提到"爱"的次数差不多就是三次。

过了一两分钟,她将所有的孩子都叫到客厅。"收到你们父亲的信啦。"她说。孩子们啊啊哦哦地欢呼起来。"安静地坐着,"她说,"我来读给你们听。"

*

菲什威克市长呼吁召开市政委员会紧急会议,讨论突然爆发的卢德运动。铲子比任何人都更清楚发生了什么,但他不得不隐瞒真相。他决定参加会议,但基本不发言,或者干脆保持沉默。他本可以选择不出席,但那样会显得很可疑。

由所有高级市政官组成的市政委员会开会时,气氛通常十分热烈。衣冠楚楚、自信满满的高级市政官一边享用古老会议桌中央的雪利酒,一边胸有成竹地对市镇管理做出各种决策。他们认为管理王桥是他们的权力。他们觉得自己干得很不错。

但今天他们神气不起来了,铲子想。会场弥漫着悲观的气氛。他们看起来都惊慌失色。

菲什威克概述了原因。"自从摩西·克罗克特的工厂遭到袭击后,又有三家工厂沦为暴徒的目标。"他说,"霍恩比姆高级市政官的猪圈工厂、巴罗菲尔德高级市政官的老工厂,还有我自己的工厂。在每次袭击中，暴徒都毁坏了机器，点燃了大火，用红色油漆在墙上写了'内德·卢德'的字样，字母都是大写。附近的城镇也发生了类似事件。"

霍恩比姆说："难道这家伙从北方流窜到这里来了？"

"我认为此人根本不存在。"菲什威克说，"内德·卢德很可能只是传说中的人物，就像罗宾汉[1]一样。在我看来，这些暴行并不是由某个核心人物组织的，只是一群心怀怨恨的刁民在效仿另一群心怀怨恨的刁民罢了。"

鲁普·安德伍德说："到目前为止，我还比较走运，没有遇到这种麻烦。"鲁普四十多岁，和阿莫斯一样。他的金色额发已经开始泛白，但他仍然保持着摆头甩开挡住眼睛的头发的习惯。铲子觉得他多半会继续幸免于难。制作丝带的过程和制作羊毛布料一样，都包括纺纱、染色和编织等步骤，但这是一个专业性强、雇用人数少的行业。

"我得问一下，"鲁普接着说，"遇袭的工厂是否都有保安？"

"都有。"菲什威克说。

"那么，保安为什么无所作为呢？"

"我的保安被制服并被绑了起来。"

霍恩比姆深恶痛绝地说："我的保安扔下短棍逃走了。我已经雇了新保安，给他们发了手枪，但这只是亡羊补牢罢了。"

阿莫斯·巴罗菲尔德眉头紧锁："我担心的是枪支。倘若我们的

---

[1] 英国民间传说中的人物。他武艺出众，机智勇敢，体现出中世纪英国人民反抗封建压迫的精神。

保安配了枪,说不定会被卢德分子抢去,然后就会造成伤亡。我增加了保安人数,但武器没变,仍然只是短棍。"

这话激怒了霍恩比姆,他说:"我们如果谨小慎微,不采取强力的反制措施,就永远摆脱不了该死的卢德分子。"

菲什威克大为不悦:"霍恩比姆高级市政官,恕我直言,尽管大家情绪激动,但市政委员会会议上最好不要出言不逊。"

"抱歉。"霍恩比姆闷闷不乐地说,"但我们大多数人肯定都在报纸上读到了约克郡对卢德分子的审判。六十四人被送到特别巡回法庭受审。十七人被绞死,二十人被流放。破坏机器的行为已经停止。"

菲什威克说:"但是,我们从来没有当场抓住罪犯。他们总是在夜间作案。他们戴着有眼洞的头套,我们连他们头发的颜色都不知道。他们显然对工厂了如指掌,因为他们的行动十分迅速——闯进工厂就大肆破坏,在警报响起之前就跑出来,然后消失得无影无踪。"

鲁普说:"他们多半跑到不远处,摘下头套,伪装成乐于助人的邻居,拎着水桶回来帮忙灭火。"

铲子认为袭击者就是这样逃避抓捕的。

"等一下。"霍恩比姆说,"这些问题并没有难倒约克郡当局。他们查出闹事者的身份,便直接判定他们有罪,没有像律师那样对证据吹毛求疵。"

铲子知道霍恩比姆所言不虚。铲子也在报纸上读到过关于约克郡审判的报道。此举引发了极大的争议。有些被告与卢德分子毫无关系,还有些被告有不在场证明,但他们依然被判有罪。霍恩比姆显然希望王桥也能采用这种雷霆手段禁暴诛乱。

霍恩比姆接着说:"我们知道王桥有哪些手工工人因为新机器而失去了生计。我们只需要列个名单。"

阿莫斯说:"怎么,你想把他们都绞死?"

"我们可以先把他们都抓起来。这样至少可以确保将真正的卢德分子一网打尽。"

"但同时落网的还有两三百名遵纪守法的工人。"

"没那么多。"

"你什么时候数的,霍恩比姆先生?"

霍恩比姆不喜欢被质问,转而说:"好吧,巴罗菲尔德,告诉我你的计划是什么。"

"为失业的手工工人多做点儿事。"

"比如?"

"确保他们得到济贫金,不要故意找碴儿。"

这是对济贫监督官霍恩比姆的直接谴责。他气呼呼地说:"他们得到了他们应得的东西。"

"所以他们才砸毁机器。"阿莫斯说,"也许他们还会继续这样做,除非我们给予他们更多的援助,而不去管根据对济贫规则的严格解释,他们应该得到什么。"

铲子在心里为阿莫斯喝彩。

霍恩比姆说:"规则就是规则!"

阿莫斯说:"人毕竟是人。"

霍恩比姆越说越气:"我们需要给他们一个教训!只要绞死几个人,就能终结卢德运动。"

"故意绞死无辜者或许可以阻止破坏机器的行为,但我们也将犯下谋杀罪。"

霍恩比姆的脸涨得通红:"他们没有一个是无辜的!"

阿莫斯叹了口气:"听着,如果我们把工人当敌人一样对待,他们就会像敌人一样行事。"

"你这是在给罪犯辩护。"

"如果我们效仿约克郡法庭的做法,我们就会沦为罪犯。"

菲什威克出言平息争论:"先生们,请允许我说一句。我们不会为罪犯辩护,我们也不会绞死无辜的人。我们要召集证人,对那些真正有罪的人提出指控。如此一来,就算不得不绞死他们,我们也会得到上帝的认可。"

阿莫斯说:"阿门。"

*

霍恩比姆站在二号工厂的织布房里。这家工厂仍在运转,尚未受到攻击,但因为使用的是蒸汽织机,而卢德分子对机器恨之入骨,这里实际上危如累卵。

霍恩比姆从未上过战场,但他觉得,战场的声音听起来肯定就像一屋子的蒸汽织机在运转。机器整天轰隆隆地响个不停,织布房里简直没法交谈。常年操作织机的工人往往会变成聋子。

工人的主要工作是寻找布料上的缺陷：断掉的线、松动的线或结是主要缺陷。工人用小巧扁平的织布结来接补断线，而且他们必须快速完成这项工作，以尽量减少产品的损耗。工人的另一项重要任务是每隔几分钟更换一次梭子，因为机器运转速度飞快，梭子里的线很快就会用完。一个工人可以同时操作两到三台织机。

事故频繁发生——在霍恩比姆看来，这都怪工人太粗心。他曾见过一个工人宽松的衬衫袖子卡进传送带，然后那人的胳膊就被硬生生从肩膀上扯了下来。

飞梭是大多数事故的起因。它移动得非常快，每秒钟穿过梭口两三次。它是木头制成的，但两头都有金属加固，以免撞上缓冲垫时遭到损坏。如果工人让织机运转得太快，飞梭就会以极快的速度撞上缓冲垫，然后高速飞出织机，打伤躲闪不及的人。

菲尔·多伊到达工厂后，霍恩比姆离开了织布房，在一间远离噪声的办公室里与郡长会面。

"我们必须找出至少一名卢德分子并起诉他。"霍恩比姆说，"我将向你提供六个可能会透露情报的人。"这些人都欠霍恩比姆钱却无力偿还，但多伊不需要知道这一点。

多伊说："太好了，霍恩比姆先生。这些人可以给我什么情报呢？"

"显然是潜在卢德分子的名字，但我们需要更多的情报。试试寻找目击者，问他有没有看见卢德分子天黑后靠近工厂，准备大肆破坏。也许有人看到卢德分子戴上或摘下头套。"

"嗯，我可以试试。"多伊将信将疑地说。

"任何能为我们提供情报的人，我们都将悄悄予以奖励。举报暴力分子会将自己置于险境，所以他们需要犒赏。我们可以向出庭做证的人支付一镑。不过，这样的行为必须保密，否则工人就会说我们的证人接受了贿赂，因此他们的证词不可信。"

"我明白了，先生。"

霍恩比姆若有所思地说："我还是怀疑贾奇·博克斯。"

"但他在敲钟啊。"

"查查有没有人看见他在钟声响起时从城里走过。"

"那怎么可能呢？"

"也许有人顶替了他。我们怎么知道？"

"敲钟是一种技能，先生，需要大量练习才能学会。"

"顶替他的人可能是已经退休的前钟手，或者来自别的市镇。和认识钟手的人谈谈，他们可能听到了什么消息。"

"好的，先生。"

"那就这样吧。"霍恩比姆颐指气使地说，"你最好马上开始行动。我希望有人被判有罪。我想要那家伙被绞死。"

第三十五章

基特·克利瑟罗造访铲子的工厂,询问贾卡织机的使用效果。

"非常出色。"铲子说,"赛姆·杰克逊在操作机器,但这台机器并不需要织布工。一旦安装好,连小孩子都可以操作。现在需要技术的环节是设计纺织图案和制作打孔卡片。"

"您应该再订一台,"基特说,"产量就能翻倍。"这就是他来访的目的。

"如果还有法国客户我就会这样做。"铲子说,"巴黎有很多叫'时装店'的小店,出售裙子、帽子和各种配饰——蕾丝、围巾、搭扣等。过去,我几乎一半的产品都卖给了这些店铺。"

"但波罗的海沿岸各国和美国的买家取代了他们在您这里的位置。"

"是的,感谢上帝。但他们想要朴素耐穿的布料。这场该死的战争一结束,我就再买一台你们的贾卡织机。"

"那我届时再登门拜访。"基特装出坚强的样子,但内心非常沮丧。

铲子向来对别人的情绪变化体察入微,他见基特心灰意懒,便说:"很抱歉让你失望了。你们现在生意萧条吗?"

"是的,有点儿。都是卢德分子闹的。"

"我本以为很多布商会更换被砸毁的机器。"

"不会立刻换。他们负担不起。沃利·沃森也不愿再买一台粗梳机——他又重新雇用粗梳工了。"

"我想,如果有人斥巨资购买新机器,可能会引来卢德分子的第二次袭击。"

"这正是问题所在。"基特站了起来。即使在铲子面前,他也不想表现出软弱:"不过,我们只要坚持下去,总有一天会东山再起。"

"祝你好运。"

基特离开了铲子的工厂。

他竭力掩饰自己的感受,但他意志消沉,萎靡不振。自从他和罗杰创业以来,这是他第一次无事可做,而且在可预见的将来也是如此。他不知道自己能做什么。他不愿意动用积蓄。

这是2月里一个灰蒙蒙的日子,天色向晚,他提不起精神再去拜访客户,于是回了家。他走进一楼的作坊,里面散发着锯木和机油的味道,这种香气总是让他感到幸福。作坊里窗明几净,一尘不染:地板打扫过,工具整齐地摆放在架子上,木材堆放在后部。这都是基特的劳动成果:罗杰对这种事不那么讲究。

基特爬上楼梯,来到楼上的居住区,发现罗杰瘫坐在沙发上,呆呆地注视着煤火。基特吻了吻罗杰的嘴唇,坐在他旁边。

"能给我点儿钱吗?"罗杰说,"我知道还没到时间,但我已经没钱了。"

这种情况经常发生。基特每个月都会计算利润,存下一些钱,以备不时之需,然后将剩下的钱一分为二,一半给罗杰,但罗杰往往在月底前就将钱花光了。正常情况下,基特会给罗杰预支下个月的分红,但如今的经营状况已经一落千丈。"我没法给你钱。"基特说,"我觉得这个月应该没什么利润。"

"为什么没利润?"罗杰没好气地说。

"因为卢德分子,没有人买机器。"基特抚摩着罗杰的金发。他惊讶地发现罗杰的耳朵上方竟然出现了一缕银丝。也许这没什么好大惊小怪的,毕竟罗杰都快四十岁了。基特决定不提此事。"你得暂时停止玩牌了,"他说,"晚上和我待在家里吧。"他把嘴凑到罗杰耳边,低声说:"我会想办法给你找点儿事做。"

罗杰终于笑了。"Danke schoen[1]."他说,他在教基特德语,"或许,就算身无分文,也能苦中作乐呢。"

但基特觉得罗杰有所隐瞒。

"我们喝杯酒吧,"基特说,"那样我们都会高兴起来。"他起身走到餐具柜前。他们手边总是备有马德拉白葡萄酒。基特倒了两杯,回来坐下。

---

[1] 德语,意思是"非常感谢"。

很久以来他一直深爱着罗杰。孩提时,他对罗杰这位保护自己的成年人怀着幼稚的敬慕之心。后来罗杰去了德国,他不再将罗杰当英雄一样崇拜。但是,罗杰回到他的生活中之后,一种令他惊惧的感情牢牢攫住了他。他压抑着那样的感情,努力避免被人看出自己的心思。

但罗杰知道基特的感受。他向基特揭示了生活的真相。"男人相爱并不罕见。"他说。基特觉得这难以置信。"不要理会别人说什么。这种事经常发生,尤其是在牛津。"罗杰咯咯一笑,然后又严肃起来,"我爱你,我想和你躺在一起,吻你,抚摸你的全身,你也想这样——我知道!别想假装不喜欢我。"

从震惊中恢复之后,基特便一直生活在幸福之中,现在仍然如此。罗杰倒是会偶尔不开心,就像现在这样。基特正在思考如何问他出了什么事,这时前门传来一阵响亮的敲门声。

"我去开门。"基特说。他们有一个女管家,但她已经下班了。基特跑下楼梯,打开门。

来访者是"款爷"卡利弗。他戴着红色礼帽,劈头便说:"我要和罗杰谈谈。"

"晚上好啊,款爷。"基特讥讽道。

"不必拘礼。"

基特转身喊道:"你有空见'款爷'卡利弗吗?"

罗杰答道:"你最好让他进来。"

基特说:"他见到你会很高兴的。"他关上门,领款爷上楼。

款爷没有摘下帽子,自顾自地坐到罗杰对面的椅子上。"时间到了,罗杰。"他说。

"我没钱。"罗杰说,"你为什么要戴这顶愚蠢的帽子?"

基特说:"哦,天哪,你是借钱赌博了吗?"

罗杰羞愧难当,无言以对。

款爷说:"是的,他借了我的钱,昨天就该还了。"

基特早就怀疑罗杰可能违背了当初的承诺,所以真相大白后基特并不是特别震惊。他现在不想再提承诺了:罗杰已经够痛苦的了。"哦,罗奇[1],"他说,"你欠了他多少钱?"

款爷回答了这个问题:"九十四镑六先令八便士。"

基特这下震惊了。"我们没那么多钱!"他说。

款爷说:"你们有多少?"

基特正要告诉他,但罗杰先开口了。"别管这个。"他说,"你会拿到钱的,款爷。我明天就还。"

基特确信他是在吹牛。

款爷也有同样的怀疑。"那我就宽限到明天。"他说,"但你如果再拿不出钱来,就得去同蛙眼和公牛开个会。"

基特问:"他们是谁?"

罗杰回答了这个问题:"他们是款爷的手下,负责赶走醉鬼,殴打欠债人。"

---

[1] 罗杰的昵称。

"这有什么意义？"基特说，"如果欠债人没钱，就算打他一顿，他也照样无钱可还啊。"

"这是杀鸡儆猴，让别人不敢骗我。"款爷站起身，"明天来见我，不然就后天去见蛙眼和公牛。"

款爷离开了房间。基特跟他下了楼。款爷自己打开门，一言不发地走了。基特关上门，又上了楼。

罗杰没有直视他的眼睛，只是说："对不起。我很抱歉。让你失望了。"

基特搂着罗杰说："没关系。我们该怎么办呢？"

"这不是你的问题。你没有参与，你从没赌过。"

"你以为我会怎么做？等那些名字好笑的人来打你吗？"

"他们来之前我就会离开的。我明天就得走。"

基特很伤心。罗杰怎么能说要离开他呢？他问："但你要去哪儿？去干什么？"

"我已经考虑过了，"罗杰说，"我要加入皇家炮兵。他们总是需要善于修理东西的人，尤其需要人来修理大炮。"

基特沉默不语，慢慢体会这句话意味着什么。罗杰要去当兵！他们八成会把他送到西班牙去。他可能再也不会回来了。一想到这点，基特就心如刀割。

但基特能做什么呢？他无法偿还债务，他无法保护罗杰或他自己不受款爷雇来的恶棍的伤害。没有罗杰，他活不下去。

终于，他想出了解决办法。

"你是认真的吗?"他对罗杰说,"你真的要参军吗?"

"是的,"罗杰说,"这是唯一的办法。"

"什么时候?"

"我明天坐驿车去布里斯托尔。听说那里有一艘船等着把援军送去西班牙。"

"这么快!"

"必须明天就走。"

"那样的话,"基特说,"我和你一起去。"

*

萨尔和贾奇将基特的房子收拾停当,关门上锁。贾奇给工具上了油,用油布包起来。萨尔把衣服和床上用品放进麻袋,加入防虫的干薰衣草,缝了起来。其他家用物品装进了借来的茶箱。

萨尔的袖子里塞着基特的字条。

亲爱的母亲:

我们不得不逃跑。罗杰欠了钱,无法偿还,我们的生意也被卢德分子搞垮了。您读到这封信的时候,我已经离王桥很远了。我们打算加入皇家炮兵。

事发仓促,很抱歉让您大吃一惊。

请把我们所有的东西送到罗杰在巴德福德的作坊。钥匙就放在这张字条边上。

您的爱子

基特

萨尔大惊失色,泪如雨下。基特是她唯一的孩子。她理智上明白,一个二十八岁的男人不必待在母亲身边,但情感上她觉得自己被抛弃了。而且,战场上枪炮无情,基特能不能保全性命的问题也让她忧心如焚。基特有许多优秀的品质,还有一项非凡的才能,但他从来就不是战士。"炮兵"意味着摆弄大炮,也就是说,基特和罗杰将置身战场中心,敌方士兵会竭尽全力杀死他们。如果基特有个三长两短,萨尔一定会泪干肠断,痛不欲生。更糟糕的是,她会一直觉得这一切都是贾奇的错,就是他带人砸毁机器,才引发了这场危机。

他们忙着收拾的时候,来了两个人。一个矮胖脖粗,另一个眼睛暴凸。两人手里都拿着一根粗糙沉重的橡木棒。

眼睛暴凸的人说:"罗杰·里迪克在哪儿?"

贾奇慢慢转过身,面对那个人:"你为什么手里拿着棍子找他,蛙眼?"

萨尔做好了打架的准备,但她不想动手,于是低声念了一句谚语:"贾奇,记住:回答柔和,使怒消退[1]。"

---

[1] 出自《旧约全书》中的《箴言》第十五章第一节:"回答柔和,使怒消退;言语暴戾,触动怒气。"

蛙眼说:"如果你非要知道的话,我就告诉你:里迪克欠钱不还。"

"是吗?"贾奇说,"嗯,他不在这儿,而我有点儿想抄起那根棍子打在你丑陋的脑袋上,所以我劝你趁我心情还好,赶紧滚远点儿。"他转身对另一个人说:"你也一样,公牛。"

蛙眼说:"那卡利弗先生的钱怎么办?里迪克欠他九十四镑六先令八便士。"

萨尔对这个数字感到震惊。这比基特所有的积蓄都多。她义愤填膺地说:"如果'款爷'卡利弗借了那么多钱给罗杰·里迪克赌博,那你们的老板就比我想象的还要蠢。"

"我们奉命来取卡利弗先生的钱。"

贾奇说:"嗯,我口袋里大概有六便士。如果你觉得有把握从我这里拿走,尽管来试试。"

"里迪克去哪儿了?"

"他去找坎特伯雷大主教谈赌博的危害了。"

蛙眼一头雾水,然后恍然大悟,说:"哈哈,真好笑,对不对?"他转身走开,公牛也跟着走了。

和贾奇相隔一段安全距离之后,蛙眼喊道:"我会再见到你的,贾奇·博克斯。等你在绞绳上摇来晃去的时候,我看你会有多好笑。"

*

3月的季法院法庭上,贾奇站到了被告席上。作为首席法官,霍恩比姆主持了审判。法庭召集了大陪审团，后者将决定是否应该将贾奇送到巡回法庭受审。倘若毁坏机器的罪名成立，贾奇就会被判处极刑。

多伊郡长是起诉人，这种情况并不常见。提起诉讼的通常是受害者——本案中是摩西·克罗克特——但并没有严格的规定。

第一个证人是梅茜·罗伯茨，一名工厂工人，住在霍恩比姆拥有的一条街道上，霍恩比姆的那些街道位于河南岸的工厂附近。梅茜年纪不大，衣衫褴褛。萨尔认识她，但从没和她说过话。

梅茜看起来很高兴成为大家关注的焦点。萨尔觉得她很可能为了区区六便士就做伪证。

梅茜做证，她看见贾奇朝克罗克特的工厂走去，并注意到钟声同时响起。她之所以记得这件事，是因为她当时颇感诧异。"哎呀，我知道他是钟手。"她说。

萨尔和贾奇事先讨论过他应该向证人提出的问题。贾奇没有把问题写下来，因为他不识字，但他善于记住重要的事情。他对梅茜说："你记不记得，我们敲钟那晚天很黑？"

"是的，天很黑。"梅茜说。

"那你是怎么认出我来的？"

"你当时提着一盏灯。"

梅茜答得很快，萨尔猜有人已经为她准备好了这个问题的答案。

贾奇说："那盏灯发出的光足以让你认出我来？"

"除了灯光，帮我认出你的还有你的身材。"梅茜说，然后咧嘴一笑,补充道,"你这样的大块头可不多。"她很机智。

法庭上响起几声轻笑,梅茜也露出扬扬自得的神色。

贾奇说:"你看到的那个人,你以为是我的那个人,他跟你说过话吗?"

"没有。"

贾奇好像忘了接下来该说什么。萨尔低声提醒:"问问她的房东是谁。"

贾奇依言而行。

"霍恩比姆先生是我的房东。"梅茜说。

"那你欠了多少房租?"

"我已经付清了。"她看起来更加得意了。

萨尔确信有人以某种方式收买了梅茜,但她很难对此感到气愤,毕竟贾奇本来就有罪。

第二个证人是本尼·多兹的遗孀玛丽·多兹,本尼曾经也是钟手。多年前,本尼爱上了萨尔。虽然萨尔从来没有主动招惹过本尼,玛丽却开始讨厌萨尔,至今依然怀恨在心。

玛丽做证,本尼告诉她,萨尔偶尔会代替贾奇敲钟。这是一条致命的证词:它推翻了贾奇的不在场证明。

贾奇对玛丽说:"但是,女人敲不了那些钟——她们不够强壮。"

"她可以。"玛丽说,然后恶毒地补充了一句,"看看她的身材就知道了。"听众哄堂大笑。

然后,多伊郡长传唤萨尔出庭做证,这让她大吃一惊。

她必须做出决定,而且必须在几秒钟内做出决定。她很生贾奇的气——非常生气——因为贾奇把她置于进退两难的境地,但如今再怎么生气都毫无意义了。她会为贾奇做伪证吗?这既违背了道德,也触犯了法律。她可能因此在今生和来世都遭受惩罚。

但是,如果她说实话,贾奇多半会被绞死。

萨尔发了誓,然后多伊问:"博克斯太太,那天晚上,钟手练习敲钟的时候,你和他们一起在悬挂钟绳的房间吗?"

承认这一点倒也无妨。"是的。"萨尔说。

"一直都在那里?"

萨尔想,肯定有人告诉了多伊如何提问。他自己可没那么聪明。"是的。"她说。

"在那段时间里,你的丈夫贾奇·博克斯离开过房间吗?"

终于问到关键点了。萨尔没有丝毫犹豫。"没有。"她撒谎道。

"你敲过教堂的钟吗?"

"没有。"谎言只要说过一次,下一次就容易多了。

"你觉得你能敲钟吗?"

"不知道。"

"博克斯太太,你会做伪证来救你丈夫,使其免于绞刑吗?"

这个问题让萨尔吃了一惊。当然,她刚刚犯了伪证罪,但她不能直接回答"会",否则她的证词就丧失可信度了。但她也不确定"不会"是不是好答案:那会让她显得冷酷无情。男人不喜欢铁石心肠的女人,而陪审团的成员都是男人。

她举棋不定,但这样的反应无可厚非:这毕竟是一个假设性的问题,她怎么就不能踌躇不决呢?

她决定不做明确回答。"我不知道,"她说,"从来没有人要求我做伪证。"

看陪审员的表情,萨尔觉得这是正确的答案。

最后,萨尔和贾奇简单商量了一下,然后贾奇站起来,说出了他们商定的陈词:"教堂钟声敲响的时候,梅茜·罗伯茨可能确实看到一个高大的家伙在黑暗的街道上行走。她没有和那个人说话,所以她不能肯定那人说起话来也像我。她认错人了,仅此而已。"

这样的论断无懈可击,陪审团应该能认识到这点。

贾奇接着说:"我的老朋友本尼·多兹向来喜欢夸大其词。他告诉他妻子的可能是:萨尔·博克斯看起来强壮得足以敲响教堂的钟。本尼已经过世六年了——愿他的灵魂安息——多兹太太记不太清楚是可以原谅的。陪审团的诸位老爷,这就是你们听到的全部证词!你们不能因为这样的证据就把一个人绞死。"说完,贾奇向后退了一步。

霍恩比姆最后发言:

"陪审团的各位先生,贾奇·博克斯是一名由于蒸汽织机而失去全职工作的织布工,他有参与卢德运动的动机。他声称自己一直在敲钟,但罗伯茨太太断定钟响的时候在街上看到了他。他说他的妻子萨尔·博克斯不够强壮,不能替他敲钟,但另一名钟手本尼·多兹说萨尔·博克斯足够强壮,而且也确实替她丈夫敲过钟。

"各位陪审员,请记住,今天你们不需要判定贾奇·博克斯是否有罪。你们在这里的任务是判断面前的证据是否足以将他送到巡回法庭受审。证据是存在的,但有人对其产生了怀疑,你们或许觉得这个问题必须由上级法院裁决。

"请各位做出决定吧。"

十二名陪审员开始商议。令萨尔失望的是,他们很快就纷纷点头,达成了一致。不一会儿,其中一人站起来说:"我们判决,将被告送到巡回法庭受审。"

第三十六章

基特·克利瑟罗以前从未见过荒漠,但他很肯定眼前看到的就是荒漠。太阳终日无情地炙烤着大地,地面坚硬,满是尘土。他一直以为荒漠是平坦的,但在过去的几个星期里,他翻过了比他见过的任何山峰都高的山。

太阳在西班牙北部的萨多拉河上缓缓下沉,他和罗杰坐在地上,吃着豆子炖羊肉。每个人都说明天将会爆发一场大战。这将是基特的第一次战斗,也可能是最后一次。他非常害怕,浑身肌肉紧绷,不得不强迫自己吞下食物。

时值6月,他们已经在西班牙待了两个月。他们一到罗德里戈城,就立刻被派去维修大炮。大炮已经存放了一个冬天,现在必须准备妥当,投入战斗。皇家炮兵的指挥官是亚历山大·迪克森中校,他精力充沛,聪明睿智,基特很快就对他肃然起敬。基特自己曾为阿莫斯管理过工厂,他明白在军队这样的组织中,最重要的莫过于命令通俗简练,让士兵听得明白。

大炮是铜制的,放置在用铁构件加固的木制双轮炮车上。西班牙的气候并不潮湿,但铁器在哪儿都会生锈,西班牙也不例外。在基特和罗杰的监督下,士兵清洗了准备随军开赴战场的轮式大炮,还给大炮上了油,做了测试。英军的大炮重零点六吨——在未经铺筑的道路上移动大炮异常艰难,常常是一场噩梦。每门炮都连在双轮前车上,整个装置需要六匹马来拉动。

大多数日子,基特都非常忙碌,以至忘了担心战斗。

军队开拔时,会有数百辆车一起行动,其中大部分是补给车,这些车也必须在冬季结束前进行维护和检查,往往还得修理。幸运的是,拉车的牛马由别人负责照管。基特从未有过自己的马,自六岁那年,他的颅骨被威尔·里迪克那匹发疯的种马撞裂以来,他就一直对马满心厌恶。

新兵们接受训练,学习射击,然后全副武装地长途行军,以锻炼他们的双脚,磨砺他们的意志。一船又一船补给品从英国运来:新靴子、新制服、枪弹,还有帐篷。政府将国内所有新征的税金都用在了战争上。

军中的晋升速度很快。去年的战斗让威灵顿的军队失去了许多军官。基特和罗杰很快就得到提拔,这赋予了他们监督工作的权力。罗杰被任命为中尉。基特因在民兵队服役多年,官升一等,成了上尉。

在罗德里戈城,他们经常认出第107步兵团的官兵。乔·霍恩比姆和桑迪·德拉蒙德都被任命为少尉,这是最低级别的军官。

基特惊讶地发现城里有数百名英国妇女。他没有料到竟然有这么多妻子跟随她们的士兵丈夫南征北战。他了解到，军队之所以容忍这种情况，是因为这些女人有用。战场上，她们给士兵送吃送喝，有时还送弹药。战斗之余，她们做着妻子一直做的那些事：给丈夫洗衣做饭，晚上与丈夫温存。军官认为，有妻子在身边，士兵不太可能酗酒、争吵或打架，也不太可能从妓女那里感染严重的疾病。

他们见过凯内尔姆·麦金托什，后者的职务是第107步兵团的随军牧师。他们发现他样貌大变，长袍上满是灰尘，胡子也没刮，双手脏兮兮的。他的态度也与过去判若两人。他一向傲慢冷漠，对没受过教育的工厂工人说话时尾巴都翘到了天上，但现在他已经没有那种傲慢神气了。他询问他们是否有足够的食物，晚上是否有厚毯子御寒。事实上，他已经变成了一个比较讨人喜欢的家伙。

5月中旬，威灵顿的军队离开罗德里戈城向北进发。有些士兵急不可耐，希望能早点儿打一仗，因为他们整个冬天都闲得发慌。但基特觉得不管多么无聊都比送死要好。

通过与司令部工作人员聊天，罗杰得知联军大约有十二万人。五万英军组成了最大的一支队伍，另有四万西班牙军队和三万葡萄牙军队增援。西班牙抵抗军的游击战士数量不详。

西班牙北部的法军约有十三万人。他们得不到任何增援。据说，波拿巴对莫斯科的远征以惨败告终，法国全国的军队损失了一半以上。波拿巴非但没有往西班牙增派援军，反而撤回了最精锐的兵力，准备将他们派往欧洲东北部继续作战，而威灵顿的部队在冬季得到了源源不断的增援和补给。

波拿巴用兵如神，总能出其不意地攻击敌人，但波拿巴不在西班牙。他的哥哥约瑟夫是西班牙的总指挥。

这次行军非常艰难。基特的脖子被太阳晒伤了，脚上也起了水疱。虽然身材矮小，但他并不虚弱。饶是如此，每天太阳落山、可以休息的时候，他都会发现自己累得筋疲力尽。倘若车轴断了，或者车轮坏了，他们就得停下来修理一小时，这倒成了他喘息放松的机会。倘若遇到一小块软土或沙地，那就更妙了，因为车轮会深陷其中，无法滚动，他们不得不花一下午的时间用木板搭一条临时道路，让马车脱困。

基特安慰自己说，行军再艰难，也比打仗强。

罗杰与司令部的朋友保持着联系，能获知最新情报，其中大部分来自西班牙游击队。西班牙国王约瑟夫——波拿巴的哥哥——将首都从马德里北迁至巴利亚多利德，该城位于西班牙北部的中心，战略地位极其重要。威灵顿的军队正在朝东北方向的巴利亚多利德前进，但他也派遣了一支侧翼部队绕到巴利亚多利德北部，从意想不到的角度对法国人发起攻击。

面对联军的南北夹击，法军非但没有抵抗，反而出人意料地撤退了。英军司令部的参谋百思不解。情报部门估计敌人比预期少：只有大约六万人。也许他们中的许多人都在山上与游击队作战。他们向东北撤退，离法国边境更近了。他们有可能翻越比利牛斯山脉逃回自己的国家吗？基特脑子里闪过一个念头：英国人也许会不战而胜。然后他告诉自己，这只是他一厢情愿的想法罢了。

结果证明果然如此。约瑟夫国王在巴斯克人[1]的城市维多利亚以西的萨多拉河谷站住了脚跟。现在，基特终于不得不战斗了。

他们身处一片广阔的平原，南北都是山脉，东西都是峡谷，河流从东北向西南蜿蜒。法军在河对岸扎营。威灵顿的军队必须渡河才能展开进攻。

基特惊惧不已。"战斗会如何开始？"他焦急地问罗杰。

"敌人会在我们的前进路线上构筑一道防线，阻止我们。"

"然后呢？"

"我们多半会分纵队进攻，努力突破敌人的防线。"

基特觉得这样做挺有道理。

罗杰说："我们的问题是如何渡河。渡河的军队，无论是从桥上通过，还是从浅滩涉水而过，都难免会人员拥挤，行动缓慢——这样很容易沦为敌人的攻击目标。约瑟夫国王只要有点儿脑子，就会在每个渡河点布置重兵，趁我们最脆弱的时候歼灭我们。"

"我们可以搭建临时桥梁。"

"这是皇家工兵的任务。但敌人如果反应很快，就会在我们试图搭桥时发动攻击。"

基特开始觉得，没有士兵能在这样的战斗中幸存。但他告诉自己，即便是在希望渺茫的战斗中，也总有人能苟全性命。他只是无法想象这种人是怎么活下来的。

---

[1] 欧洲比利牛斯山西部的古老民族，主要分布在西班牙。

那天晚上，基特断断续续地睡了一觉。太阳升起时，他起来监督士兵给牛套上挽具。

每辆炮车都配有两辆辅助车，叫作弹药车，用来运载弹药。为了加快装载速度，每发炮弹都预先配好了火药：一个帆布袋子里装着炮弹和相应数量的火药。英国军队大多使用重六磅、直径三点五英寸的铁球弹。弹药车很重，由六匹马拖曳。

英国、西班牙和葡萄牙军队在八点钟开拔。咱们这是在走向坟墓啊，基特想。

出乎所有人意料的是，大部分现存的桥梁和浅滩都无人防守。军官们简直不敢相信自己的运气。罗杰说："约瑟夫毕竟不是拿破仑啊。"

在没有遇到抵抗的情况下，包括基特和罗杰在内的炮兵部队将大炮运到了河对岸，朝一个被敌人占领的名叫阿里内兹的村子进发。他们一直处在火枪射程之外，但很快法国炮兵开始从山坡上的村子向他们射击。英国士兵纷纷躲到炮车后，合力推车，加快了炮车的前进速度。基特不得不勘察地形，将大炮引导到相对平坦的地方，以免后坐力将其推下坡。这样做让他暴露在了敌人的火力之下，十分危险，但他还是成功完成了任务。

发射一门大炮需要五个人。瞄准是炮长的工作，通常由中士担任，他们配备有象限仪和铅垂线。清膛兵的任务很简单，就是用长棍上的湿海绵清洗黄铜炮管内部，扑灭残留的余烬，防止重新装填炮弹时过早点火。然后，装弹兵将炮弹装入炮管。清膛兵把棍子颠倒过来，用干燥的一端将装有炮弹和火药的帆布袋使劲塞入炮管。与此同时，第四名士兵，也就是火门兵，用拇指堵住火门，防止飞溅的火星引发意外爆炸。炮弹牢固就位后，火门兵将削尖的棍子插入火门，刺穿帆布袋，然后往火门内填入更多火药。最后，确认大炮瞄准之后，炮长会大喊："点火！"第五个人会把长长的缓燃引信点燃的一端放到火门上，大炮就会开炮。

射出炮弹时，大炮会反冲大约六英尺。任何愚蠢到不知避让的家伙都会丢掉性命，或者落下残疾。

然后，这队炮手会立即将大炮连推带拽，恢复至原位，重复整个发射过程。

每发射十次或十二次，就得暂停一下，用水冷却大炮。如果温度太高，装在帆布袋里的火药一塞进炮管就会爆炸，导致误射。

基特听说，在一整天的战斗中，一队高效的炮手可以发射大约一百次炮弹。

不一会儿，炮手装弹的效率就达到最高，炮弹也开始以最快的速度发射。弹药中使用了黑火药，炮手不得不在黑火药产生的阵阵浓烟中苦苦劳作。

基特在大炮阵线后面来回奔忙，排除故障。一队炮手意外点燃了一块不够湿润的海绵；另一队炮手将水洒在了火药上；第三队炮手被法军的炮弹炸死了一半。基特的任务是让大炮以最短的时间间隔连续开火。他发现自己已经不再恐惧，心下无比诧异，但他无暇深究。

噪声和酷热让人不堪忍受。不小心碰到炮管而被灼伤肌肤的士兵咒骂不休。所有人都被大炮的轰鸣声震得什么也听不见。基特曾注意到长年服役的老炮兵会永久失聪：现在他知道为什么了。

弹药车一清空就被送回弹药储存点重新装满。与此同时，炮手会使用第二辆弹药车上的弹药继续发射。

敌人的阵地上也笼罩着他们自己的大炮产生的烟雾，所以很难看出基特他们的攻击效果如何。据说，一颗炮弹若击中一排步兵，就能杀死三个人。如果爆炸的炮弹的炽热碎片击中火药箱，就会造成更多人员伤亡。

敌人的炮火确实对英军炮兵造成了伤害。士兵纷纷倒下，往往还伴随着惨叫。大炮和炮车都被摧毁了。随军妇女将伤亡者拖走。在基特头脑的一个遥远角落里，一段几乎从未被他觉察的可怕记忆忽然浮现：他的父亲被威尔·里迪克的马车压住，每次大家试图移动他，他都会发出撕心裂肺的尖叫。基特无法将这幅画面从脑海中完全抹去，但他刻意置之不理。

联军步兵从另一侧向阿里内兹发起进攻，英军炮兵接到了暂时停火的命令，以免误伤自己人。

法军的炮声终于平息，基特猜这意味着联军把这个村子打下来了。他不知道是怎么打下来的，也不知道为什么要打。最令他讶异的是，自己竟然沉浸在工作中，忘记了正身处炮火连天的战场。他觉得自己不是勇敢，只是忙得忘记了恐惧。

硝烟还没完全散去，又传来了前进的命令。牛、马被赶出来，重新套上挽具。这时一群军官骑马经过，为首的是一个瘦高男人，身上的将军制服已经布满尘土。有人喊道:"那是'大鼻佬'!"

一定是威灵顿,基特想。那家伙确实长着一个大鼻子,鼻尖状如弯曲的小钩。

"前进!"威灵顿急切地喊道。

旁边一个上校问:"纵队还是横队,长官?"

威灵顿不耐烦地说:"怎样都行。看在上帝的分儿上,快行动!"然后他继续骑马前行。

他们把大炮向前推进了一英里。在离一个据说叫戈梅查的村子不远的地方,他们遇到了一支庞大的法国炮兵部队。他们占领了阵地,大炮源源不断地汇聚过来。基特估计双方至少各有七十门大炮。由于烟雾太大,炮长看不见目标,只能靠猜测来瞄准。此时联军的大炮排列过于密集,法军的炮弹即使在浓烟中也能命中目标。

一辆运送新弹药的马车撞上一门大炮,损坏了炮车。基特看到炮车的车轮和车轴都完好无损,于是就用木头修补车辕,这时一枚炮弹落在了附近的一门大炮上,击中了弹药。基特被爆炸掀翻,整个世界骤然一片寂静。他迷迷糊糊地躺着,不知道躺了多久,然后挣扎着站起来。他感到脖子上一阵疼痛,伸手一摸,手上黏糊糊的,沾满了血。

他继续修理车辕。他的听力慢慢恢复了。

联军步兵向前推进。炮弹从他们头顶呼啸而过,直奔法军大炮而去。尽管他们已经全力以赴,基特还是看到步兵纷纷倒下。他们幸存的战友直接朝敌人的炮口冲去。如果是在昨天,基特一定会为他们的勇气惊叹不已。今天他终于明白:他们和他一样,脑子里只想着完成任务,根本来不及考虑生死。

然后,法军的炮声沉寂了。

联军的炮兵再次向前推进,但这一次,他们却追不上自己的步兵。硝烟散去,基特看到联军在整个平原分散开,排成一条长达两英里的横队。这条横队正在向前推进,抵抗似乎正在消失。炮手奉命停止射击,等待新的指令。

基特突然意识到自己已经筋疲力尽,于是索性趴在了地上。就这样一动不动,什么都不做,便是开战以来最大的奢侈了。他翻身仰卧,在阳光下闭上眼睛。

过了一会儿,一个声音说:"哦,天哪,基特,你死了吗?"

是罗杰。基特睁开眼睛:"没死,还没死。"

他一跃而起,与罗杰紧紧相拥。他们拥抱了一会儿,然后像袍泽情深的战友一样拍了拍对方的后背,以免别人起疑。

罗杰退后一步,看着基特,忍俊不禁。

基特说:"怎么啦?"

"你不知道自己如今是什么模样。你的脸被烟熏黑了,制服上血迹斑斑,一条裤腿似乎已经不见了。"

基特低下头:"怎么会弄成这样的?"

罗杰又笑了:"你度过了不同寻常的一天。"

"没错。"基特说,"我们赢了吗?"

"哦,是的,"罗杰说,"我们赢了。"

贾奇·博克斯的案子在夏季巡回法庭上审理。公会大厅的会议厅里，萨尔站在贾奇身边。法官进来时，她惊愕地发现，此人正是八年前绞死小汤米·皮金的那只鹰钩鼻秃鹫。她几乎当场就要放弃希望了。

汤米要是还活着，现在应该是个小伙子了吧，她悲伤地想。如果给他一个机会，他也许会成为一名体面的公民。但他没有得到机会。

她祈祷贾奇今天能得到一个机会。

陪审团宣誓就职时，她看到了那些男人的脸——他们看上去衣食无忧，志得意满，自以为是——发现他们都是布料行业的工厂主。毫无疑问，霍恩比姆逼多伊郡长专门挑选了这样一批陪审员。他们最害怕卢德运动，他们最渴望抓个人杀掉——不管这人是谁——以震慑卢德分子，使其不敢闹事。

然后，她发现多伊犯了一个错误。陪审员中有一位是艾萨克·马什。他的女儿嫁给了霍华德·霍恩比姆，多伊很可能以为马什对卢德分子态度强硬。然而，他是染坊主，染色是布料行业中尚未实现机械化的一环，所以他没有那么强烈的定罪动机。此外，他是卫理公会教徒，在做出死刑判决时会心生怜悯，踌躇不定。

这是一线微弱的希望。

季法院的证人再次出庭做证。梅茜·罗伯茨声称教堂钟声敲响时，她在街上看到了贾奇；玛丽·多兹说敲钟的可能是萨尔。但萨尔发誓说，钟声响起的时候，贾奇没有离开悬挂钟绳的房间——就这样，她再次做了伪证。

法官总结了控辩双方的发言，但他没有假装不偏不倚，而是直接告诉陪审团，他们必须好好权衡双方的证词——罗伯茨太太和多兹太太没有理由撒谎，而博克斯太太可能为了救丈夫而撒谎。

陪审团——法庭上除法官之外仅有的坐着的一群人——开始商议，但他们并没有立即得出结论。很快形势就明显了：十一个人意见一致，只有艾萨克·马什一个人提出异议。他话不多，但其他人说话的时候，他偶尔会严肃地摇头。

萨尔心中燃起了希望。陪审团必须做出一致裁决。如果不能，理论上会举行重审。她听说，陪审团实际上有时会努力达成妥协，比如认定被告虽然有罪，但罪行较轻。

不一会儿，他们都开始点头，坐下，似乎已达成共识。

然后，其中一人站起来，宣布他们已经有了一致裁决："法官大人，我们认为被告有罪，但强烈建议法庭宽大处理。"

法官向他表示感谢，然后伸手去拿桌子下面的什么东西。萨尔立刻意识到，他要戴上黑帽子。尽管陪审团建议从轻发落，他依然要判处贾奇死刑。"不，"萨尔喃喃道，"求求您，主啊，千万不要。"

法官的手从桌下露出来，手里果然拿着帽子。这时，阿莫斯·巴罗菲尔德走上前来，用响亮而清晰的声音说："法官大人，第107步兵团，也就是王桥步兵团，正在西班牙与法国人作战。"

法官看上去有些恼怒。在判决阶段出言干预，虽然并非没有先例,但也非常少见。法官问:"这和本次审判有什么关系?"

"许多王桥士兵都阵亡了,军团需要新兵。我相信,您有权力判死刑犯参军,以替代死刑。那样一来,死刑犯的生死就由上帝来决定了。我建议您对贾奇·博克斯施以这样的惩罚——不是因为您同情他,而是因为他是个强壮的男人,会成为令敌人胆寒的战士。感谢您允许在下发表愚见。"说完,他退了下去。

阿莫斯说话时不带任何感情,仿佛对贾奇个人毫不关心,只是想给军队增添一员猛士。萨尔知道这是阿莫斯施展的欲擒故纵的计谋:阿莫斯知道,想要说服法官网开一面,最有可能成功的策略就是顺着法官的心思讲话,而法官显然不怎么怜悯贾奇。

但这招管用吗?法官犹豫起来,双手握着黑帽子坐在那里。萨尔紧张得喘不上气。房间里一片死寂。

最后,法官说:"我判你加入第107步兵团。"

萨尔如释重负,顿觉浑身无力。

法官说:"你如果勇敢地为国而战,也许能立功赎罪。"

萨尔低声嘱咐贾奇:"什么也别说。"

贾奇一言不发。

法官说:"下一个案子。"

第三十七章

维多利亚战役之后,拿破仑·波拿巴便兵败如山倒。

莱比锡战役是截至那时欧洲发生过的规模最大的战役。该战役发生在 10 月,有五十多万人参战,波拿巴失败了。与此同时,威灵顿的军队越过比利牛斯山脉,从南方攻入法国。

波拿巴返回巴黎,但在莱比锡击败他的军队紧追不舍。1814 年 3 月,在俄国沙皇和普鲁士国王的率领下,联军胜利进入巴黎。

几天后,阿莫斯在《王桥公报》上读到这样一条标题:

波拿巴退位了!

这是真的吗?

文章接着写道:

查尔斯·斯图尔特爵士[1]在公函中正式确认了该事件。倒台的暴君波拿巴已经同意放弃皇位，隐退厄尔巴岛。那是一个毫不起眼的小岛，位于托斯卡纳海岸之外。

"感谢上帝。"阿莫斯说。战争结束了。

那天晚上，王桥的街道上一片欢腾。从未参军服役的男人举起酒杯，分享着荣耀。女人问她们的丈夫和儿子什么时候回家，但没有人能给她们答案。小男孩做了木剑，发誓要参加下一场战争。小女孩梦想着嫁给身穿红色制服的英勇士兵。

威灵顿被封为公爵。

阿莫斯带着一个有底座的地球仪来到简家，这是送给他们儿子的礼物。他花了一小时向哈尔解释，哈尔对这类东西非常好奇。阿莫斯在地球仪上给哈尔指出了英国及其盟友与波拿巴的军队交战的地方。

然后，他坐在威拉德公馆的二楼客厅，望着外面的大教堂，听简读她丈夫的信。

亲爱的妻子：

我此刻身在巴黎，和平终于降临了。直到最后一刻，第107步兵团都表现得非常出色——我们在图卢兹取得了辉煌的胜利。（其实打这一仗的时候，波拿巴已经投降几天了，但战斗

---

[1] 查尔斯·斯图尔特（1779—1845），英国外交官，曾两次担任驻法国大使。

结束后我们才得到这个消息。）

第107步兵团打仗打得相当漂亮。在最近几次战斗中，我们的伤亡相对较少。军官中，只有酒商之子桑迪·德拉蒙德少尉阵亡。凯内尔姆·麦金托什牧师的臀部中了一颗子弹——对神职人员来说，这个位置负伤实在太尴尬了！外科医生取出了子弹，用杜松子酒清洗了伤口，绑上了绷带。牧师看上去并无大碍，只是走路有点儿瘸。乔·霍恩比姆少尉虽然年轻，却堪比骁勇善战的老兵。你可以告诉那个恃强凌弱的高级市政官，他的孙子还活着。

在维多利亚战役中，两个主动加入炮兵部队的王桥人大显身手，尤其是基特·克利瑟罗。他先前在民兵队服役的时候，我就看出他是一名优秀的军官。我已经将他挖到我身边当副官了。

接下来，第107步兵团将向布鲁塞尔进发。

"布鲁塞尔？"阿莫斯说，"为什么去布鲁塞尔？"

"你接着听。"简说，然后她继续往下读。

战胜国的首脑正在维也纳聚集，他们将划分未来欧洲的版图，努力确保再也不会出现这样漫长而可怕的战争。他们面临的问题之一是如何处理尼德兰。波拿巴已经放弃了他在那里征服的领土，但现在那里归谁所有呢？战胜国在维也纳商讨该问题的时候，必须有人在布鲁塞尔实施统治。据说，在战胜国做出最终决定之前，英国军队和普鲁士军队将共同控制尼德兰。

而第107步兵团将隶属于这支英军。

"这意味着王桥的官兵都回不来了。"阿莫斯说，"这里会有很多人大失所望的。"

"欸，我不会是其中之一。亨利在这儿还是在千里之外，对我来说没什么区别。"

阿莫斯希望简不要喋喋不休地说她和丈夫在一起多么不快乐。任何人对此都无能为力。但他没有埋怨简。他不想惹简不高兴，不然他就看不到哈尔了。

"剩下的部分也念给我听吧。"他说。

*

1814年8月，第107步兵团已抵达布鲁塞尔，在郊外的一片田野里扎营。基特从皇家炮兵部队调到第107步兵团担任夏陵伯爵的副官，这本是一项荣誉，但倘若有权选择的话，基特会婉拒伯爵的好意。因为调令一下，他和留在炮兵部队的罗杰就分开了。基特不知罗杰现在身处何方，因此万分苦恼。

但在其他方面，他感觉非常幸福。他如今的报酬是税前每天十先令，而普通士兵每天只能挣八便士。他的工作是为伯爵传递消息和办理差事，但在和平时期他没有太多事情可做。他把空闲时间用来学习德语。

他和英王德意志军团[1]的一名下级军官成了朋友，这是一支总部位于滨海贝克斯希尔[2]的英国陆军部队，有一万四千人。之所以会有这样一支奇特的部队，主要是因为英王乔治三世同时也是汉诺威选侯国的统治者。一个营的德意志人驻扎在旁边的田野里，基特和他的朋友互相教授对方本国的语言。

基特让第107步兵团的士兵把帐篷整齐地搭成一排，并在田野边缘挖厕所。不去厕所小便会被罚款。他在巴罗菲尔德工厂中学到了一个道理：即使是对所有人都有利的规定，也必须使用强制手段才能得到执行。

麦金托什牧师和军官一样，也有自己的小帐篷。基特去看望他，发现他躺在一张薄薄的床垫上，裹着毯子。他的金发已湿透。基特跪在他身边，摸摸他的额头：他发烧了。"你生病了，麦金托什先生。"他说。

"我想我是感冒了。我会好的。"

"让我看看你的屁股。"基特不等他同意就掀开毯子，拉下麦金托什的马裤。他的伤口在渗血，周围的皮肤都变红了。"看样子不妙啊。"基特说，然后把牧师的马裤拉了回去，还帮他掖好毯子。

"我会没事的。"麦金托什说。

空弹药箱上放着水壶和杯子。基特倒了一些水给麦金托什，麦金

---

[1] 1803年至1816年间英国陆军的一支部队，主要由移居国外的德意志人组成。
[2] 英格兰东南部东萨塞克斯郡的一个海滨城镇。

托什咕嘟咕嘟地喝起来。剩下的水不多了,基特拿起水壶说:"我再给你弄点儿水来。"

"谢谢。"

一条清澈的小溪从田野一角流过,这也是选择在这里扎营的原因之一。基特把水壶灌满水,回来后再次进入帐篷。这时他已拿定主意要做什么。"我觉得你不应该睡在地上,"他说,"我会给你找个更舒服的地方,你康复了再回军营。"

"我应该待在军营,与士兵同甘共苦。"

"我们让上校来决定吧。"

基特的一项工作就是确保上校掌握团里发生的每件重要的事。他向上校报告了牧师的病情。"他的伤口还没有完全愈合,"基特说,"他还在发烧。"

"你认为我们该怎么办?"伯爵知道,基特每次给他带来问题时,都会提出解决方案。

"我们应该把他安置在布鲁塞尔一所像样的家庭旅馆里。他目前最需要的就是温暖的屋子、柔软的床铺和充分的休息。"

"他负担得起吗?"

"我看够呛。"牧师的薪水比军官低。"我会写信给牧师夫人,请她从家里寄些钱来。"

"很好。"

"我明天得进城去接一些从英国来的新兵,可以顺道找找好的家庭旅馆。"

"这主意不错。牧师夫人把钱寄到之前,就由我来付账吧。"

基特早就料到伯爵会慷慨地垫付房租:"谢谢,长官。"

第二天一大早,基特去了马厩,那里有几匹军官用马。他挑了一匹老母马。他在部队已经习惯了骑马,现在可以驾驭自如,但他还是更中意行动缓慢慵懒的坐骑。

他带了一个会说点儿法语的年轻少尉。这小伙子选了一匹胸脯宽大的小马。

他们骑马进入布鲁塞尔,没有选择华屋林立、租金高昂的中心地段,而是前往热闹狭窄的小巷寻找家庭旅馆。有些旅馆实在太脏,基特看一眼就走了。最后,他找到了一处干净的地方,房东是一个叫安娜·比安科的意大利寡妇。她看上去心地善良,或许愿意照顾一名受伤的牧师。厨房里飘来令人垂涎欲滴的香味,二楼的宽敞客厅里还有几扇大窗户。基特预付了两周的房租,说租客明天就搬进来。

他们必须用马车将麦金托什送过来。他臀部负伤,不能骑马。

接下来,基特和少尉骑马去了一家名叫"哈勒旅馆"的客栈,它位于从安特卫普流过来的运河东岸。他看到一艘巨大的马拉驳船停泊在旅馆旁边,因此猜想新兵已经到了。院子里大约有一百个男人和几个女人,由一名英军中士负责看管。"一百零三名新兵,长官。"他对基特说,"再加上六个随军妇女,都是体面正派的女士。"

运河上的驳船一定十分拥挤,基特暗忖。中士八成收了两艘船的钱,却把新兵都塞进一艘船,把差价揣进自己的腰包。"谢谢,中士。他们上次吃饭是什么时候?"

"天刚亮他们就吃了一顿丰盛的早餐,长官,有面包、奶酪和淡啤酒。"

"看来他们可以再坚持一段时间。"

"当然可以,长官。"

"好的。让他们排成五列,我领他们走。"

"是,长官。"

中士指挥新兵列队时,基特冷静地打量着他们。因为旅途颠簸,驳船拥挤,他们的制服都脏兮兮的。除了几个斗志昂扬的年轻人,他们普遍闷闷不乐,八成是在后悔当初不该心血来潮志愿参军。尽管如此,大多数人看起来还算健康。他们将接受训练,参与行军,以保持斗志,但他们不必去枪林弹雨中搏杀了。战争已经结束。

基特的目光停留在一个身材高大、肩膀宽阔的男人的背影上。基特想,这人在战场上操作大炮应该是一把好手。他长着一头长长的、蓬乱的金发,似乎有点儿眼熟。他转过身,基特惊讶地发现,他竟然是贾奇·博克斯。

他为什么会在这里?也许他已经求职无望,走投无路之下,只得参军。或者,更有可能的是,他犯下重罪——很可能不是冤枉的——法官网开一面,判他参军效力。

基特和他继父的关系一直很不稳定,但现在他很高兴见到贾奇。贾奇一脸坚毅,看得出他承受了漫长而艰苦的旅程考验。可是,他朝基特走过来的时候,竟然突然露出了微笑。"哎哟,真是见鬼了。"他说,"我正在想会不会碰到你呢。"

基特用力握住贾奇的手。"你来得正是时候，"他说，"战斗结束了。"然后，他朝贾奇身后瞥了一眼，看到了母亲。

他登时泪如雨下。

他走向母亲，两人拥抱在一起。他找不到话语来表达此刻的感受。幸福和爱意将他淹没了。

最后，母亲退后一步，上下打量着他。"天哪，"她说，"你好黑好瘦呀，但已经是个男子汉啦。"她摸了摸基特耳朵下面的脖子："还有一道伤疤。"

"西班牙的纪念品。母亲，您气色不错。"萨尔已经四十多岁了，但看起来还像以前一样健康强壮。"路上怎么样？"

"那艘驳船太挤了。但我们已经脱身了。"

"吃过了吗？"

"只吃了点儿早餐。"

"军营里准备了午餐。"

"我都等不及了。"

"那我们就出发吧。"基特向后退了一步，让中士继续把新兵编成行军队列。

列队完毕后，基特上马对新兵讲话。他提高嗓门儿，采用在军中学到的发声方法，让所有人都能听到。他说："当兵很容易。如果你们按照我说的去做，而且没有做错，那你们就会过得很愉快。"人群中传出一片表示赞同的嗡嗡低语：这话有道理。"但如果你们惹恼了我，我就会让你们痛不欲生。"众人闻言大笑，尽管心中难免忐忑。

其实，基特从来没有给任何人带来痛苦。不过话说回来，威胁有时候还是管用的。

最后，他说："听我口令……前进。"

他掉转马头，催马迈步。新兵们紧随其后，朝军营走去。

*

上午十点左右，埃尔茜收到了基特·克利瑟罗的信。她记得基特是主日学校里一个聪明的小男孩。如今，小基特是驻扎在布鲁塞尔的第107步兵团的上尉。

如果基特和他母亲留在他们的村子，他们俩仍会是贫穷的雇农，一辈子都不会去比王桥更远的地方。工业和战争大大地改变了他们的生活。

埃尔茜把基特的信读了好几遍。她觉得凯内尔姆病得很重。她翻来覆去地考虑了一个上午，然后在吃午餐时把信带给母亲和铲子看。

阿拉贝拉同意她的看法，认为凯内尔姆情况不妙。"感染持续的时间太久了。"她说，"我希望他能回来，这样我们就可以照顾他了，但旅行会让他病情恶化。"

埃尔茜说："伯爵好心替我付了房租，我马上就寄钱过去。父亲留给我的遗产大部分还在。"

阿拉贝拉看上去依然忧心忡忡："我想不出我们还能为可怜的凯内尔姆做些什么了。"

这个问题困扰了埃尔茜一个上午，但她已经找到了解决办法。"我必须到布鲁塞尔去照顾他。"她说。

"哦，埃尔茜，不要！"阿拉贝拉说，"那是多么危险的旅程啊。"

"不，并不危险。"埃尔茜说，"我会坐驿车去福克斯通，在海上航行一小段路，然后乘运河船去布鲁塞尔。"

"任何海上航行都是危险的。"

"但我走的这一小段比大多数海上航行都安全。"

"你打算在布鲁塞尔待多久？"

"直到凯内尔姆康复。"

"我们当然可以照顾孩子们——是不是，大卫？"

"我们非常乐意。"

埃尔茜的五个孩子年龄在八岁到十七岁之间。"没这个必要，"她说，"他们可以和我一起去。我会在那里租个房子。这对孩子们有好处。他们可以学习法语。"

"这会开阔他们的眼界，"铲子说，"我同意。"

阿拉贝拉仍然不喜欢埃尔茜的计划："那主日学校怎么办？"

"我不在的时候，莉迪娅·马利特负责运营学校。阿莫斯会帮她。"

"可是……"

"我必须帮助凯内尔姆。我嫁给了他，这是我的义务。"

阿拉贝拉沉思良久，最后让步了。"是的，"她不情不愿地说，"我想你是对的。"

*

简在《淑女杂志》上读到一篇长长的报道,觉得很有意思,便拿给阿莫斯看。文章称,布鲁塞尔成了时尚人士最新的热门目的地。多年来,人们成群结队地前往巴斯,表面上是为了泡温泉,实际上是为了跳舞,闲聊并炫耀自己最漂亮的衣服。如今,他们在布鲁塞尔做着同样的事。宴会、野餐、打猎和看戏成了涌入这座城市的外国人最喜爱的活动。这座城市随处可见穿着华丽制服的英勇军官。人们一有机会就会跳有伤风化的华尔兹,舞伴们紧紧地抱在一起,亲密得令人发指。"在伦敦通常见不上面的人,可能会在布鲁塞尔发展出令人愉悦的友谊。"——这句话让阿莫斯觉得像是在暗示那里是通奸乐土。许多英国贵族正在访问布鲁塞尔,而当地的社交圈领袖是里士满公爵夫人。

阿莫斯略感厌恶。"脑袋空空的社交名流跳着下流的舞蹈。"他没好气地说,然后转念一想,又道,"但他们都想买新衣服。"

"哎哟!"简不无得意地说,"你的调子倒是变得挺快的嘛。"

阿莫斯的盘算是,贵族对奢侈布料的需求会增长,这对自己来说倒是好事,因为军队对军装的需求——他的生意支柱——肯定会急剧萎缩。他需要与尼德兰的买家取得联系。

简说:"我可能会去布鲁塞尔。"

"你也去!"阿莫斯惊呼。

"你是什么意思?"

"埃尔茜要去那里照顾凯内尔姆。他受了伤。主日学校将交给莉迪娅管理，我会帮她。"

"你会为埃尔茜做任何事。"

阿莫斯不解地问："你这是什么意思？"

"你真是个怪人，阿莫斯·巴罗菲尔德。"

"我不懂你在说什么。"

"是啊，你不懂。"

阿莫斯对故弄玄虚的谈话缺乏耐心，问道："不管怎样，你不在的时候谁来照顾哈尔？"

"我会带他一起去。"

"哦。"那就意味着阿莫斯见不到儿子了。"去多久？"

"我不知道。亨利在那里待多久，我们就得待多久——至少得待这么久。"

"我明白了。"

"我简直等不及了。布鲁塞尔那迷人的生活方式——穿着新礼服参加各种聚会和舞会——一直是我梦寐以求的，但亨利从来没有为我提供过那种生活。"

简是永远不会变的，阿莫斯暗自感叹。简当初拒绝了他，如今看来，自己是多么幸运啊。他即便要结婚，也肯定会找一个踏实本分的对象。

他侥幸逃过一劫。

第三十八章

　　埃尔茜从来没有坐过船，也没有到过外国，更没有住过旅馆。她只懂一点点法语，使用外币时总是算不对，见到异域风情的房屋、商店和服装时老是大惊小怪。她不是一个胆小怕事的人，但独自出国旅行的困难是她始料未及的。

　　她现在知道，带着五个孩子来布鲁塞尔是一个可怕的错误。历经千辛万苦，她终于住进了一家满是灰尘的旅馆，坐到了一张粗糙的木板床上。看着周围大大小小的行李和高高矮矮的孩子，她不禁放声大哭。

　　她费了九牛二虎之力才给第107步兵团军营的夏陵伯爵捎去消息，不过自那之后情况就好转了。送信人带回了伯爵措辞亲切的字条，另外还有一封信，没有封口，是让她带给里士满公爵夫人的。信中请求公爵夫人向凯内尔姆·麦金托什太太伸出友谊之手，并提到埃尔茜是王桥已故主教的女儿，也是一位在图卢兹受伤的英军牧师的妻子。

　　第二天，埃尔茜去了布朗希瑟里街上的里士满公爵府邸。这座房子有三层楼高，足够公爵夫人生的十四个孩子居住。这地方并不是布鲁塞尔最昂贵的街区,有传言说公爵和公爵夫人来这里住是为了省钱。住在这里比住在伦敦便宜。一瓶香槟只要四先令,这样的物价对埃尔茜的预算影响不大,但很可能为爱开宴会的里士满公爵一家节省了一大笔钱。

夏陵伯爵的推荐,再加上主教女儿和受伤的随军牧师妻子的身份,这一切足以引起以虚荣势利闻名的公爵夫人的注意,她热情地欢迎了埃尔茜。她的鼻子和下巴线条硬朗刚毅,两者之间的嘴巴却如同玫瑰花蕾一般娇小。与其说她雍容华贵,不如说她英姿飒爽。她交给埃尔茜一封信,信是写给一位布鲁塞尔商人的,此人英语流利,可以帮埃尔茜找到一间不错的出租房。

埃尔茜在圣米歇尔及圣古都勒大教堂附近租了一座排屋,带着五个孩子搬了进去。她去旅馆接凯内尔姆,看到他似乎有点儿舍不得和比安科太太告别,觉得很有趣。他显然对比安科太太心存感激。

埃尔茜租的房子并不豪华,但很舒适。最重要的是,它离布鲁塞尔公园不远,那个公园是这座城市最珍贵的东西。公园内有三四十英亩的草坪,碎石小径、雕像和喷泉点缀其间。公园不允许马匹进入,这意味着父母可以让孩子们跑来跑去,而不用担心他们被马车撞倒。

每当天气晴好时,埃尔茜就会带凯内尔姆去公园。起初,埃尔茜不得不用轮椅推他,但他很快就恢复了走路能力,尽管走得很慢。他们总有两三个孩子陪伴左右,孩子们常常会带球来玩。

埃尔茜偶尔会碰到现居布鲁塞尔的夏陵伯爵夫人简。她们会亲切地交谈。简已经成了里士满公爵夫人的密友。

简问埃尔茜为什么屡屡拒绝公爵夫人和其他人的宴会邀请。埃尔茜说她几乎没有时间参与这些事，因为她要照顾五个孩子和正在康复的丈夫。这话没错，但她其实是觉得舞会、野餐和赛马之类的活动轻浮浅薄，无聊透顶。她讨厌没完没了、毫无意义地闲聊。不过，这些她都没对简说。

有一次，埃尔茜看到简和一位英俊的军官珀西瓦尔·德怀特上尉在一起。那次简没有停下来和埃尔茜说话。她跟上尉打情骂俏，看上去特别快活迷人。埃尔茜不禁怀疑他们有染。可以想象，通奸在异国他乡更容易发生——她不知道为什么。

12月的一个下午，天气寒冷，但阳光明媚。埃尔茜和凯内尔姆坐在长凳上休息，一面欣赏喷泉里仿佛在婆娑起舞的水流，一面照看最小的两个孩子：玛莎和乔吉。埃尔茜对她丈夫的变化感到惊讶。负伤只是部分原因。凯内尔姆目睹了太多苦难和死亡，这一点从他憔悴的面庞就看得出来。他沉浸在回忆中，血腥的屠杀对他而言历历在目。埃尔茜当年嫁的那个男人，那个狂妄自大、野心勃勃的年轻牧师，此刻已经难觅踪影了。埃尔茜更喜欢这样的丈夫。

凯内尔姆说："我差不多准备好回步兵团了。"

在埃尔茜看来，他还没有准备好。他的身体比精神恢复得快。外面街上突然传来的声音——沉重的板条箱落在平板车上，或者工人抡起锤子砸墙的声音——会让他低下头，跪在客厅地毯上。

"别着急。"埃尔茜说，"我们必须确保你已经完全康复。我认为你负伤后迟迟无法痊愈，就是过早返回工作岗位导致的。"

凯内尔姆不接受这个说法:"上帝派我来这里,为第107步兵团的士兵提供精神引导与慰藉。这是一项神圣的使命。"他似乎忘了,他成为随军牧师的唯一原因,是为了增加他成为主教的机会。

"战争结束了,"埃尔茜说,"士兵对宗教抚慰的需求肯定减少了。"

"士兵发现自己很难回归正常生活。他们已经养成了视人命如草芥的习惯。他们杀过人,也见过战友牺牲。这样的经历渐渐消磨了他们的同情心。唯一能熬过战争的方法,就是变得麻木不仁。想从这样的状态变回普通小伙子可不容易。他们需要帮助。"

"而你可以给他们这种帮助。"

"我当然不能。"他说,语气中透出一丝往日的坚定,"但上帝可以,只要他们愿意向上帝求助。"

埃尔茜默默地看了他一会儿,然后说:"你知道自己变了多少吗?"

凯内尔姆若有所思地点点头。"这都要追溯到在西班牙的那场战斗。"他说。他注视着喷泉,但埃尔茜知道,他眼中所见是被太阳炙烤着的战场。"我看到一个年轻士兵在地上奄奄一息,他的血渗入干燥的土地之中。"

他停了下来,但埃尔茜什么也没说,让他慢慢整理思绪。

"敌人几乎就要追上我们了。伤兵的战友没有时间去抚慰他——他们正以最快的速度射击,重新装弹,然后再次射击。我跪在他身边,告诉他,他要上天堂了。他张开嘴咕哝起来。当时枪炮轰鸣,我不得不把耳朵贴在他嘴边才能听清他的话。'天堂?'他说,'真的吗?'我回答说:'是的,如果你相信我主耶稣的话。'然后我建议我们一起念主祷文。'别担心噪声，'我说，'上帝能听到我们的声音。'就在那时，他告诉我，他不会念主祷文。"回忆至此，凯内尔姆不禁怆然泪下。"你能想象吗？"他说，"那男孩不会念主祷文。"

这倒没出乎埃尔茜的意料。来主日学校的新生有时甚至不知道耶稣是谁。凯内尔姆遇到的情况极其罕见，但并非没有先例。

"我握着他的手，替他念了主祷文。当我念到'国度、权柄、荣耀，全是你的'的时候，那男孩已经离开了这个世界，去了一个没有战争的地方。"

"愿他的灵魂安息。"埃尔茜说。

*

铲子被巴黎的全景廊街给深深震撼了。伦敦没有任何类似的场所。这是一条人行道，地上铺了砖石，顶上盖着玻璃，两边都是卖珠宝、内衣、糖果、帽子、书写纸等物品的商店。全景廊街从蒙马特大道一直延伸到圣马克街。廊街两端各站着一个身穿制服的壮汉——就像英国那种维持教堂秩序的牧师助理员——防止小叫花子和扒手进入。优雅的巴黎妇女，还有许多其他国家的妇女在廊街购物时，头发不会被淋湿，鞋子也不会被街上成堆的垃圾弄脏。此间另一处吸引人的地方是这里的圆形大厅，里面陈列着罗马和耶路撒冷等著名城市的全景画。

阿拉贝拉在这里流连忘返。她买了一顶草帽、一条围巾和一盒糖衣杏仁。铲子领着她走进一家商店，这里出售奢侈布料：丝绸、山羊绒、细麻布和混纺面料，颜色和图案多种多样。他从口袋里掏出一张硬纸卡片，上面用法语写着，他是生产高级礼服用的上等布料的制造商，他很乐意在女经理方便的时候给她看一些样品。

女经理用法语作答，语速很快。十五岁的阿贝在王桥文法学校学过法语，他请女经理把刚才说的话重复一遍，但要慢一点儿，然后他翻译道："这位女士希望明天上午十点与您见面。"

铲子鞠了一躬，用法语向女经理道谢。他的口音很糟糕，但他竭力装出迷人的样子，挤出一个自嘲的苦笑，女经理被逗得呵呵直乐。

他们走出廊街时，铲子感到街上的气氛有所变化。有的人在悠闲地散步，有的人在兴奋地交谈。他不知第几次希望自己能听懂这种语言了。

他们从一个女人身边经过。女人坐在路边的一张桌子旁，桌上摆满待售的报纸。铲子的目光被一个大大的标题吸引了：

NAPOLÉON A FUI!

他问阿贝："这是什么意思？"

"我不知道。波拿巴显然做了什么，但我不知道是什么。"

"问问摊主吧。"

阿贝指着报纸上的大标题，用法语问道："夫人，请问这是什么意思？"[1]

---

[1] 此处及下文中阿贝和报摊主的对话原文均为法语。——编者注

女人答道:"他逃跑了。"看他们听不懂,女人又换了几种说法:"他走了!他逃了!他离开了监狱!"

阿贝对铲子说:"我想他逃走了。"

铲子大吃一惊:"从厄尔巴岛?"

摊主疯狂地点头。"对对对!"她挥挥手,装出道别的样子,"再见,厄尔巴岛!再见!"然后她咯咯笑了。

他们知道那是什么意思。

铲子说:"问问她,波拿巴要去哪儿。"

阿贝说:"他要去哪儿?"

"他已经到法国了!就在南部!"

铲子买下了报纸。

阿拉贝拉看上去心烦意乱:"怎么会发生这种事?应该有人看守他呀!"

铲子摇摇头,感到不可思议,又忧心如焚。莫非那个暴君要卷土重来了?"我们还是回住处去吧。"他说,"那里的人可能会有更多的消息。"

他们住在一个法国男人经营的家庭旅馆里,但房东的妻子是英国人,因此这家旅馆很受英国游客欢迎。他们到旅馆的时候,客厅里聚满了人,大家正聊得热火朝天。铲子把报纸拿出来,问:"有人看得懂这个吗?"

女房东埃莉诺·德拉克洛瓦拿起报纸,浏览了一下。"难以置信!"她说,"波拿巴竟然组建了一支小舰队和一千人的军队!"

铲子说:"应该有一个英国人在看守他呀。"

"是尼尔·坎贝尔,"德拉克洛瓦太太说,"报纸上说,他乘皇家海军'帕特里奇号'离开了厄尔巴岛,随身携带着一份给卡斯尔雷勋爵[1]的公文。"

铲子干巴巴地笑了笑:"公文里写了什么?警告勋爵,波拿巴计划逃跑?"

"就算写的是这个我也不会觉得惊讶,但这方面报纸上没说。"

"波拿巴如今身在何处?"

"儒昂湾,在法国南海岸……"

"那他不会来这里了。这倒是让人松了口气。"

"但这消息未必属实。"女房东说,"报纸又不是什么都知道。"

"可是,他只有一千个人,能在法国搞出什么名堂?"

女房东像法国女人一样耸耸肩。"我只知道,"她说,"永远不要低估拿破仑。"

*

阿莫斯·巴罗菲尔德正准备利用驳船将一大批深蓝色美利奴羊毛布送到下游的库姆,然后通过海路运往安特卫普。这是他从刚刚脱离法国统治的尼德兰获得的第一笔大订单,他关心的是布料能否迅速安

---

[1] 罗伯特·斯图尔特(1769—1822),通常被称为"卡斯尔雷勋爵",英国政治家,时任英国外交大臣。

全地送达。他希望能从同一客户和尼德兰的其他客户那里赢得更多的生意,所以决定亲自带着这批布料穿过英吉利海峡。

在出发的前一天,他在高街咖啡馆吃午餐——烤羊肉配土豆——并阅读最新的报纸。

《王桥公报》上,头条新闻的标题赫然入目:

波拿巴已到法国

"见鬼。"他说。

"我的感受完全一样。"一个声音说。阿莫斯抬起头来,看见鲁普·安德伍德正坐在邻桌,吃着同样的羊肉,看着同样的报纸。

阿莫斯和鲁普现在关系融洽,尽管他们曾经为了争取简·米德温特的芳心而剑拔弩张。他们现在都四十多岁了,阿莫斯对鲁普的衰老感到震惊,然后意识到自己也老了,而且是以同样的方式:头发白了,肚子大了,而且开始讨厌跑步了。

鲁普说:"报上说,波拿巴在法国南部海岸一个叫戛纳的地方登陆了。然后他去当地教堂做了弥撒。"

阿莫斯说:"最糟糕的是,当地的男人纷纷加入了他的军队。"

"大家都以为他会跑到他的帝国尚未崩溃的某个地方。"

"多半是那不勒斯。"

"但我们误判了他——他再次让我们猝不及防。"

阿莫斯点头表示同意:"他带军队回到法国——即便只是一支小

军队——原因只有一个：他想再次当皇帝。"

"他可能如愿以偿吗？"

"我相信很多法国人都欢迎他回来。新国王路易十八登基后倒行逆施，似乎在想方设法逼老百姓像当年一样揭竿而起。"

"比如？"

"据我所知，他又恢复了忘记给士兵发工资的古老皇室习俗。"

"波拿巴到得了巴黎吗？"

"这正是我想知道的。我明天就要去安特卫普了。"

"离法国南海岸七八百英里？"

"差不多吧。"

"两地相距很远。"

"话虽如此，我还是在考虑要不要取消这次旅行。"

"通往巴黎的道路并非对所有人开放。一部分法国军队可能会挡住波拿巴的去路。"

阿莫斯点点头。法军现在至少在理论上听命于新国王，并将奉命保卫国家，对抗波拿巴。"是的，"阿莫斯说，"从巴黎到安特卫普还有几百英里，而且尼德兰现在由英国和普鲁士军队保卫。所以……"

"拿破仑打到安特卫普的危险性似乎很小。"

"我的货物很多，不能没人看管。另外，我还想在那边和客户打好关系。只要买卖双方见过面，做起生意来就容易多了。"

"那你打算怎么做？"

"我还没有决定。我的意思是，我的命值多少蓝色美利奴羊毛布？"

鲁普叹了口气。"这场该死的战争。"他说,"已经二十二年了,战争还没有真正结束。在我们成年后的大部分时间里,战争始终让我们的生意举步维艰。此外,我们还经历了面包暴乱和砸毁机器的卢德运动,议会还通过了禁止批评政府的法律。我们得到了什么?"

"我想政府会说,我们阻止了欧洲变成法兰西帝国。"

"我们自以为大功告成,"鲁普说,"但如今风云突变。"

*

德拉克洛瓦太太的家庭旅馆的租客焦急地研读着报纸,在她的帮助下翻译着新闻。普罗旺斯和法国西南部的人支持波旁王朝,反对革命,敌视拿破仑。铲子推测,这或许就是拿破仑紧贴东部边境,从戛纳沿结冰的山路向北挺进的原因。尽管如此,还是有不少评论家认为,一旦遇到法国政府军,他就会被阻止。

报纸报道说,他在六天之内到达了格勒诺布尔,那里距巴黎约十二天路程。但是,消息花了四天才到达首都,所以拿破仑现在还有八天就可以赶到巴黎。

来自格勒诺布尔的消息相当不妙。

在离格勒诺布尔不远的拉弗雷小镇外,拿破仑和他日益壮大的军队遭遇了第五战列步兵团的一个营。拿破仑的军队在人数上不及政府军。这支部队本该遏制拿破仑东山再起的脚步。

据报道,拿破仑离开手下,独自一人,毫无畏惧地向阻拦他的士兵走去。

报纸上说——这可能有些夸张——拿破仑掀开他那件著名的灰外套，指着自己的心脏说："喂，士兵们，你们想杀死你们的皇帝吗？"

没有人开枪。

第五战列步兵团的一名士兵喊道："皇帝万岁！"

欢呼声此起彼伏。士兵扔掉了代表国王路易十八的白色波旁帽徽，拥抱了拿破仑的士兵。

然后该团改变立场，跟随拿破仑一起前进。

铲子对阿拉贝拉说："先前只有农民和国民警卫队加入拿破仑的队伍，现在，第一次有正规军倒向他。这是一个巨大的变化。"

同样的一幕在下一个城镇维济耶上演，驻守在那里的第七战列步兵团也投靠了拿破仑。然后，拿破仑在格勒诺布尔城受到了热烈欢迎，如同一位所向披靡的英雄。

不容辩驳的事实摆在面前，形势已经发生惊天逆转。"哦，该死。"铲子说，然后出去订了三个前往布鲁塞尔的驿车座位。

车费已飙升至平常的十倍，但他毫不犹豫地付了钱。第二天黎明时分，他就带着阿拉贝拉离开了。

3月20日凌晨，路易十八逃离巴黎。

几小时后，拿破仑毫无阻碍地进入了首都。

第三十九章

拜访完安特卫普的客户后,阿莫斯就去了布鲁塞尔。哈尔不应该待在可能沦为战区的地方,阿莫斯希望简把孩子带回安全的英国。他不再怀疑哈尔是自己的儿子了。简爱他们的孩子——她肯定会明白,布鲁塞尔对一个九岁的孩子来说过于凶险吧?

简在公园附近租了一座大房子。一个三口之家并不需要这么大的空间,阿莫斯一边从街上打量这个地方一边想。他走进门厅,注意到这里几乎没有男性居住者的迹象:地板上没有马靴,挂钩上没有剑,帽架上没有双角帽。阿莫斯心想,就算亨利跟部队在一起的时间比跟家人更多,那也没什么稀奇的。

阿莫斯被领进客厅,简正坐在那里看时尚杂志。她一如既往地穿着漂亮的衣服,周围的空气中弥漫着淡淡的花香。

她兴奋得满脸通红,似乎非常开心,阿莫斯不知道为什么。令她激动不已的并非阿莫斯的到来:那样的激情时光已经一去不复返了。阿莫斯脑子里闪过一个念头:她可能有情人了。这是一个满怀恶意的揣测,他对自己说,但他又不能完全排除这种可能。

简摇了摇铃,叫仆人端来茶点。两人寒暄了几分钟。阿莫斯向她介绍了王桥的最新情况,她热情地谈起了布鲁塞尔的社交生活。"里士满公爵夫人要举办一场舞会,"她说,"你一定要来。我去给你弄张请柬。"想当年,简曾抱怨自己从没参加过贵族宴会,而现在,阿莫斯猜她早就对此习以为常了。

公爵夫人是出了名的势利眼。"你确定她不会反对邀请卑微的布商吗?"他问。

"非常确定。她已经邀请两百多人了。她不会介意再来一个。"

茶端了上来,哈尔也出现了。阿莫斯心头涌上一股熟悉的舐犊之情。他看得出,虽然离成年还有几年,但儿子正在从毛头小子变成翩翩少年。哈尔严肃地和阿莫斯握了握手,阿莫斯很喜欢他柔软皮肤的触感。作为一个正处在发育期的男孩,他胃口极大,眨眼间就吞下了三块蛋糕。

阿莫斯注视着他,哈尔脸上的某种特质让他心头一惊。他意识到自己想起了在剃须镜里看到的那张脸。如果别人发现了两人的相似之处,也许会引起麻烦。阿莫斯决定蓄须。

哈尔离开后,阿莫斯把话题转移到他来访的目的上。"在维也纳开会的盟国已经宣战,"他说,"不是针对法国,而是针对拿破仑个人。我认为这是史无前例的。"

简说:"那是因为我们不反对作为和平君主制国家的法国。我们攻入法国,只是为了推翻波拿巴的统治。这一次,那个科西嘉暴发户

237

逃不掉了。"

简的这番言论只是盟国的宣传口号,但英国人往往会盲目地加以重复。简对打败波拿巴有多么困难没有半点儿概念。阿莫斯说:"你知道吗,波拿巴正在离这里只有五十英里的地方集结军队,就在边界的另一边?"

"是的,我当然知道,"简说,"可现在威灵顿公爵来了,他已经证明自己比波拿巴强多了。"

事实并非如此。这两位将军还从未在战场上交过手。但阿莫斯不想争辩,说:"我只是觉得你和哈尔回到英国会更安全。"

"你是说回伯爵城堡吧。"简不屑一顾,"那里从来不会发生任何事。我认为我们在这里相当安全。"

"这里真的不安全啊。"阿莫斯坚持己见,"低估波拿巴是鲁莽的行为。"

"你知道,我丈夫在威灵顿的司令部工作。"简带着一丝高傲说,"我可能比你更了解军事形势。"

"我不是专家,"阿莫斯承认,"但我相信战斗的结果是完全无法预测的。"

简转而指责阿莫斯的动机:"你不是来教训我的吧?"

"我只是希望你和哈尔安全,仅此而已。"

"你担心的是哈尔。你根本不在乎我。"

"我当然在乎你!"他反驳道,"你是我唯一孩子的母亲!"

"小点儿声,看在上帝的分儿上。"

"对不起。"

阿莫斯沉默片刻，然后说："请考虑一下我说的话。"

她显然很恼火，也很尴尬。"我会考虑的，我会考虑的。"她用一种不耐烦的语气说，显然口不对心。

失望之下，阿莫斯只好告辞。

西北欧的这个春天多雨，但今天是个难得的好天气。阿莫斯穿过阳光普照的街道，来到埃尔茜同她丈夫与孩子们住的相对便宜的街区。埃尔茜在门厅里迎接他，脸上带着熟悉的灿烂笑容。上楼时，埃尔茜说："请不要告诉凯内尔姆他看起来多么健康。我正在努力阻止他返回步兵团，他的身体还没恢复好呢。"

阿莫斯强忍住笑意。埃尔茜总是这样，外表强势而内心火热，阿莫斯不无深情地想。"我会记住的。"他说。

凯内尔姆在客厅。他的面庞曾经如同天使般俊美，如今却分外憔悴。不过，在其他方面，他并不像病人。他身穿牧师长袍，脚蹬户外鞋，仿佛要外出散步。阿莫斯委婉地说："很高兴见到你。我想你恢复得相当不错。"

"我完全康复了。"凯内尔姆说，似乎并不同意阿莫斯的折中判断，"时间比预期的长，但我现在已经准备好重返工作岗位了。"

阿莫斯说："为什么这么着急呢？"

"士兵需要我。"

阿莫斯心生疑惑：他们真的需要牧师吗？他们八成会说，他们需要的是结实的靴子、充足的弹药和聪明的长官。

凯内尔姆看透了他的心思。"你不知道军营里的生活是什么样子。"他说,"喝酒、赌博,还有嫖娼。埃尔茜会原谅我言辞不雅,但我不想轻描淡写,粉饰太平。你知道英国士兵每天的口粮是多少吗?"

"恐怕我不知道。"

"一磅牛肉、一磅面包、半品脱[1]杜松子酒。半品脱!他们手头有钱的时候,只要不玩牌输掉,就会用来买更多的杜松子酒。"

"你能把他们从这种生活中解救出来?"

凯内尔姆苦笑道:"啊,阿莫斯,你这话听上去很像是在取笑我呀。不,我救不了他们,但有时上帝可以。"

"但你告诉他们不要沉溺于这样的恶习。"

"我在军队里明白了一个道理:劝士兵做好人是没用的。我没有禁止恶习,而是努力鼓励他们做其他事。我在田野上举行礼拜。我给他们讲《圣经》故事。他们受伤,想家,或者在战斗前惊恐万分的时候,我就和他们一起祈祷。他们喜欢唱歌,偶尔我能让整个排一起唱一首熟悉的赞美诗。每当这种时候,我就觉得我在这个世界上的存在是有意义的。"

阿莫斯不得不掩饰自己的惊讶。他听说军旅生活改变了凯内尔姆,但他没想到那竟然是脱胎换骨的变化。

埃尔茜说:"你做的这些都非常出色,凯内尔姆。但是,你不应该在完全康复之前返回步兵团。"

---

[1] 1品脱合0.5683升。

"军营里许多人或多或少都有点儿病。"

门厅里突然传来一阵兴奋的叽叽喳喳声,三人的争论就此结束。"孩子们回来了,"埃尔茜解释道,"他们和我母亲还有铲子一起去公园了。"

阿莫斯没想到会见到铲子和阿拉贝拉。他知道他们去了巴黎,但从那以后就再没消息了。他很高兴看到他们逃离了波拿巴的魔掌。他希望他们在布鲁塞尔都能平安无事,但他知道此地依然危机四伏。

孩子们冲了进来。他们很熟悉阿莫斯,觉得没必要在他面前太讲规矩。年纪较小的孩子滔滔不绝地讲述着在公园里看到的东西和做过的事情。大一点儿的孩子则表现得更为克制——埃尔茜的斯蒂芬十八岁,阿拉贝拉的阿贝十五岁——但他们显然也很喜欢公园。

铲子告诉阿莫斯,他在巴黎接到了很多订单,生意迅速好转。他希望自己能够顺利交货,但这取决于波拿巴会不会让欧洲重燃战火。

阿莫斯猜阿拉贝拉在巴黎购买了衣服。她现年六十一岁,穿着一件绿色丝绸长袍,苗条而优雅。

这天下午,第二次有人邀请阿莫斯喝茶,他出于礼貌接受了。孩子们狼吞虎咽地吃完三明治,然后铲子和阿拉贝拉带着孩子们去别处了。

凯内尔姆说:"阿莫斯,既然这里又只剩我们三个人,我想请你帮个忙。"

"只要力所能及,我都乐意效劳。"

"你愿意护送埃尔茜参加里士满公爵夫人的舞会吗?她收到了

邀请,我想让她去——她应该享受一个轻松愉快的夜晚——可我去不了。若是有人看见我在贵族宴会上喝香槟,我的形象就会一落千丈。"

埃尔茜相当尴尬:"凯内尔姆,求你别为难人家!这会给阿莫斯添麻烦的。再说,我想他也没有收到邀请吧。"

"事实上,简,也就是夏陵伯爵夫人,已经答应帮我弄一份请柬。"

"是吗?"埃尔茜不以为然地应了一声。

"我本来不打算接受邀请,但我很乐意——实际上是很荣幸——护送你去参加舞会,麦金托什太太。"

"好了,"凯内尔姆心满意足地说,"那就这么定了。"

*

威灵顿公爵曾短暂离开军队,执行其他任务,比如在巴黎担任英国驻法国大使,但现在他又回到军队任职,负责指挥英国和尼德兰联军。盟友普鲁士的军队则不受其节制。

重归戎伍后,威灵顿邀请夏陵伯爵亨利加入他的参谋部,就像在西班牙时一样。亨利同意了——这与其说是请求,不如说是命令——并要求基特担任自己的助手。"他是个非常能干的年轻人,"亨利对公爵说,"他七岁就在工厂工作,十八岁就当上了这家工厂的经理。"

亨利告诉基特,公爵说"这就是我想要的人才"。

今天基特不得不将一条消息带给第107步兵团的新任指挥官。他是冒着暴雨骑马去的。到军营后,他趁机找到了母亲。

萨尔穿着男装。基特知道这不是伪装。她并不是想冒充男人。但在军营里,长裤和马甲比连衣裙更实用。许多随军妇女都是如此穿着。另外还有一个好处:这使她们有别于妓女,不必面对不受欢迎的骚扰。

萨尔自然提出了联军何时攻入法国的问题。"威灵顿还没有拿定主意,"基特说——这是真的,"但我认为不会再等多久了。"

基特希望母亲回到安全的英国,但他没有试图说服母亲。母亲已经决定站在即将浴血奋战的丈夫身边,基特必须尊重她的选择。毕竟,他为了守护罗杰也做了同样的事。这两对爱人将随军进入法国,攻击波拿巴的军队。他希望他们都能平安归来。

想到这里,他不禁黯然神伤,于是将这个念头抛到一边。

他们坐在帐篷里避雨。一个士兵走进来,从萨尔手里买了一烟斗烟草。那人走后,基特说:"看来您现在是个烟草商了?"

"还不止哩。"萨尔说,"士兵的活动范围被限制在军营之内。有人会违反规定,但不多——抓住了就得挨鞭子。所以我每周都会步行去一趟布鲁塞尔。我要花两小时才能到那里。我买那些士兵在军营里买不到的东西——不仅仅是烟草,还有文具、纸牌、橙子、英文报纸之类的东西。我以双倍的价钱卖给他们。"

"他们不介意吗?"

"我对他们实话实说:一半是我买东西花的钱,另一半是我往返十二英里的脚力钱。"

基特点点头。无论如何,士兵是不会轻易和他那膀大腰圆的母亲吵架的。

雨停了，基特与母亲告别。他取了自己的马，然后出发，但并没有直接回司令部。罗杰所属的炮兵就在一英里外，他骑马前往那里，希望能见到他所爱的人。军官可以离开军营，所以罗杰可能不在那里。

然而，基特很幸运。他发现罗杰正在帐篷里和战友打牌——这并不奇怪。他多半会一如既往地向基特借钱，而基特也会一如既往地拒绝。

基特看他们玩了几局，然后罗杰说了声"抱歉"，就将钱放进口袋，离开了牌桌。他们在细雨中漫步。基特将萨尔在军营做生意的事告诉了罗杰。"你母亲是个了不起的女人。"罗杰说。

基特表示同意。

在潮湿松软的地面上走了几分钟，基特发觉罗杰在引导他朝特定的方向前进。果然，他们穿过一片杂草丛生的林地，来到一座废弃的小屋前。罗杰带头进了屋。

里面只有一扇门，没有窗户。门上的铰链已经脱落。罗杰关上门，用一块大石头把门卡住。"万一有人想进来，我们会听到推门的声音，并且有充足的时间让自己穿戴体面，假装我们是为了避雨才进来的。"

"好主意。"基特说，然后他们接吻了。

第五部分　世界大战

*

威灵顿召集参谋部开会，研判最新的情报。他们聚集在皇家街威灵顿租来的房子里，站在餐桌上的一张大地图周围。窗外大雨滂沱，6月的大部分时间都是这样的天气。基特站在人群的最后面，艰难地越过更高的人的肩膀去看地图。房间里的气氛异常紧张。他们很快就要与他们那个时代，也许是有史以来最英勇善战的将军交锋了。据基特统计，波拿巴打过六十场仗，赢了五十场。他是一位令人敬畏的战神。

法军被分成四部分，并进行了战略部署，以抵御来自北部、东部和东南部的入侵，以及西南部可能发生的保王党叛乱。对英军来说，最重要的军团是北方军团，他们负责保卫从博蒙到里尔的六十英里边境。"我们估计波拿巴有十三万人。"情报部门负责人说，"最近的离我们大约五十英里。"

英尼联军分散在一片广阔的区域内：他们必须这样做，因为农村为他们提供了士兵的食物和马匹的饲料。"我们的兵力是十万七千人。"情报官继续说，"但我们的盟友，驻扎在我们东南方的普军，有十二万三千人。"

所以，基特想，我们的兵力几乎是波拿巴的两倍。基特在威灵顿的军队里待了两年多，他知道"大鼻佬"总是努力集结优势兵力作战。威灵顿宁愿撤退，也不愿在不利的条件下冒险一搏。这在很大程度上解释了他的成功。

有人问:"波拿巴会采取什么战略?"

威灵顿淡淡一笑:"我在维也纳的时候,和巴伐利亚陆军元帅卡尔·菲利普·冯·弗雷德王子讨论过这个问题。他曾经为拿破仑一方战斗,但几年前弃暗投明了。冯·弗雷德说,波拿巴曾告诉他:'我没有战略。我从来没有作战计划。'波拿巴是个机会主义者。他唯一可预测的地方就是,他是不可预测的。"

这说了等于没说,基特想。当然,基特只是将这话装在肚子里。

"普鲁士人想立刻攻入法国。"威灵顿接着说,"布吕歇尔[1]说他把旧烟斗落在了巴黎,他想要回来。"公爵身边的人都笑了起来。这位七十二岁的普鲁士指挥官风趣幽默,讨人喜欢。"但事实上,他的政府缺钱,想尽快结束战争,他的士兵也渴望回家收割庄稼。我倾向于再等等,但又不想拖到布吕歇尔的士兵都开始散去才行动。我答应在7月进攻,把他搪塞过去了。"

基特对这次推迟表示欢迎。他并不急于再打一场仗。他想活下来,回到家乡,继续过往日的生活:白天制造织机,晚上和罗杰同床共枕。推迟两周,任何事情都可能发生。波拿巴可能会死。法国人可能会投降。他们可能根本不用再打仗。

"还有一件事,"情报官说,"昨天,英国第95步枪团的一个巡逻队在这里的西南方向遇到了一群法国枪骑兵,这表明他们可能会越过边界,从蒙斯发动袭击。"

---

[1] 格布哈德·冯·布吕歇尔(1742—1819),普鲁士元帅,1815年任普军总司令,与威灵顿公爵指挥的英军协同作战。

"很有可能。"威灵顿说,"他可能想包围我们,切断我们与海岸的联系,这样我们就无法获得补给。但在了解更多情况之前,我们也无法确定。不过,我们必须让敌人看到我们是多么泰然自若,从容不迫。我们拥有优势兵力,我们有能力选择战斗的时机,我们没有什么可害怕的。"他笑了笑:"为了证明这一点,明天我将参加里士满公爵夫人的舞会。"

第四十章

皇家街靠近公园，两侧都是富丽堂皇的豪宅。威灵顿在皇家街的宅邸既是他的司令部，也是他的家。舞会当天，也就是6月15日星期四，下午三点，他的高级参谋聚在一起共同进餐。这不是社交场合：威灵顿的妻子在英国，餐桌上没有女人，饭菜也不讲究。威灵顿喜欢吃牛肉，喝上好的葡萄酒，其他东西就不太中意了。

夏陵伯爵亨利也出席了宴会。基特和其他副官在门厅里候命。伯爵忧心忡忡。一直有传言说法军即将入侵。然而，威灵顿在巴黎有可靠的间谍，他们没有看到波拿巴即将采取行动的迹象。威灵顿怀疑波拿巴是为了欺骗他才故意散播这样的流言。

其中一条流言说，波拿巴将派遣一支小规模的牵制部队攻击布鲁塞尔东南部的普军，诱使威灵顿在那里部署英尼联军。这样的话，法军主力就会进攻西面，切断威灵顿与海岸的交通线。在基特听来，这是典型的波拿巴圈套。威灵顿则没有那么肯定。

高级参谋落座几分钟后，奥兰治亲王威廉[1]驾到。他是包括尼德兰军队在内的威灵顿第一军团的指挥官。他身材瘦小，被人戏称为"瘦子比利"[2]。餐厅的门一直开着，这样副官们就能听到他报告的情况。

奥兰治亲王宣布，外围的普军与一支已越过布鲁塞尔正南边界的法军发生了小规模冲突。

威灵顿不相信的一条流言得到了证实。

公爵顿时大惊失色。他的间谍并未提前警告过这件事。"可能是小打小闹一下，"威灵顿说，"也许只是一支侦察队。"

"但也可能不是！"奥兰治亲王说。

是虚张声势还是真实攻击？没办法确定。总司令必须做出抉择。他拥有的只有直觉。

威灵顿说："我们必须得到更多的情报。"

从奥兰治亲王的语气可以听出他有些泄气。显然，他觉得威灵顿应该派兵南下支援普军。基特不知公爵此举是对是错。波拿巴以行动迅速著称：稍有延迟就可能丧失先机，大败亏输。但是，如果在缺乏情报的情况下调兵遣将，威灵顿就可能会顾此失彼，手足无措。

是行动还是等待？

餐会继续进行，但很快又被打断。下一个气喘吁吁地赶来的是里

---

[1] 即威廉一世（1772—1843），尼德兰最后一任世袭执政威廉五世的长子，继承了奥兰治亲王爵位。1815年3月成为包括尼德兰和比利时在内的尼德兰联合王国国王，并获得卢森堡大公之位。

[2] "比利"是威廉的昵称。

士满公爵夫妇的儿子,他骑马飞奔了二十二英里——路上还换了几次马——带来一个消息:法国士兵已经越过边界,占领了中世纪小城蒂安,迫使普军撤退。

这是一次大进攻的前奏,还是一次小规模的试探性攻击?尽管这位年轻贵族急匆匆地赶来报信,浑身上下都沾满泥土,但他对进攻部队的数量一无所知。这很不幸。威灵顿现在迫切需要知道有多少法军越过了边境。他进退无据,左右为难。

是出兵增援,还是按兵不动?

几分钟后,普军联络官冯·米夫林少将来了。他说法军现在已经向北推进了十英里,正在进攻较大的城镇沙勒罗瓦。

威灵顿仍然认为所有法国军队参与这次渗透行动的可能性不大。他判断这更有可能是传言中的佯攻,目的是声东击西,调虎离山。在座的其他人对此持有不同的看法。

然而,慎重起见,威灵顿还是召来军需总监[1]威廉·德兰西上校,命令联军做好行军准备。他还向德兰西简单部署了应该发布的行军命令。

基特惴惴不安。从一开始,他就同意威灵顿的看法,即法国枪骑兵出现在布鲁塞尔西南的蒙斯附近,表明他们的主攻方向是更西面。但相反的证据越来越多。然而,威灵顿仍然坚持他最初的判断,把新的报告解释为佯攻的进一步迹象。

---

[1] 当时英军的军需总监负责行军、屯驻、扎营、部署与装备事务,所以军队出发的命令由军需总监下达。

如果威灵顿错了怎么办？此时联军分散在绵延数百英里的乡村地带——他们不得不这样做，否则就无法为士兵找到足够的食物，为马匹找到足够的饲料。联军的人马必须集合起来，行军到战区才能展开战斗，这需要时间。而波拿巴的军队可能已经集结完毕，随时可以开战。

夜晚渐渐降临。

基特担心巨大的威胁正在逼近，而威灵顿却视而不见。

被频繁打断的餐会终于结束了，威灵顿来到公园散步，这是他的习惯。他看似在无忧无虑地闲庭信步，其实并非如此：他的部下知道这个时间到哪里可以找到他，他只好边走边发出一连串命令。

然后他返回了自己的房子。马车等着载大家去参加舞会，但威灵顿和他的参谋却迟迟不走。黄昏时分，冯·米夫林再次现身，带来了普军的进一步报告，内容令人深感震惊。法军已经夺取了距布鲁塞尔只有四十英里的沙勒罗瓦要塞，普军被迫撤退。

雪上加霜的是，经证实，法兰西帝国近卫军也参与了进攻。这是一支精锐部队，总是随波拿巴一起行动。

基特不寒而栗。威灵顿猜错了。这不是佯攻。正当联军准备攻入法国时，波拿巴反客为主，转守为攻，抢先入侵了尼德兰。刀俎与鱼肉瞬间对调。

威灵顿的脸色略显苍白。

基特想起了威灵顿说过的话："波拿巴是个机会主义者。他唯一可预测的地方就是，他是不可预测的。"

我们现在有麻烦了，基特想。

251

威灵顿迅速恢复冷静。他看了看地图。从沙勒罗瓦出发的两条路就像时钟走到两点时的时针和分针。"普军究竟是从哪条路撤退的？"

"东北方向。"米夫林伸出手，顺着代表时针那条路，将手指滑到表盘上应该是数字"2"的地方，在利尼停了下来，"布吕歇尔会在这里据守。"

威灵顿的手指放在代表分针的那条路上，那是一条又长又直的路，沿正北方向通向布鲁塞尔。沙勒罗瓦附近有煤矿。基特知道，经常有一辆辆沉重的牛车排成长长的队伍，缓慢行走在这条道路上，将煤炭运到布鲁塞尔的工厂中、壁炉内。威灵顿说："现在这条运煤大道无人守卫吗？还是说，布吕歇尔已经派人守卫了？"

"我不确定。"

基特大惊失色。这条运煤大道位于普军防区和英军防区之间的边界上。他现在意识到，参谋部没有讨论过由谁来守卫这条路。

威灵顿依然保持着镇定自若："那我们就必须防范法军沿这条路发动进攻。"

然后，他命令皮克顿将军的师从布鲁塞尔向正南方向行进十二英里，在蒙圣让村封锁运煤大道。

然后，令基特惊愕不已的是，威灵顿去参加舞会了。

*

埃尔茜看起来很可爱。

她通常不被认为是个漂亮女人。以传统的美人标准而论,她的嘴太宽,鼻子太大。可是现在,阿莫斯怀疑传统观念错得相当离谱。埃尔茜那张总是笑盈盈的大嘴同她慷慨大度的胸怀相得益彰,她目光柔和的淡褐色眼睛也同她温暖的心灵表里相合。或许她是那种到了中年才变得更诱人的女人。话又说回来,也有可能是她穿的衣服特别突显她的气质。她的裙子是铲子送给她的礼物,由铲子的姐姐凯特用火红和明黄两种颜色的丝绸做成。这裙子几乎不需要珠宝来装饰,但舞会上的大多数女人都会佩戴闪闪发光的钻石,所以她从阿拉贝拉那里借了一条项链。

不知为什么,阿莫斯看到埃尔茜时心里悸动不已。这种反应让他百思不得其解。他们只是朋友,是运营主日学校的搭档。阿莫斯了解埃尔茜超过他了解其他任何女人,他对简都没有那样熟悉。对朋友产生这种心动的感觉是很奇怪的。他们在马车里相对而坐,脸上都挂着微笑。阿莫斯一时也不明白他们在笑什么。

里士满公爵的府邸位于布朗希瑟里街。"布朗希瑟里"是法语中"洗衣房"的意思,里士满公爵有时会戏称自己家为"洗衣房"。

街上停着一排马车,一群看客聚在门口,瞪大眼睛欣赏富贵尊荣的客人纷至沓来:女人穿着精美华丽的丝绸礼服,戴着璀璨夺目的珠宝,男人则大多一身戎装。

舞厅不在府邸内,而是在一座非常大的独立建筑物里。阿莫斯听说,那地方从前是一家马车制造商的展厅。走进屋里,阿莫斯被耀眼的光芒惊呆了:那里点着几百支蜡烛,也许是几千支,还有无数鲜花——他这辈子还没见过如此多的花汇聚在一处。这让他感觉有点儿头晕,好像刚刚喝下一杯香槟。

埃尔茜说:"王桥大礼堂从没举办过这样奢华气派的宴会。"

"简直叫人目眩神迷。"

他们受到了里士满公爵夫人的欢迎,她是一位四十多岁的迷人女子。埃尔茜说:"夫人,请允许我向您介绍我的好朋友阿莫斯·巴罗菲尔德先生。"

阿莫斯鞠躬行礼。公爵夫人卖弄风情道:"夏陵伯爵夫人告诉我,巴罗菲尔德先生是英格兰西部最英俊的男人,我现在明白她的意思了。"

阿莫斯被她的调情吓了一跳,不假思索地脱口而出:"夫人,承蒙您盛情相邀,在下三生有幸。"

"把他看紧咯,麦金托什太太,不然会有人把他从你身边偷走的。"

她在暗示阿莫斯和埃尔茜是一对情人,但这不是事实。

埃尔茜用胳膊肘碰了他一下,他们离开公爵夫人,向房间更深处走去。一个侍者用托盘端着香槟走过来,他们各拿了一杯。

阿莫斯说:"对不起,我不知道该如何回应那种胡言乱语。真是太尴尬了。"

"她在开玩笑。你的害羞是游戏的一部分。别担心,你做得很好。"

"我想,出席这种场合的男人大都对公爵夫人的调笑习以为常,知道该说什么。"

"是的,我很高兴你不知道。我喜欢你现在的样子。"

"我也喜欢你现在的样子。希望我们都不要变。"

埃尔茜粲然一笑,似乎心花怒放。

乐队奏起了欢快的四三拍曲子,埃尔茜说:"我知道你喜欢跳舞,但你能不能跳华尔兹?"

"我想没问题。"

埃尔茜把酒杯放在桌上,说:"那我们试试吧。"

阿莫斯将杯中酒一饮而尽,放下酒杯,将埃尔茜揽入怀中。他们迈着轻盈的舞步滑入舞池。

他右手托着埃尔茜的腰,感觉暖暖的。他想,和自己真心喜爱的女人跳舞是多么惬意啊。

他轻轻地将埃尔茜拉近了一点儿。

*

威灵顿一行人到达时,里士满公爵夫人的府邸外已经堵得水泄不通。威灵顿等得不耐烦,就在离大门五十码的地方跳下了马车。基特和大家一起往前走,在人群中突然看见一个圆脸宽肩的人影,不由得大吃一惊,因为那人正是他母亲萨尔。

碍于此刻公爵随从的身份,基特只好假装没看见母亲,心中一阵愧疚。这时公爵碰巧瞥了他一眼。基特想,如果这时候跟母亲打招呼,母亲肯定会高兴坏的!于是他离开队伍,走到母亲跟前,抱住了她。

"哎呀,哎呀。"她喜笑颜开地说,"我的小基特,竟然和威灵顿公爵在一起。我从没想过会看到这样的场面。"

"你好吗,妈妈?贾奇呢?"

"我们都没事。他在军营。我来这里买些东西。你还是回公爵身边去吧。"

基特想起自己还穿着制服,于是端端正正地鞠了一躬,回到队伍中。

刚才这一幕没有逃过威灵顿的眼睛,他看到了一切:"那是谁?"

"我母亲,长官。"基特说。

"天哪。"威灵顿说。

基特略感不快,于是说道:"长官,这世上只有一个人比您更值得我钦佩,那就是我母亲。"

公爵一时不知该如何理解这句话。他可能会认为,将自己同一个无名村妇相提并论是无礼之举。但他随后微笑着点了点头。"好样的。"他说。然后一行人继续前进。

舞会已进入高潮。年轻的客人正热情地跳着华尔兹。基特大惑不解。波拿巴即将兵临城下,这些家伙怎么还能歌舞升平呢?

公爵的到来引起了轰动。他是布鲁塞尔举足轻重的大人物,也是在维多利亚和图卢兹横扫千军的英雄。每个人都想向他致意,同他握手。

基特饥肠辘辘,惴惴不安。他满怀渴望地望着门外的晚餐厅,但他必须待在夏陵伯爵身边,以防伯爵有事吩咐。他必须等到伯爵也饿了才能吃饭。

第五部分　世界大战

威灵顿没有跳舞,但他和怀孕的弗朗西丝·韦伯斯特夫人手挽着手四处走动,后者据说是公爵的情妇。虽然狂欢仍在继续,但身穿制服的军官源源不断地走进来,穿过舞厅,到公爵身边低声报告军情。公爵同每个人都简短地讨论了两句,然后让他们带着新命令离开。

他重新考虑了运煤大道的问题,认为仅仅派遣皮克顿的师去蒙圣让村防守是不够的,于是他命令"瘦子比利"率领的尼德兰军队沿运煤大道前往更靠南的一个叫"四臂村"的十字路口,阻挡法军的先期进攻。

在舞蹈间隙,当乐队停止演奏时,每个人都能听到外面街道上啪嗒啪嗒的脚步声和叮叮当当的马具声。显然部队正在集结。

军需总监的参谋赶到,打断了舞蹈,向军官下达了行动命令。普军从沙勒罗瓦撤退的惊人消息让焦虑情绪传遍整个舞厅。戈登高地人团表演苏格兰舞蹈的过程中,参加舞会的军官陆续散去:一些人是服从命令,另一些人只是觉得自己肯定派得上用场。

一些年轻军官同女孩告别时激情四射,令人瞠目,因为双方都知道,此别之后恐怕再无相见之日。

公爵凌晨三点才离开,他的随从终于可以上床睡觉了。

*

6月16日星期五,早上八点,威灵顿率军出发,基特和伯爵随行。

他们骑着马,通过那慕尔门离开布鲁塞尔,沿着运煤大道向南

257

前进。路面中央铺有石子，方便轮车通行。石子路两侧是宽阔的土路，供骑手骑行。运煤车掉落的煤尘染黑了泥土。运煤大道从树林中穿过。

淫雨终于停歇，但地上满是水坑，泥泞不堪。头顶已是骄阳似火：这一天会非常闷热。

威灵顿惶惶不安。公爵的表情没有透露出他内心的紧张，但了解他的人都看得出端倪。波拿巴打得他措手不及。更糟糕的是，他的判断失误导致波拿巴长驱直入，攻陷了沙勒罗瓦：他应该更早集中兵力布防才对，但如今醒悟已经于事无补。不过话说回来，波拿巴的军队是悄无声息地迅速集结起来的，联军一直被蒙在鼓里，直到入侵行动正式展开才收到风声。基特曾两次听到威灵顿感叹："波拿巴骗了我。"

每个人都知道，现在的主要目标是与普军会合，组建一支人数上具备压倒性优势的军队。狡猾的波拿巴会千方百计阻止这种情况发生。

司令部一行人骑马追上南进的正规军。炮兵部队的马拉着沉重的大炮在石子路上稳步前进。基特在炮兵中发现了罗杰，登时激动万分。基特在罗杰旁边骑行了一会儿。罗杰看上去状态良好，充满活力，尽管他肯定一大早就出发了。"照顾好自己。"基特说，他从来没有如此深情款款地说出过这句陈词滥调。然后他用脚后跟轻轻踢了下马，加速离开。

稍远一点儿的地方，司令部一行人经过了第107步兵团。凯内尔姆·麦金托什正带领几名士兵唱一首名为《唤醒我们昏昏欲睡的灵魂》的赞美诗，这对半夜起床的士兵来说是个不错的选择。基特觉得这是浸礼会的一首曲子——他们的赞美诗曲调最优美，但麦金托什早就摒弃了门户之见。

基特骑马经过步兵团时，目光在士兵的脸上扫过，很快就找到了他的母亲和继父。贾奇背着一个标准士兵背包，又名"行军包"。萨尔也背着一个类似的包，想必是从补给车上偷来的。贾奇穿着军装，红色短夹克配灰色长裤；萨尔也男装打扮，下身长裤，上身马甲。他们在阳光下兴高采烈地大步前进。两个人都很强壮，可以走一整天也毫不疲倦。基特看到萨尔从马甲里取出一段叫"血肠"的当地辣味香肠，从腰带上的刀鞘中抽出一把过长的刀，切下一小段香肠，递给贾奇。后者将香肠放进嘴里，愉快地咀嚼着。

基特很想停下来，但他几小时前才跟母亲说过话，所以他只是叫了声母亲，挥了挥手，就催马向前了。

还没有完全超过王桥步兵团的时候，基特看见乔·霍恩比姆骑马迎面而来，显然是已经往前走了一段又折返回来。乔对行进中的士兵喊道："前面有一条清澈的小溪，就在你们左边的树林里——停下来，迅速给水壶装满淡水。"他沿着队伍不断传达这一消息。

基特想，乔只是个乳臭未干的小子，却已经成了优秀的军官，懂得照顾士兵的需求。这样的品质显然不是从他那个刻薄寡恩的祖父那里继承的。

运煤大道经过一个农场，有人说这里就是蒙圣让。此地有一个岔路口。威灵顿勒住马，对参谋讲话。"我一年前选了这个地方，"他说,"左边的岔路最终通向沙勒罗瓦,右边通向尼韦勒,所以我们可以在这里封锁通往布鲁塞尔的两条主要道路。"

他们站在一道长长山脊的顶点附近,俯瞰着小麦田和黑麦田。麦苗依然绿油油的,但已经长到了夏季应有的高度。运煤大道从平缓的斜坡蜿蜒而下,进入一个洼地,那里有两间大农舍,相距一两英里。运煤大道穿过一条东西向的小路,又爬升到对面的山脊上,那里有一家酒馆。

威灵顿说:"如果最坏的情况发生,这里就是我们最后坚守的地方。如果守不住这里,我们就会失去布鲁塞尔,也许还会失去整个欧洲。"

此言一出,众人如遭当头棒喝,顿时哑然。

有人问:"我们刚才经过的那个村子叫什么?"

"那地方叫滑铁卢。"公爵说。

第六部分

滑铁卢战役

1815年6月16日至18日

这是一场该死的险胜。

——陆军元帅亚瑟·卫尔兹力爵士（威灵顿公爵）

第六部分 滑铁卢战役

第四十一章

威灵顿神情严肃，聚精会神地思索着。众人骑马前行时，他没怎么说话。他遭受了重大挫折，但他不是对自己的错误耿耿于怀的人。他不断观察着周围的土地。根据过往的经验，基特知道威灵顿正在评估每一座山丘、每一块田野和每一片树林的潜在军事价值。出于对威灵顿的尊敬，随从小心翼翼地保持着沉默，以免打扰他的思绪。基特相信威灵顿会想出因地制宜的应敌之策。

十点钟，威灵顿率领队伍在一个十字路口停下。一小支尼德兰军队已经赶到那里，右边还有更多的尼德兰军队带着大炮自西而来。基特猜这一定是四臂村。角落里有一间农舍，斜对面是一家客栈。向东的路同样铺满石子，大概通往英国的普鲁士盟友占领的区域。

马蹄声渐渐消失，基特听到南面传来零星的火枪射击声，这表明有一支法军从沙勒罗瓦沿运煤大道而来，在到达十字路口之前被尼德兰人拦住了。敌人已近在咫尺。目光越过麦田南侧，基特可以看到阵阵硝烟。那多半是法军的一支小规模先遣队，但这可能预示着大部队就在后面。不过，已经驻扎在四臂村十字路口的尼德兰军队看上去十分放松，正在不慌不忙地做饭。

威灵顿环视四周，基特也跟着打量了一圈。他看到一片总体而言平坦的土地，庄稼正在成熟。在他右边，田野被一片茂密的山毛榉和橡树林所代替。正前方是一座农场，横跨在运煤大道上。左边一英里左右有个村子，据说叫皮洛蒙。威灵顿一行人骑马绕着这个地区转了一圈，观察地形特征。倘若他们听到的小冲突演变成更激烈的战斗，这些特征就会对排兵布阵产生重要影响。

太阳在天空中越升越高，天气也变得越来越热。

最后，威灵顿把随从召集到一起，言简意赅地宣布了自己的决定："今天结束之前，我们必须实现两个目标：第一，与普鲁士军队会合；第二，阻止波拿巴前进。"

他停顿片刻，让大家充分理解这段话的意义。

然后他说："我们有两个问题：第一，布吕歇尔在哪儿？"他指的是驻尼德兰普鲁士军队总司令、瓦尔斯塔特亲王、陆军元帅格布哈德·冯·布吕歇尔。"第二，"威灵顿接着说，"波拿巴在哪儿？"

同行的普军联络官米夫林指着东边："阁下，根据我掌握的最新情报，布吕歇尔陆军元帅在七英里外的松布雷夫村，靠近利尼。"

"那我们到那里去吧。"

一行人转而东行，策马飞驰。接近松布雷夫时，他们遇到了一个英军联络官，此人主动提出带他们去见布吕歇尔。他把他们引至一座风车前，风车上有木制楼梯通往观景台——基特猜这多半是普鲁士工程师建造的,因为风车通常没有观景台。

平台上的空间不足以容纳威灵顿的全部随从,但威灵顿让基特跟着他,因为他知道基特会说一点儿德语。

布吕歇尔七十岁出头,头发花白,前额光秃,嘴唇上方留着浓密的棕色八字胡。据说他是个可敬的大老粗,虽然没怎么受过教育,却拥有敏锐的军事头脑。他因为酗酒而面颊通红,嘴里叼着一根弯曲的大烟斗。威灵顿跟他亲切地打了招呼,似乎很喜欢他。这让基特颇感意外:对于自己熟悉的人,公爵向来喜欢吹毛求疵。

布吕歇尔正拿着望远镜观察西南方向。威灵顿取出自己的小望远镜,对准同样的方向。两人说着法语,中间夹杂着几个英语单词,偶尔需要人翻译一下。基特觉得自己的德语真的不够好,担心派不上用场,但最后竟然也应付裕如。

布吕歇尔没有把望远镜从眼睛上拿下来,嘴里蹦出两个字:"法军。"

"大约五英里远。"威灵顿说。

"我看到了两列纵队。"

"在乡间小路上。"

"正在接近利尼。"

两人一致认为,波拿巴在沙勒罗瓦把军队一分为二。他们看到的这部分正在追赶普军;另一部分大概率在运煤大道上。没办法知道哪股法军是主力,但布吕歇尔觉得大部分法军应该都在这里,威灵顿也同意。经过一番讨论——基特并没有完全听懂他们的话——双方决定,威灵顿将率领他的大部分军队从四臂村去利尼增援普军。

基特稍感心安。至少他们有了一个计划。

但这个计划几乎立刻就泡汤了。

威灵顿率队沿原路骑马返回,在路上听到远处大炮的轰鸣声。声音来自西方,也就是他们前进的方向,这意味着四臂村发生了战斗。

威灵顿催马疾驰——那是一匹名叫"哥本哈根"的骏马——其他人奋力跟上。

在接近四臂村时,他们遭遇了来自左侧,也就是道路南面的火枪射击。基特低头躲避,队伍连忙右转,离开大路,进入北边的树林。一眼望去,他们没有人中枪,但被迫放慢了速度。

法军已推进到离道路如此近的地方,这是个坏消息。很明显,从今天早上起,敌人的进攻已经取得了进展。

他们一边拼命策马穿过矮树丛,一边无能为力地听着前方密集的交火声。尽管威灵顿每临大事有静气,但此刻他也在承受严峻的心理考验。

最后,他们到达了四臂村十字路口,清晰地看到了整个战场。往南仅一千码,运煤大道两侧的战斗似乎异常激烈。法军的战线一直向东北延伸到皮洛蒙村,与通往利尼的道路相接,这就是他们能听到火枪声的原因。

基特突然想到,法国人如果夺取了四臂村,就能控制东行的道路,阻止威灵顿的英尼联军与普军会合。这样一来,威灵顿当天的目标就不可能实现。

基特心寒胆战。他早就习惯了看到威灵顿指挥若定、胜券在握的样子。但威灵顿其实一直都是那个威灵顿,只是现在,他面对的是与自己旗鼓相当的敌军统帅。在军事方面,波拿巴堪称与威灵顿难分伯仲的不世之才。基特想,接下来必然爆发一场难解难分的龙争虎斗,真不知我能不能活着看到鹿死谁手。

威灵顿迅速恢复了对四臂村军队的指挥,他说:"我们现在的任务是消灭这里的法军,然后向利尼进军,增援普军。"

他命令第95步枪团夺回皮洛蒙,然后将注意力转向四臂村主战场。

形势严峻。法军已经占领了运煤大道上的农场,似乎马上就要击溃英尼联军。基特心灰意懒:眨眼之间,局面就要不可收拾了。

但援兵看上去即将抵达。第95步枪团是皮克顿将军所率师的先锋,其余部队如今也陆续现身。威灵顿不喜欢皮克顿,后者是一个脾气暴躁的威尔士人,没有表现出对英格兰公爵应有的尊重。不过,现在大家都很高兴见到皮克顿,于是威灵顿命令他立即将他的部队投入战斗。

但法国援军也赶到了,进攻方逐步逼近战略上至关重要的十字路口。

更多的英军在五点钟到达,然后威灵顿发起了反击,将法军打退——只是他的速度太慢了。法军仍然控制着皮洛蒙。威灵顿被敌人牵制,无法与普军会合。

基特在司令部与前线指挥官之间来回穿梭,传递威灵顿的命令。战斗一旦打响,基特总是能舍生忘死。

他始终留意着第107步兵团的动向。他发现乔·霍恩比姆向西边的树林跑去，推测王桥部队正在树林里交战，但他没有看到母亲。

双方你来我往，杀得难分难解。士兵身负重伤，尖叫着死去。小麦惨遭践踏，百不存一。随军妇女将弹药和杜松子酒运到前线，又将伤员拖进外科医生的帐篷。但枪炮无眼，在运送军需和伤员的过程中，几名妇女不幸中弹，血肉横飞。所幸基特没有看到其中有萨尔。

双方相持不下，战事陷入胶着。暮色四合，战斗渐渐平息。双方阵地的位置与当天战斗开始时相差无几。

威灵顿当天收到的最后一条消息来自布吕歇尔，说普军伤亡惨重，但他们可以坚守阵地，直到夜幕降临。

基特在一条长凳上睡着了，直到天亮才醒。

*

萨尔和贾奇用叶片茂密的枝条在树林里搭了一个临时窝棚。虽然远远不能防水，但多多少少能挡点儿雨。他们将自己裹在毯子里，躺在潮湿的地上睡着了。

萨尔天一亮就醒了。雨已经停歇。她听到微弱的呼救声，于是离开熟睡的贾奇，向西走到树林边缘，眺望战场。

那是一幅令她刻骨铭心、永世难忘的景象。惨遭蹂躏的麦田里死伤枕藉，有数千人。地上随处可见四分五裂的尸块、与躯干分离的头颅、从肚中流出的肠子、被炸掉的胳膊和大腿，还有一张张覆盖着血污的脸庞。空气中弥漫着一股令人作呕的恶臭，那是被掏出的内脏和被碾碎的谷物相混合的味道。

萨尔对流血事件并不陌生。她见过男男女女在工厂事故中受伤致残，也见过前夫哈里被威尔·里迪克的马车残忍地撞死，但她从未想象过如此惨绝人寰的尸山血海。她心中充满了绝望。为什么人类会如此血腥地同类相残？铲子说这场战争是为了阻止法国统治欧洲，但就算法国人得逞，结果会比眼前这一幕更惨烈吗？无论如何都不会。没有什么会比尸横遍野、血流漂杵更悲惨。

萨尔的目光落在一个断腿士兵身上。后者抬眼看到她，便用嘶哑的声音说："救救我。"萨尔发现一具尸体压在那人身上，他无法移动尸体或自己，于是萨尔把尸体拖开。

"水，"受伤的士兵说，"求求你了。"

"你的水壶呢？"

"背包里。"

萨尔设法打开男人的背包，取出水壶，发现里面是空的。"我给你打水去。"她说。

她先前看到树林里有一条水沟。现在她又回到树林里，沿着沟边来到一个池塘。令她惊恐的是，池塘里竟然有一个死人。她考虑寻找另一处水源，但最后决定放弃。断腿士兵是不会在乎血腥味的。萨尔将士兵的水壶灌满，回到他身边，帮他喝水。他贪婪地吸溜着被污染的臭水。

渐渐地，其他人也醒了过来，开始四处走动。还能走路的伤员踏上了返回布鲁塞尔的漫漫长路。其他人则被战友抬到十字路口，那里有大车等着把他们带走。凯内尔姆·麦金托什不停地举行着葬礼。

萨尔得知，第107步兵团昨天失去了几名高级军官。一个中校、一个少校和几个上尉或死或重伤。幸存的另一个少校负责指挥。

生者对死者大肆掠夺。任何丢失或损坏的装备，都可以从尸体上得到补充，毕竟那些死人再也不需要刀、杯子、皮带、子弹或金钱了。萨尔从一个身材矮小的军官脚上脱下马靴，替换了自己穿坏的鞋子。在一个阵亡法国士兵的背包里，她发现了一块奶酪和一瓶红酒，她把它们都带了回去，给贾奇当早餐。

*

6月17日星期六，天亮之前，威灵顿再次提出了那个问题："布吕歇尔在哪儿？"这一次，米夫林没有新消息，于是威灵顿派了一个副官去寻找普鲁士指挥官。副官九点回来，说布吕歇尔失踪了，据推测已经死亡。

还有更坏的消息：普军在夜色掩护下向北撤退，计划在瓦夫尔重新集结。

"瓦夫尔？"威灵顿说，"瓦夫尔到底在哪儿？"

一名副官拿出地图。"天哪，那也太远了吧！"威灵顿勃然大怒。基特仔细看了看地图，计算出瓦夫尔离利尼有十五英里。英军和普军不但没有会合，反而更加分散了。

这是一场灾难。波拿巴成功地将英军和普军一分为二，每一部分都比整体更容易击败。与此同时，从利尼向四臂村进军的道路却是畅通的，波拿巴可以与已经在四臂村的法军会合，用这支规模扩大的军队进攻规模较小的英尼联军。

基特估计，波拿巴很可能已经在赶来的路上了。应对之策显而易见，威灵顿当即宣布：他们必须撤退，而且要立即撤退。

威灵顿说，军队要撤到蒙圣让，今晚在那里扎营。那里距离瓦夫尔十二英里。如果普军能到达蒙圣让增援英军，双方兵合一处，将打一家，仍然有可能击败波拿巴。

基特的精神稍有振作。

威灵顿写信给布吕歇尔说，如果普军能到达蒙圣让，他明天将在那里同波拿巴决一死战。

信送了出去。命令下达，撤退开始。

*

"我不明白我们为什么要撤退，"贾奇说，"我们昨天明明打了胜仗啊。"

"我们成功阻止了法军的进攻，如果这就是你所谓的'胜仗'的话。"基特说，"但普军打得不太好，只得撤走。这样一来，波拿巴就可以腾出手，从侧面攻击我们。"

"话虽如此，但逃跑有什么意义呢？他照样会追过来的啊。"

"没错。但我们最终会停下来反戈一击的。只是威灵顿想要选择适合作战的战场。"

"嗯。"贾奇想了一会儿,然后点点头,"有道理。"

他们沿着运煤大道向北行进,但撤退可能会引发危险的溃乱。在街道狭窄的热纳普村,返回布鲁塞尔的伤兵运输车与前往四臂村的大炮和食品车撞在一起,动弹不得。惊慌失措的当地居民赶着牲口向布鲁塞尔奔逃,局面因此愈加混乱。

一名中尉和十三名掷弹兵清空食品车,扔掉补给品,让载着伤兵的马车返回布鲁塞尔,总算清除了交通堵塞。

萨尔很担心他们到达蒙圣让后没东西可吃,于是从沟里捡了一袋被丢弃的五十磅重的土豆,绑在背上,以防万一。

中午刚过,雨又下起来了。

*

在布鲁塞尔,大雨倾盆而下。阿莫斯压低帽檐,以防雨水进入眼睛,但他还是得不停地用手帕擦脸,不然就几乎什么也看不见。路上挤满了车,有的把伤兵送到已经人满为患的医院,有的载着弹药和其他补给品,试图离开城市,赶往军营。运伤兵的车夫没法通过医院周围密不透风的层层车辆,只好把伤兵扔到平时优雅整洁的街道和广场上。阿莫斯不得不小心翼翼地绕过伤兵,艰难前进。这些伤兵有的奄奄一息,有的气息全无,雨水把他们的血冲进了排水沟。这座城市的居民惊恐万状，作鸟兽散。阿莫斯经过哈勒旅馆时，看到衣冠楚楚的男人大打出手，争夺离城的驳船票和马车票。

阿莫斯去了简家，打算再次请求她带哈尔回英国。但他的来访是多此一举：简穿着一条旧裙子，用围巾扎着头发，正在收拾行李。"我这儿有一辆马车和几匹马，"她说，"只要亨利准许我走，我立马就走——当然我也可以提前走。"她的表情与其说是恐惧，不如说是气愤。阿莫斯猜她是因为不得不同小情郎分开而难过。想必在简眼中，战争主要是对她浪漫婚外情的恼人干扰。阿莫斯想起自己曾有多么爱她，而且痴心不改地爱了她那么久，现在他觉得自己当年简直不可理喻。

阿莫斯从简家走到埃尔茜家。他希望看到埃尔茜和简一样，收拾行装准备离开。一想到埃尔茜处在风雨飘摇的危城中，阿莫斯就心如刀绞。他想让埃尔茜今天就离开这个噩梦般的城市。

但埃尔茜没有收拾行李。客厅里正在讨论大战当前该何去何从。埃尔茜、铲子和阿拉贝拉神情严肃而焦虑。阿莫斯立刻说："你必须离开，埃尔茜。你有生命危险。"

埃尔茜摇摇头："我不能走。我的本分是陪在凯内尔姆身边，他正在几英里外出生入死呢。"

阿莫斯深感绝望。他知道埃尔茜不爱她丈夫，但他也知道埃尔茜有非常强烈的责任感。他欣赏埃尔茜的这一品质，但如今坚守所谓的本分无异于自寻死路。他担心埃尔茜已下定决心留下来。"埃尔茜，请你再考虑考虑。"他说。

273

埃尔茜看向她的继父铲子。

阿莫斯希望铲子能以一家之主的权威身份要求埃尔茜离开。但他知道这不是铲子的作风。

他没有猜错。铲子果然对埃尔茜说:"你必须遵从自己的内心。"

"谢谢。"

阿拉贝拉站在阿莫斯这边。她说:"那孩子们呢——我的外孙和外孙女怎么办?"她的声音里充满恐惧。

埃尔茜说:"他们必须和我在一起。我是他们的母亲。"

"我可以带他们回王桥。"阿拉贝拉哀求起来,"他们跟我和大卫在一起会很安全。"

"不,"埃尔茜斩钉截铁地说,"我们是一家人,我们在一起会更好。我不能让他们离开我的视线。"

阿拉贝拉转向铲子:"大卫,你怎么看?"

"抱歉,我还是那句话:埃尔茜必须遵从自己的内心。"

"既然如此,那我也要留在这儿。但你可以离开,大卫。"

铲子浅浅一笑。"我不会离开你的,"他用不容置疑的语气说,"我也必须遵从自己的内心。"

大家陷入了长久的沉默。阿莫斯知道他输了。

最后,是埃尔茜打破了沉默。"那就这样吧,"她说,"我们都留在这里。"

第六部分 滑铁卢战役

*

那天晚上,萨尔和基特站在蒙圣让农场外面的山顶上,向南眺望。暴风雨似乎要结束了:尽管雨还在下,但阳光已经穿透了好几处云层缝隙。经过阳光照射,湿透的麦子上腾起丝丝缕缕的蒸气。他们的左边,山脊东端的树林漆黑一片。

四臂村的幸存者队伍到达时,穿过山谷的运煤大道上挤满了一眼望不到头的士兵、马匹和轮式大炮。军官拿着书面命令,按照威灵顿和德兰西在四臂村制订的计划,指挥人马大炮前往山坡的不同区域。

萨尔很想知道波拿巴离他们有多远。

她和基特站在一棵树旁。王桥的士兵已经砍下绿叶繁茂的树枝,用来建造临时窝棚。贾奇和其他一些人正在用别的办法搭窝棚。他们将几支火枪的刺刀竖直插入地面,然后在枪上盖毯子,搭成帐篷。这两种简易建筑都不防水,但总比什么都没有好。

萨尔注意到山谷里的两座农场上都部署了士兵,就指给基特看。

"右边的那座叫乌古蒙,"基特说,"另一座叫拉艾圣。"

"我们为什么要保卫农场呢?"

"波拿巴进攻我们的时候,那里的守军可以给他制造障碍。"

"他们那是螳臂当车啊。"

"也许是的。"

"那些人都会牺牲的。"

"现在还说不准,但多半会全军覆没。"

幸好第107步兵团没有被派去执行这项以卵击石的任务，萨尔不由得大感庆幸。当然，第107步兵团也并非安全无虞。她说："不知我们当中有多少人明天会死在这里。一万？两万？"

"很可能更多。"

"威灵顿已经退无可退，只能在这里背水一战？"

基特点点头："如果我们在这里战败，波拿巴就可以长驱直入，攻陷布鲁塞尔——再没有什么能阻止他大获全胜。那样的话，未来许多年里，欧洲大陆都将臣服在法国人脚下。"

萨尔想起铲子也讲过类似的话，于是她说："在我看来，就算法国人统治了欧洲大陆也无所谓。我只想让我的家人回家，好好活着。"

"这一仗对波拿巴来说也生死攸关。"基特说，"倘若我们能在这里将他一举击溃，就能一路凯歌，直抵巴黎。波拿巴势必身败名裂，他的帝国也将灰飞烟灭。"

"到那时，我们就可以把法国人的胖国王还给他们了。"

肥胖的路易十八既不称职，也不受欢迎，但联军决定在法国恢复君主制，并证明共和革命已经失败。

萨尔说："明天就会有两万人为此送命。我不明白为什么要这样。告诉我，聪明的儿子，是我太蠢，还是咱们的政府太蠢？"

贾奇从临时帐篷里钻出来，直起身，裤子上沾满泥巴。"没有食物了。"他对基特说。从他的语气中可以听出，他在责备所有的军官，尤其是基特。

基特说："在热纳普爆发的恐慌中，大部分补给品都被扔掉了。"

萨尔记得看到食品车惨遭清空的场景。"我们的晚餐都在沟里。"她说。

"我们可以烤土豆。"贾奇说。

萨尔还背着那袋土豆。她已经习惯了负重感,懒得把麻袋放下。她说:"我们用什么来烤土豆呢?所有东西都太湿了,烧不起来。即使可以生火,也只会冒烟,不会有火焰。"

"我们要生吃吗?"

基特说:"您可以带土豆去滑铁卢村,妈妈,就在北面大约三英里。那里肯定找得到烤炉。"

"你是想让我远离战场。"

"我承认。"基特说,"但您又有什么可失去的呢?"

萨尔稍作思考。她留在这里,确实没法为贾奇和王桥的其他士兵做什么,还不如去尽力把土豆烤熟呢。"好吧,"她说,"我就去那里试试。"

第四十二章

雨云遮蔽了月亮。萨尔几乎什么也看不见。她只能通过双脚踩在石子上的触感来确定自己还走在运煤大道上,而她脚底的靴子是从阵亡军官那里拿来的。只要脚踩到泥上,她就知道自己走偏了。偶尔会从农舍的百叶窗里透出一抹微光,那也许来自一根深夜还在燃烧的蜡烛或者一团即将熄灭的炉火:乡下人一般天黑就睡,很少熬夜。虽然只是微弱的光芒,却还是在她心头点燃了希望,因为她知道,在离自己不远的某个地方就有光明和温暖。

她在滂沱大雨中跋涉,庆幸上天待自己不薄。基特还活着,贾奇也还活着。经过四臂村的腥风血雨,她竟然也毫发无损。明天的战斗,不管结局如何,都可能是最后一场了。如果他们能侥幸存活,她和她的家人也许就再也不用南征北战,出生入死了。

但也有可能,自己只是在盲目乐观而已。

她不再胡思乱想,继续背着五十磅土豆前行。尽管累得腰酸背痛,但她还是很高兴能有这些食物。自从早上吃了没搭配面包的奶酪之后，她就再没进过食。

看到前方出现了聚在一起的几道亮光，她推断自己来到了一个村子。时间应该快到午夜了。村中肯定有人在连更彻夜地工作，那就是面包师。但怎样才能找到他呢？

萨尔继续赶路，但灯光越来越稀疏，她猜自己走得太远了，于是转身往回走。她不得不去敲开一扇门，叫醒一个人，打听怎么去滑铁卢。

就在这时，她闻到了烟味。那不是厨房灶火余烬的味道，而是火焰的刺鼻香气，也许是从烤炉里冒出来的。她转过身，嗅着四面八方的空气，朝气味最强烈的方向走去。她走过一条泥泞小路，来到了一座光线充足的房子前。她似乎闻到了新出炉的面包香气，但那也许只是她的想象。她开始用力敲门。

一个胖乎乎的中年男子开了门。他的衣服上布满白斑，胡须上沾着白粉。那白色的东西无疑就是面粉，他就是面包师。他用法语不耐烦地说着话，但萨尔听不懂。

萨尔伸出一只手，按住门不让关。面包师似乎对她的力量惊讶不已。她说："我不要面包。"然后，她用在布鲁塞尔学到的几个法语单词重复了这个意思："Cherche pas de pain."。

面包师答了一句，意思多半是如果是这样的话，她走错了店。

萨尔不管三七二十一，径直走进屋。屋里很暖和。她解开系麻袋的绳子，放下背上的土豆。负重一卸，她的背反倒更疼了。她把麻袋放在面包师用来揉面的桌子上。

萨尔指了指土豆，又指了指房间角落里的大烤炉。她说出了"Cuire"，她认为这应该是"烤"的意思。然后，她用了一个她学过的句子："Je vous paie."。这句话的意思是"我付钱给你"。

"Combien?"

这是她开始在布鲁塞尔购物时学到的第一个法语单词，意思是"多少钱"。她把手伸进马甲。她有很多钱——她在军营贩卖从布鲁塞尔购入的商品，赚了不少钱。她盘算着，面包师见她如此急迫，多半会狮子大开口，索要五法郎，但她会迫使面包师同意以三法郎成交。离开蒙圣让之前，萨尔在衣袋里放了三法郎。现在她把钱拿出来，紧紧地攥着，不让对方看见，然后数出两法郎，放在桌上。

面包师摇摇头，说了表示不接受的话。

萨尔又加了一枚硬币。

面包师再次摇头，萨尔向他展示了空空的手。

面包师耸了耸肩，用法语说："好吧。"

他打开烤炉门，拿出烤架，将差不多烤好的小面包倒进大篮子，然后放下烤架。

萨尔打开麻袋，将土豆铺在烤架上，用刀扎破土豆皮，以免土豆受热破裂。然后，面包师把烤架推回烤炉。

他拿起揉面板旁的酒瓶，喝了一大口。萨尔闻到了杜松子酒的味道。面包师放下酒瓶，继续揉面。萨尔看了他一会儿，犹豫着要不要向他要点儿酒，最后决定最好别碰酒。

她躺在烤炉边的地上，享受着难得的温暖。她湿透的衣服开始冒出丝丝蒸气,很快就会被烤干。

她闭上眼睛睡着了。

*

自从参军以来,基特每天晚上都是一躺下就睡着,直到被人叫醒。但这一次,他觉得自己似乎刚闭上眼就被人狠狠地摇了几下。他想接着睡,却听到夏陵伯爵亨利的声音。他坐直身子,问道:"几点了?"

"凌晨两点半,威灵顿要向我们下达指示。快穿上靴子。"

他想起自己躺在滑铁卢村的一个谷仓里,今天将要爆发一场大战。熟悉的恐惧感再次袭来,但没有先前那样强烈,他可以将其抛诸脑后。他掀开毯子,找到自己的靴子。不一会儿,他就跟着伯爵走出了谷仓。

雨下得很大。

他们来到威灵顿设立为司令部的农舍。农夫和他的家人多半正在牛棚睡觉:战时军队需要什么就征用什么,根本不理会平民的抗议。

威灵顿站在长长的厨房案桌的上首,高级军官围桌而坐,副官则靠墙站立。威灵顿朝亨利点点头,说:"早安,夏陵伯爵。人应该都到齐了。我们来听听最新情报。"

亨利鞠躬坐下。基特仍然站着。

情报官站起来:"昨天晚上,我派遣我们会说法语的探子,男女都有,进入波拿巴的军营,卖士兵通常需要的东西:烟草、杜松子酒、铅笔、肥皂。在这样的倾盆大雨里，他们的任务十分艰巨，因为法军分布在几平方英里的范围内。不过，结合我们以前掌握的情报和探子提供的最新报告，我估计波拿巴有七万两千人。"

"和我们差不多。"威灵顿说，"我们的兵力大约是六万八千人。法军的士气怎么样？"

"他们和我们一样又冷又湿，而且他们也同我们一样行军了一整天。但我们的探子注意到了一点不同：他们几乎都是法国人，他们都想打仗。他们把波拿巴当神一样崇拜。"

基特知道情报官有什么话没讲。大多数法国军官和士兵出身低微，他们能出人头地，都拜革命和波拿巴所赐。而威灵顿的军队中，军官主要是贵族和绅士，士兵则全部来自社会下层。此外，三分之二的联军士兵是尼德兰人或汉诺威人，只有三分之一是真正的英国人。而这些英国人中，许多人都不是自愿服役的——他们不是被法官判处强制入伍，就是被负责征兵的中士骗进了部队。威灵顿手下最忠诚的士兵隶属于英王德意志军团。

"至于大炮，"情报官说，"波拿巴似乎有二百五十门大炮。"

"比我们多出一百门。"威灵顿说。

基特十分沮丧。看来联军处于劣势。波拿巴用兵如神，棋高一着，让威灵顿相形见绌。我也许性命难保了，基特想。

众人沉默片刻。总司令已经掌握所有可用的信息。现在只有他才能决定该怎么做。

最后，威灵顿发话了。"如果敌我双方实力相当，我方就没有获胜把握，只能让士兵毫无意义地送死。"他说，"何况，我们如今在某种程度上还处在下风。"基特并不感到意外。威灵顿只有在占据优势的条件下才会开战。"在目前的兵力对比之下，我是不会与敌人交手的。"他斩钉截铁地说，然后稍事停顿，让大家充分领会他的意思。

"我们有两种方案。"他接着说，"第一，普军同我们会合。他们大约有七万五千人，足以改变战局。如果他们能赶到这里，我们就开战。"

没有人敢发表评论，但桌旁的人都点头表示同意。

"如果他们赶不过来，我们将再次撤退，穿过苏瓦涅森林。从瓦夫尔也有一条路穿过苏瓦涅森林，普军可以走那条路，与我们在伊克塞勒以南的运煤大道会合。那将是我们最后的阵地。"

这次没有人点头。

基特知道这是一个铤而走险的计划。普军如果要赶到滑铁卢，就必须走一条林间小道：成千上万的士兵无法迅速穿越那样的地形。不过话说回来，此刻离天亮只有几小时，即便撤退，时间也已经所剩无几。

威灵顿的看法与基特一致。"我强烈倾向于第一种计划。"他说，"幸运的是，布吕歇尔元帅又现身了。据说他受了伤，一度失去知觉，但现在他又回到瓦夫尔，重新开始指挥军队。他的军队就驻扎在瓦夫尔东部。昨天深夜，我得到消息说，他今天早上会过来同我们会合。"

基特大感宽心。除非联军有获胜的可能，否则今天就不会爆发战斗。

"然而，战争形势瞬息万变，我必须了解布吕歇尔今早的意图是否同昨晚一样。如果答案是肯定的，我需要知道他会在何时到达。"威灵顿看着伯爵，"夏陵伯爵，我要你骑马去瓦夫尔，把一封信交到布吕歇尔手里。带上克利瑟罗这小子——他会说点儿德语。"

"是，长官。"亨利说。

被选中执行如此重要的任务，基特不禁万分激动，尽管这意味着要在黑暗和暴雨中骑行十二英里。

威灵顿说："我写信的时候，你们去把马准备好。"

基特和伯爵离开房间，找到了去马厩的路。伯爵叫醒了两个马夫。基特仔细监督这两个睡眼惺忪的人给两匹马装上马鞍：他不想在路上停下来重新调整松动的绑带。

马夫给每个马鞍上都安了一盏防风灯，就挂在骑手大腿前的位置。灯只能照亮前方几码的路，但总比伸手不见五指强。

马准备妥当之后，两人回到农舍厨房。威灵顿和一小群将军正在研究一幅手绘战场地图，努力猜测波拿巴的下一步行动。威灵顿抬起头说："夏陵伯爵，请尽快将布吕歇尔的回信带回来。克利瑟罗，如果布吕歇尔给出了肯定的答复，我要你和普军多待一段时间。他们一上路，你就骑马赶到他们前面，把他们预计到达的时间告诉我。"

"是，长官。"

"别浪费时间。立即出发。"

伯爵和基特回到马厩，骑上马。

他们沿着石子路旁边的泥泞马道下了斜坡，来到拉艾圣附近的十字路口，然后在这里左拐，来到通往瓦夫尔的土路上。

天太黑，他们甚至都不敢催马小跑，只能并辔而行，借助彼此的防风灯小心翼翼地摸索着赶路。雨水流进基特的眼睛，他的视力更加模糊了。乡间小路蜿蜒着穿过泥泞的山地。每个山谷的谷底都被雨水淹没了，基特担心普军大炮在这条路上移动会困难重重，而且非常缓慢。

单调乏味的骑行让睡眠不足的基特倍感疲惫。伯爵拿出白兰地酒瓶啜了几口，但基特担心烈酒会让他在马鞍上打瞌睡，所以什么也没喝。他一直在心中默祷：但愿我们能得到想要的回复，但愿布吕歇尔会说他依然打算今早与我们会合。

终于，一缕微弱的晨光挣扎着穿透云层。他们一看清前方的道路，就催马小跑起来。

他们还有很长的路要走。

*

返回蒙圣让的路上，萨尔迷路了。

她感觉脚踩到了泥上，于是将身体转向想象中运煤大道的方向，但她脚下没有传来石子的触感。她猜自己刚才肯定走神了。

她试着不停绕圈，而且越绕圈越大。她估摸着自己这样做，行走路线迟早会与运煤大道相交。但她此刻什么也看不见，完全无法确定自己是否真的在绕圈。她伸出手，摸到了一棵树。不一会儿，她又摸到了一棵树。她意识到自己走进了树林。她转了半个圈，希望能走回来时的路,但她摸到了另一棵树。

她绝望地停了下来。像无头苍蝇一样乱撞是毫无意义的。她想放声大哭,但还是强忍住了泪水。她在心里对自己说:我现在腰酸背痛,晕头转向,筋疲力尽,浑身湿透,但再过几小时战斗就会打响,还有更可怕的事情等着我哩。

她找到一根大树干,背靠着树干坐下。树叶为她遮挡了部分雨水。她的麻袋湿了,但里面的土豆还是热的。她把麻袋抱在胸前取暖。

她在面包店里险遭不测。她梦见贾奇和自己躺在床上,贾奇正在抚摸她。但她醒来后却发现面包师跪在她身边,已经解开了她的裤子,手伸了进去。

萨尔立刻想起了苦役监狱。那里的女囚只能忍受狱卒的凌辱,否则就会因为不听话而挨鞭子。但她现在不是囚犯了。她勃然大怒,狠狠打开面包师的手,跳了起来。面包师连忙后退。萨尔从腰带上的刀鞘里抽出长刀,向面包师走去,准备一刀捅进他肥腩腩的肚子。就在这时,萨尔恢复了理智。

面包师吓得屁滚尿流。

萨尔把刀收回刀鞘,扣上裤子。

她默默打开烤炉门,用面包师的木钩拉出烤架。她一眼就看出土豆熟了:土豆皮发黑,微微起皱。她将土豆迅速放回麻袋,然后把麻袋绑在背上。

萨尔拿起一条刚烤好的面包,夹在腋下,死死地盯着面包师,谅他也不敢抗议。面包师果然一声不吭。

她默默离开了面包店。她边走边吃面包,几分钟就吃完了。

现在,她坐在树下,感觉眼皮越来越沉。但她不能在这里睡觉:她必须把土豆带回步兵团。她站起来让自己保持清醒。

然后,不知不觉间,东方露出鱼肚白,黎明降临了。不一会儿,她渐渐看清了周围的树林。接着,透过树林,她看到铺满石子的运煤大道就在一百码外。她从来都没有离那条路太远。

她重新绑好麻袋,返回运煤大道,开始向南走去。

雨停了,她向上天默默祈祷,表示感谢。

萨尔到达蒙圣让时,太阳正从东方缓缓升起,阳光照在人身上,却没有让人感到温暖。萨尔挑选着可以下脚的地方,小心翼翼地穿过营地。大多数士兵都躺在泥泞的地面上,裹着湿透的毯子。浑身湿漉漉的马闷闷不乐地用力咀嚼着烂麦子。萨尔看见凯内尔姆·麦金托什站在那儿,没戴帽子,正和几个人一起做晨祷。萨尔在那群人当中认出了铲子前妻的弟弟弗雷迪·凯恩斯,他现在是中士了。

萨尔尽量加快脚步。她担心如果被人发现麻袋里的东西,她会有性命之虞。

她找到了贾奇的临时帐篷,满心感激地爬了进去。贾奇和几个王桥士兵躺在湿地上,如同挤在逼仄鱼缸里的鱼。"醒醒吧,你们这些幸运的士兵。"她说。她打开麻袋,烤土豆的香气立刻在狭小的空间里弥漫开来。

贾奇坐直身子。萨尔递给他一个土豆,他咬了一口。"哦,天哪。"他说。

其他士兵也抓起土豆吃起来。贾奇吃完一个，又拿起一个。"这里简直就是天堂呀。"他说，"萨尔·博克斯，你真是个天使。"

"呵呵，"她说，"我还是头一次听别人这样叫我呢。"

*

天亮后，基特和伯爵可以走得更快了。然而，没有马可以不停不歇地疾驰十二英里。他们只能让马小跑一会儿，又走一会儿，如此循环往复。基特觉得这样行进太慢了，但伯爵说，想在不累死马匹的前提下走远路，这是已被验证过的最快方式。他们开始看到早起的农民，伯爵频繁地和他们说话——基特推测伯爵是在核实这是通往瓦夫尔的路。基特感到六神无主，心乱如麻：威灵顿的命令是让他们尽快找到普军。

基特发现伯爵满身泥污，不仅靴子和裤子脏兮兮的，连脸上也溅了许多泥点子。他猜自己看起来肯定也一样糟糕。

他们在一个骑兵前哨站被身穿普军制服的卫兵拦住。卫兵证实他们已到达瓦夫尔附近，并告诉他们布吕歇尔把司令部设立在城中心广场上的大客栈里。

他们骑马进入瓦夫尔时，教堂敲响了五点的钟声。他们走的是一条土路，雨后坑坑洼洼，又软又湿。接近城中心时，街道变得狭窄而曲折，淤泥厚达一英尺，甚至更深。"威灵顿说普军在城市东面扎营。"伯爵焦急地说,"布吕歇尔的军队得花几小时才能穿过迷宫一样的城区。"

这条主路直接把他们带到了城中心。他们进入广场上最大的客栈。一名普军士兵在门厅拦住了他们,打量他们肮脏的制服。伯爵用结结巴巴的法语对他说话,他发出表示拒绝的语音。

问题在于他们看起来压根儿不像官方信使。头脑简单的人有时会觉得,那些说着蹩脚当地语言的外国人都是蠢猪。基特对那个人大喊:"Achtung! Der Graf sucht Blücher! Geh holen!"。这句话的意思是:伯爵要见布吕歇尔——快去通报!

这一招奏效了。士兵道歉了一声,消失在门后。

伯爵低声说:"干得好,克利瑟罗。"

士兵回来后告诉基特,陆军元帅很快就会驾到。基特憋了一肚子火。那老家伙就算穿着睡衣也应该马上出来呀。他在摆哪门子谱?他的紧迫感上哪儿去了?亨利伯爵也是一脸恼怒,但并没有抱怨。

基特命令士兵去给夏陵伯爵拿咖啡和面包过来,士兵奉命匆匆离去,几分钟后拿着早餐回来了。

布吕歇尔终于到了。他穿着制服,抽着烟斗,刚刮过胡须。他双眼充血,表明前一天晚上喝了很多酒,或许连续多晚都是如此,但他精力充沛,刚毅果决。伯爵鞠了一躬,立刻把威灵顿的信递给他,那封信是用法语写的。布吕歇尔读信的时候,普鲁士士兵给他倒了一杯咖啡。陆军元帅一边目不转睛地看信,一边喝光了咖啡。

随后的对话是用法语进行的,但布吕歇尔一直在用 Oui 这个词,基特知道这个词的意思是"是"。这似乎是一个好兆头。

就在伯爵与布吕歇尔用彼此都不熟悉的语言交谈时,普鲁士高级军官陆续现身。对话以双方点头结束,然后布吕歇尔向副官下达了命令。

伯爵向基特说明了情况。波拿巴的一部分军队一路追击普军,直到此地,布吕歇尔不得不留下一部分部队来阻击他们。不过,布吕歇尔已经做好了准备,愿意在今天早晨率领大部分人马向蒙圣让进发。事实上,普军先头部队已经渡河了。

基特说:"他们什么时候能到蒙圣让?"

"现在还很难说。我现在就回去告诉威灵顿,普军已经上路。你要按威灵顿的命令留在普军这里,直到你能准确估计出他们的到达时间。你的工作如今变得至关重要了。威灵顿迫切想知道他什么时候能得到增援,使兵力增加一倍。"

如此重要的任务落到自己头上,基特激动不已,同时也感到责任重大。

"在普军全部离开这座城市之前,你都必须同他们待在一起。"伯爵说,"然后你再见机行事。"

"是,长官。"

伯爵向布吕歇尔鞠了一躬,告辞而去。

我现在只能靠自己了,基特想。

瓦夫尔城位于代勒河西岸。基特找到自己的马,骑了一小段路,从市场广场来到横跨代勒河的桥上。布吕歇尔的士兵已经开始过桥。

基特立刻意识到,要让成千上万人通过这座狭窄的桥梁,得花好几小时。最近的暴雨过后,河水泛滥,显然无法涉水渡河。他在对岸上下游侦察,又发现了两座桥,一座在城市南端,另一座在北面一英里处,两座桥都很窄。

他回到主桥,发现在正在行进的士兵之间,每隔一段距离就混杂着八门一组的大炮。等待过桥的士兵越来越多,已经排起了长龙。士兵习惯了等待,兴高采烈地坐在地上休息。基特问一名上尉,他们带了多少大炮去蒙圣让。对方回答:"Einhundertvierundvierzig."。基特想了想,算出那是一百四十四。

基特顺着普军的队列进入城市。这里就没那么平静了。士兵的军靴不断践踏和搅拌脚下的泥土,使其变成近乎液体的泥浆。基特很快就找到了堵塞的原因:一门较重的大炮的车轴坏了,动弹不得,挡住了道路。必须把这门大炮拖开,但街道太窄了。一个满脸通红的军官一面疯狂地鞭打马匹,一面愤怒地大声咒骂。十几个士兵在湿软的街道上努力寻找立足点,拼命地又拖又拽,想让炮车动起来。

基特从人群中挤过去,来到城市另一边。他发现,穿过城市的普军已经走上了通往蒙圣让的乡间小路。

基特又回到桥边,看到有几千名士兵被困在对岸。基特开始担心他们得用一整天才能过河。

队伍又开始移动了——坏掉的炮车肯定被移走了。沉重的马拉大炮一门接一门地穿过桥梁,进入城市。士兵不得不站在一边,给大炮让路。上午八点,普军还没有把所有大炮都从城中运出。

这时突然发生了火灾。

基特还没看见火就闻到了茅草燃烧的气味。照理说，茅草太湿，烧不起来。许多建筑都是木制的，城中心腾起的一条烟柱不久就变成了一团烟云，然后变成了笼罩街道的一片烟雾，呛得士兵纷纷咳嗽，流泪。

军队完全停了下来。一些士兵放弃了大炮和马匹，撤退到远离火焰的地方。那些靠近弹药车的士兵因为害怕巨大的爆炸而仓皇逃遁。军官命令留下来的士兵原路返回。在狭窄的街道上让整个队伍掉头——包括六匹马拖曳的炮车——引发了更多的咒骂和混乱。

基特回到桥上，打算建议普军利用其他桥梁，但已经有军官先行一步，让部队迂回到更远的道路去了。

基特穿过城市南端那座较近的桥，绕过城郊，来到城市西边。他找到了通往蒙圣让的路，确认绕行的普军也走上了这条路。

他回到主桥，看到普军正沿着另外的路线顺利前进。大炮正从城中心撤回来。弹药车也加入了撤离大军。

现在是上午十点半，正是威灵顿期待普军到达战场的时间。

基特试着估计普军到达战场的实际时间。他想，普军一旦走上一条畅通的道路，可能会以每小时两到三英里的速度前进。所以他可以告诉威灵顿，不出意外的话，大约五小时后，即下午三点半，普军主力会到达蒙圣让。

他策马先行，向威灵顿报告这一消息。

第四十三章

威灵顿命令所有妇女离开战场。有些人服从了命令,而萨尔是无视命令的人之一。

现在她感觉很无聊。她从没想过自己会经历这样的事:同贾奇和第107步兵团的其他士兵趴在山顶附近,一起俯瞰下面的战场,等待战斗开始。他们本不该推进到如此靠近前线的位置,但他们所处的地方微微下陷,为他们提供了掩护,让他们不易被敌人发现。

萨尔发现自己迫不及待地希望开战。我真是个傻瓜,她想。

然后,十一点半,战斗打响了。

不出所料,法国人首先攻击了乌古蒙的庄园宅邸和农场建筑。这个联军前哨站离萨尔趴着的地方有半英里远,靠近法军前线,非常危险。

萨尔能辨认出一个由房子、谷仓和小礼拜堂构成的庄园,四周都是树。西面,就是萨尔的右手边,有一个带围墙的花园和一个果园。南面,尽管相距较远,萨尔仍然看得见农场和法军前线之间有一小片树林——只有几英亩大小。萨尔得知,乌古蒙由二百名英国近卫军和一千名普军防守,部队驻扎在树林、果园和庄园内。

法军的进攻以炮兵的猛烈轰击开始。萨尔觉得,在如此近的距离内,联军必然损失惨重。

接下来,法军步兵从前线出发,穿过一片开阔的田野,向乌古蒙推进。随后联军大炮予以还击,向法军步兵发射榴霰弹。

树林里的普军开始从树后向法军射击。普军配备了射程更远、精度更高的来复枪。

榴霰弹和来复枪杀伤力惊人,身着蓝衣外套的法军成百上千地倒下,但他们依然在稳步推进,不断拥来。

"他们太容易遭到攻击了。"萨尔说,"他们为什么不向前跑,而是步行呢?"

萨尔并不是在问某个特定的人,但一名参加过西班牙战争的老兵给出了答案。"因为这是纪律。"他说,"他们等一会儿就会停下来,一起开火。"

我反正会跑,萨尔想。

*

中午过后不久,基特回到了蒙圣让。

他在乌古蒙后方的山脊上发现了威灵顿。公爵正骑在马上观察庄园里的激战,身边有近卫军护卫。

威灵顿看见他，火冒三丈地说："该死的普鲁士军队在哪儿？他们几小时前就该到！"

威灵顿愤怒起来会非常刻薄，而且往往会对无辜者发泄怒火。

基特鼓起勇气，向指挥官报告了坏消息："长官，大多数普军已在十点半以前离开瓦夫尔，预计最早今天下午两点半到达这里。"

"他们究竟在干什么？不到五点天就亮了！"

基特故意长话短说："瓦夫尔是一个交通瓶颈，河上有一座窄桥，城里的小街道蜿蜒曲折——雪上加霜的是，今天早上还发生了一场严重的火灾。出城之后，通往这里的道路又被水淹了——"

"火灾？下了这么大的雨，怎么会发生火灾？"

这是一个愚蠢的问题，基特说："我不知道，长官。"

威灵顿说："去找夏陵伯爵。他今天下午会有很多事情要让你做。"

基特骑马离开了。

他在联军阵线的西端发现了第107步兵团。有些士兵脱离原来的位置，爬到前面偷看战场。乔·霍恩比姆中尉正在命令他们后退，以免被法军发现。"我们不想让老波拿巴知道我们在哪里，或者有多少人。"他说，"让那屁眼佬继续猜，好不好？"

基特看见了贾奇，于是勒住缰绳，下了马。贾奇说："小乔是个不错的军官，要知道，他才十八岁哩。"

"难以置信。"基特说，"他祖父可是令人咬牙切齿的霍恩比姆高级市政官……"基特突然张口结舌，因为他看到了母亲，登时惊慌起来。"您在这儿干什么？"他问母亲，"威灵顿已经下了令，所有女人都要离开战场。"

"我没有收到这条命令。"萨尔说。

"好吧,现在您收到了。"

"我是来陪我丈夫的,我不会逃跑。"

基特张嘴想要争辩,但又改变了主意。一旦萨尔下定决心,无论怎么反对都是徒劳。

基特走到乔·霍恩比姆跟前,说:"中尉,你见过夏陵伯爵吗?"

"见过,长官。"他指着北面山坡下方,"几分钟前,他在那个方向大约三百码处,跟克林顿将军讲话。"

"谢谢。"

"不客气,长官。"

基特骑上马,下了山坡,来到亨利伯爵和克林顿将军所在的地方。两位大人都骑在马上。他还没来得及和伯爵说话,就听到一阵震耳欲聋的轰鸣声,仿佛十场雷暴同时爆发,这种声音只可能意味着世界末日的来临。但基特在炮兵部队服过役,他知道这是炮声——只是他从未听过如此多的大炮同时发射的声音。

基特掉转马头,匆匆上坡,夏陵伯爵和克林顿将军紧随其后。他们停在山顶,目瞪口呆。

他们在运煤大道的西侧,基特立刻看到法军的大炮在东侧,正在向联军阵线的中央和左翼射击。至少有七十门大炮排成一排,以最快的速度连续开火。

然而,法军的炮弹几乎都没有击中目标。南坡的联军损失惨重,但威灵顿的大部分军队都在山脊后面，波拿巴的许多炮弹都砸进了淤泥，毫无用处。

那狂轰滥炸的意义何在？

几分钟后，基特明白了。

身穿蓝色外套的法军士兵开始前进，越过大炮，穿过山谷。法军的炮弹从法军士兵头顶飞过，联军士兵吓得不敢越过山脊迎击。

形势很快明朗：这是一次大规模全面进攻。基特估计，法军这次出动的步兵有五千人，然后他判断有一万人，再然后上升到两万人。

联军开始朝法军开炮。基特看得出来，那是一种填充了铁弹和锯末的薄皮锡罐，爆炸后，铁弹会迅速散开，其杀伤范围是一个底部直径三十码的致命锥体。它如同一把巨大的镰刀，将所经之处的敌军悉数砍倒。谁知法军竟然毫无畏惧，踩着战友的尸体继续前进。

战斗开始了。

进攻的目的通常是突破敌人阵线，以破坏其完整性。这可以通过两种方式来实现：要么绕过阵线的一端——有时称为侧翼——要么突破阵线本身。这样一来，就可以从各个方向包围、困住、攻击阵线上的士兵。

基特掏出小望远镜——这是他在维多利亚从一名阵亡法国军官的尸体上取下来的——观察离自己更远的战场东端。那边的法军率先接触严阵以待的联军，并展开了强有力的进攻，将守军击退。前线的联军士兵沿一条两侧有树篱、路面凹陷的狭窄小路撤退，法军很快追上了他们。随后英军发起反攻。战斗激烈而血腥，基特庆幸自己不在现场。

法军的进攻势头得到遏制,但并没有完全停止。基特沮丧地发现,运煤大道另一侧的整个阵线都是同样的战况:法军猛烈进攻,联军实施反击,法军缓慢推进。

此时已是下午两点,联军节节败退。

基特和伯爵周围的联军焦躁不安,迫切希望去援助战友。可威灵顿并没有下令这么做,于是伯爵大吼:"你们待在原地别动!没有命令就朝前冲的话,小心背后挨枪子儿。"

基特不确定他是不是认真的,但这一威胁颇为有效,士兵立刻安静下来。

法军伤亡惨重,但后续部队源源不断地加入战斗,包括他们所谓的"胸甲骑兵"。基特回头看了看山脊后面的山坡,发现威灵顿没有多少后备步兵可以投入混战。不过,英军的骑兵依然在等待出击。基特看到,至少有一千名近卫骑兵站在马旁,不耐烦地等待着进攻的命令。内近卫骑兵和皇家骑兵卫队都有乌黑的战马。率领这两支骑兵队的是阿克斯布里奇伯爵,他是不招威灵顿待见的众多人物之一。

基特曾听司令部的军官说,英国骑兵拥有最好的战马,而法国骑兵拥有最好的士兵。至少,法国骑兵拥有更多战斗经验并非虚言。

一声军号吹响,一千名骑兵立刻跃上马背;另一声军号吹响,所有骑兵同时拔出利剑。这是令人胆寒的一幕,基特庆幸自己不必去承受这支军队锐不可当的砍杀。

军号接连响起,骑兵排成了一条东西长一英里的队列,然后策马前行，爬上山坡，但仍处在敌人的视线范围之外。他们突然加速，越过山脊，高喊着冲向山下，加入混战。

联军步兵连忙躲避，法军试图后撤，却无法逃脱战马的追击。骑兵用军刀无情地挥砍，砍下了他们的胳膊、腿和脑袋。法军四散奔逃，绊倒在地，被威猛的战马活活踩死。骑兵稳步推进，所过之处，尸横遍野，血流成河。

亨利伯爵欢欣鼓舞。"波拿巴的进攻被击退了！"他高呼道，"上帝保佑骑兵！"

当骑兵进入法军前线的射程时，阿克斯布里奇命令号手吹响折返的命令。基特清楚地听到了号声，但令他吃惊的是，骑兵似乎听不到。他们没有理会不断重复的信号，一边欢呼一边挥剑，继续向前冲去。基特旁边的亨利伯爵反感地哼了一声。在嗜血欲望的驱使下，骑兵将军纪抛到了脑后。他们缺乏战斗经验的问题暴露无遗。

一时冲动导致他们自取灭亡。冲向法军阵线时，他们遭到大炮和火枪的攻击，不断有人坠马牺牲。随着脚下的地面变成上坡，马匹疲惫不堪，他们的攻势骤然减缓。

骑兵在几分钟内从胜利走向覆没。突然间，猎人沦为猎物。法军将他们分割包围，有条不紊地歼灭。基特绝望地看着英军精锐灰飞烟灭。少数幸存者拼命抽打疲惫不堪的战马，飞也似的逃回联军阵线。

波拿巴的进攻的确被击退了，但代价沉重。

法军兵力更多，可以再发动一次步兵进攻，但英军无法再进行这样的骑兵冲锋了。

基特万念俱灰。

战场暂时平静下来。但战斗并没有停止，而是在较低的水平上继续进行。法军的炮弹会不时越过山谷，偶尔打死一名骑马的军官，或者砸碎一门大炮。乌古蒙和拉艾圣附近的小规模交火仍在继续，双方的狙击手有时还能击中目标。

一名信使向威灵顿做了报告，后者立即召见亨利伯爵，说："有报告称发现了小股普军。你到我们阵线的东端去查看一下。如果情报无误，告诉他们的指挥官，我想让他们增援我的左翼。快去！"

在基特看来，这一指令合情合理。威灵顿的左翼始终是波拿巴炮兵和步兵攻击的重点，而萨尔和贾奇所在的右翼几乎完好无损。需要普军增援的正是左翼。

伯爵和基特疾驰而去。

在联军前线东端的一两英里外，有两片小树林，北边是奥安树林，南边是巴黎树林。骑马靠近树林的时候，基特觉得这两个地方都有动静。再走近一点儿，他看见数百名身穿深蓝色制服的士兵从奥安树林里钻了出来。

情报没错。普军终于到了。

基特和亨利伯爵平安抵达奥安树林。这时已有两三千普军来到这里，更多的人在南边的树林里。几千援兵并不能造成多大区别，但当其余普军到达时，联军就会拥有压倒性优势。

可是，时间来得及吗？

奥安树林的普军属于第一军，该军由功勋卓著的冯·齐滕指挥，

第六部分　滑铁卢战役

这位四十五岁的秃顶指挥官即将在四天内进行第三次战斗。布吕歇尔本人还没有抵达，亨利伯爵和基特只得像先前一样用法德夹杂的语言向齐滕传达威灵顿的口信。

齐滕只是说，他会尽快把威灵顿的请求转达给布吕歇尔。基特觉得，普军是打算自己决定在何处加入战斗。

齐滕拒绝估计其余普军到达的时间。

亨利伯爵和基特骑马返回威灵顿处，报告了普军的情况。

基特看了看手表——又一件从尸体上偷来的战利品——惊讶地发现已经下午五点了。法国步兵的第一次进攻似乎只是几分钟前的事。

在过去三天的激烈战斗中，波拿巴的目标一直是阻止普军与英尼联军会合。在接下来的几小时里，这两支军队终于要兵合一处了。

毫无疑问，波拿巴看到了普军。他肯定意识到时间突然变得至关重要。他现在唯一的希望是在足量的普军加入战斗并扭转局势之前摧毁英尼联军。

基特看到法军阵线后方兵马活动频繁，一时搞不清到底发生了什么，直到伯爵告诉他："胸甲骑兵正在集结。法军马上就要发动骑兵冲锋了。"

英尼联军的炮手正用后备大炮替换受损大炮。基特在炮兵部队中搜寻罗杰的身影，但没有找到。

法军炮兵在骑兵集结的同时还在断断续续地射击，就在这时，一枚炮弹落在离基特二十码的地方，击中了一门正在调整位置的后备大炮。随着一声巨响和一道闪光，士兵失声惨叫，一匹受伤的马发出可怕的嘶鸣。接着是更大的爆炸——大炮后面储存的火药爆炸了，将大炮炸成碎片。基特被掀翻在地，双耳嗡嗡作响。但他立刻发现自己没有被烧伤，也没有被飞出的碎片击中。他感到头晕目眩，挣扎着站起来。所有炮手或死或伤，大炮本身化成一堆扭曲的金属和烧焦的木头。基特的目光落在一动不动地躺在地上的亨利伯爵身上。伯爵的头部周围都是血，多半是被大炮碎片击中了。基特跪在他身边，发现他还有呼吸。

一群步兵愣愣地盯着那门被毁的大炮，基特指着其中两人说："你们俩！这位是夏陵伯爵。把他抬到外科医生那里去。快！"

两人遵命而行。

基特不知道伯爵能否活下来。对于头部伤口，外科医生除了用绷带包扎之外无能为力。一切都取决于大脑受到了多大的损伤。

没有时间去想这个问题了。基特转身回到战场。法军又发起了新一轮进攻。

从法军阵线上涌现出一拨骑兵，他们如潮水般汹涌。阳光穿透云层，照在利剑与盔甲上，让它们熠熠生辉。基特感到脚下的土地在成千上万马蹄的撞击下发出阵阵颤动。

联军所剩无几的骑兵已经不足以抵御法军了。

威灵顿大喊："准备迎击骑兵！"

喊声在整条阵线上传递，训练有素的步兵迅速组成方阵。基特沿阵线看过去，第107步兵团正驾轻就熟地排好队形。

敌人的骑兵逼近时，威灵顿骑马绕着方阵巡视，大声鼓励士兵。

基特和其他副官紧随其后。未几,法军已然杀到。

起初,守军占了上风。法国骑兵一边用法语高呼"皇帝万岁",一边猛烈冲击方阵外围。英国方阵边缘是纵深达四排的火枪兵,他们发射的猛烈火力击倒了许多法国骑兵。第一排火枪兵先跪下射击,然后退到四排之后装填子弹,以便下一排开火,如此循环往复,致命而高效,统一而协调。

惊心动魄的几分钟之后,胸甲骑兵被击退,但新一轮骑兵接替了他们。这些骑兵中,有人将九英尺长的长枪掷向英军方阵,试图打开缺口。死伤人员被拖到方阵中央,缺口被立刻堵住。

基特不禁佩服法军骑兵的勇气。他们一次又一次冲锋,跨过战友的尸体,跃过死伤的战马。英军骑兵的残部也进行了反击,但他们的人数还不足以扭转战局。

战斗间歇,基特四下寻找波拿巴的步兵。他们应该支援骑兵才对——骑步配合是常见的战术。他透过硝烟望向山谷另一侧,发现了原因:普军终于加入了战斗。

大多数刚到战场的普军不顾威灵顿的命令,绕过法军阵线东端,向对面山脊上的普朗斯努瓦村发起进攻,那里离敌人司令部很近。波拿巴被打了个措手不及。

普朗斯努瓦的战斗似乎异常激烈,基特认为波拿巴不可能从那片区域抽调步兵来支援骑兵进攻。基特看到法军预备队从山坡更高处涌向普朗斯努瓦,但他也看到更多穿深蓝色制服的普军从东面冲过来投入战斗。

303

法军步兵与普军陷入缠斗，无法脱身支援骑兵。这也许能拯救威灵顿的军队。

基特想，波拿巴肯定会孤注一掷，拼死相搏。波拿巴今天必须取胜，因为明天英尼联军和普鲁士军队携手后，将是法军万难匹敌的。

威灵顿的副官中传出一阵哀叹，有人低声说："拉艾圣陷落了。"基特向山下望去，防守农场的普军已经损伤大半，只有可怜的一小撮人逃了出来。法军最终占领了那里。这对波拿巴来说是提振士气的好消息，因为它大大削弱了联军的防线。

联军炮兵立即开始向拉艾圣开火，基特估计那肯定是罗杰在指挥。但法军坚守不退。

六点半左右，法军骑兵的进攻逐渐平息。但联军阵线已经千疮百孔，特别是中间部分。这是波拿巴应该发动致命一击的时刻。威灵顿非常清楚联军危如累卵，他不顾自身安危，沿着阵线一边狂奔一边发号施令；让基特和其他副官将命令传达给各级军官：调动预备队增援前线；将弹药车聚集起来；用备用大炮替换被毁大炮，尽管备用大炮也已极度匮乏。与此同时，齐滕的第一军终于完成了威灵顿的要求，增援了联军左翼，使威灵顿得以从那里抽调兵力，加强虚弱的中路。在此期间，因为普军在普朗斯努瓦牵制了法军，波拿巴始终无法组织兵力攻击联军的薄弱阵地。

一名法国上校临阵叛逃，骑马来到联军前线，喊着"Vive le roi!"，意思是"国王万岁！"。在情报人员的审问下，他透露，波拿巴决定动用迄今按兵不动、保存实力的精锐部队——帝国近卫军——

来攻击联军右翼。

帝国近卫军通常会在战斗快结束时出动,以完成致命一击。战斗是否已经到达那一阶段?

副官被派出去将这个消息传达给运煤大道另一侧的部队,这些部队到目前为止几乎没有参与过战斗。基特骑马来到第107步兵团,向指挥官丹尼森少校发出警告。丹尼森周围的士兵似乎很高兴终于可以投入战斗了。他们希望自己将来被问到"你在滑铁卢做了什么?"的时候,可以讲述自己的故事。

七点钟刚过,太阳即将在山谷西端落山,帝国近卫军出动了。据基特粗略估计,这支法国精锐部队有六千人。他们穿着统一的蓝色燕尾制服,踏着鼓点的节奏,气势汹汹地穿过田野。在这片田野中,死伤的人马横七竖八地倒在一起,空气中弥漫着鲜血和内脏的腥味。基特骑在马上,用小望远镜看着帝国近卫军步步逼近。他们绕过仍被联军占领的乌古蒙,经过已落入法军之手的拉艾圣。

联军避开敌人的视线,在山脊背后静静地等待。乔·霍恩比姆一边沿着阵线走来走去,一边大声吩咐:"待在原地别动。等待命令。不要操之过急。待在原地别动。"

基特看到法军对联军阵线各处都发起了进攻,无疑是为了牵制他们,防止他们前去增援抵抗帝国近卫军的联军右翼。看着西沉的太阳,基特意识到无论孰胜孰败,这都将是滑铁卢之战的最后一幕——他决定留在第107步兵团。

帝国近卫军来到离联军阵线两百码远的地方,联军的大炮终于怒吼起来。基特看到炮兵又在发射榴霰弹。帝国近卫军士兵纷纷中弹倒下，基特不禁低声赞叹："打得好，罗杰。"但法军严守军纪，毫不动摇：他们一刻都没有停下脚步，径直绕过死伤者，补齐空位，继续前进。

帝国近卫军离联军阵线只有三十码的时候，山脊后面的部队突然站起来，火枪齐射。在这个距离，许多子弹都命中了目标。法军进行还击，部分王桥官兵倒下了，其中包括指挥官丹尼森少校。基特看到凯内尔姆·麦金托什牧师胸部中弹，看上去已然毙命。基特想起了埃尔茜的五个孩子，他们刚刚失去了父亲。

敌人就在三十码外，联军根本来不及重新装弹，只得立刻改用刺刀搏杀。帝国近卫军的攻势略有迟滞，但他们并没有撤退。双方展开了血腥的肉搏。

第107步兵团在战场的最右侧，正从侧翼向敌军开火。这时，有一个营的士兵突然冲下山坡，向左包抄，攻击帝国近卫军脆弱的侧翼。威灵顿根本没有下令，这是军官在主动出击。紧接着，又有一批英军加入了进攻。乔·霍恩比姆突然高喊："冲锋！"中尉无权发出这样的命令，但丹尼森已经阵亡，乔是这片区域能看到的唯一的军官。战斗热情高涨的士兵毫不犹豫地跟随霍恩比姆勇往直前。

基特意识到，这场战斗可能迎来了转折点，长达二十三年的欧陆战争可能也迎来了转折点。他本能地行动起来。他从一名倒下的士兵手中抓起一把带刺刀的火枪，跳回马上，加入了冲锋的队伍。策马离开时，他听到萨尔在他身后喊道："基特，别去！"但他没有理会，扬鞭催马，绝尘而去。

遭到两面夹击的帝国近卫军军心开始动摇。联军积极跟进,扩大刚刚取得的优势。第107步兵团的士兵挥舞着刺刀冲入敌阵。一颗法军的子弹击中了基特的马,这可怜的家伙脚步踉跄,摇摇欲坠。基特在马倒地之前跳下来,挥舞着武器,继续奔跑。他发现自己和继父贾奇在并肩作战。

小部分法军落荒而逃,但大多数人留下来继续战斗。基特和贾奇比肩而立,用带刺刀的火枪疯狂地刺杀敌人。基特杀过很多人,但用的一直都是炮弹。现在,当他用利刃刺穿人体时,心中涌起了一股恐怖而奇异的感觉。这并没有削弱他的斗志:痛歼敌寇的冲动牢牢地攫住了他。他尽可能快速而高效地完成这一任务。

在他面前,乔·霍恩比姆的马扑倒在地,乔重重地摔了下来。一个帝国近卫军士兵来到他身边,高高地举起剑,乔无助地抬头看着即将夺走他性命的人。千钧一发之际,贾奇挺身而出,端着刺刀朝对方扑上去。近卫军士兵转过身,举剑朝贾奇砍下,这一剑狠狠地扎进贾奇的脖子。与此同时,贾奇的刺刀刺穿了他的制服,深深插入他的肚子,把他的内脏掏了出来。两人双双倒地。贾奇的脖子鲜血喷涌,卫兵的肠子散落一地。

乔一跃而起。"天哪,好险。"他对基特说,然后低头看了一眼,"贾奇救了我的命。"说完,他捡起剑,返回了战场。

帝国近卫军开始分崩离析。后方的士兵不再向前推进,而是转身往回跑。眼看己方兵力越来越少,法军前线士兵纷纷撤退。撤退演变成大溃败。联军穷追不舍,发出胜利的欢呼声。

基特眺望战场，看到法军在整条阵线上都鼓馁旗靡，士气大挫。有人连连退却，其他人见状也畏葸不前；有人落荒而逃，其他人也跟着丢盔弃甲。刹那间，恐慌便如燎原烈火一般蔓延开来。然后，联军将一溃千里的法军赶下山坡，又赶上了另一侧山坡。

基特立刻想到了罗杰。

他离开继续扫荡敌人的战友，转身跑回山坡，跳过扭曲蜷缩的尸体和痛哭流涕的伤员，向山脊上的炮兵奔去。一些炮手已经脱离岗位，加入对残兵败卒的最后屠杀，但他确信罗杰不在其中。

基特匆匆走过排成一行的大炮，仔细打量大炮旁或坐或站的炮手，他们有的精疲力竭，有的已经命丧黄泉。基特寻找着罗杰的面庞，祈祷能在活人中发现罗杰。经过整整一天的战斗，他还从未像现在这样惶悚不安。最坏的结果是他活着，而罗杰死了。与其那样，还不如双双殒命来得痛快。

基特终于发现了罗杰，后者瘫倒在地，背靠着大炮轮子，双眼紧闭。他还有呼吸吗？基特做了最坏的打算，跪在罗杰身边，碰了碰他的肩膀。

罗杰睁开眼，笑了。

"哦，感谢上帝。"基特说，然后吻了罗杰。

*

萨尔看到基特正走上山坡，身子笔直，显然没有受伤。那一刻，她感觉无比宽慰。然后，她开始寻找贾奇。

第107步兵团正在穿过山谷，追击溃败的法军。她希望贾奇也在其中，但她还是查看了那些留在战场上的人。他们躺在惨遭蹂躏的麦田里。萨尔想，相对于受伤者，阵亡者是幸运的：对他们来说，痛苦已经结束了。而那些受伤者，要么哭喊着要水喝，要么呼叫着外科医生来治伤，要么只是无助地呼唤着妈妈。萨尔硬起心肠，没有理睬他们。

她的目光终于落到贾奇身上。她起初并没有认出贾奇，于是移开了目光。然后，她鬼使神差地回头瞥了一眼，惊恐地倒吸了一口冷气。贾奇仰面朝天，脖子被砍断了一半，茫然无神的眼睛凝视着渐渐变暗的天空。

萨尔悲痛欲绝，哭得几乎看不见东西。她跪在尸体旁，把手放在胸口，仿佛能感觉到贾奇的心跳，尽管她知道那是不可能的。她摸了摸贾奇的脸颊，依然温暖。她抚平了他的头发。

她必须埋葬贾奇。

她站起身，擦擦眼睛，四处张望。乌古蒙农场就在几百码远的地方，院子里有什么东西着火了。农场里的一栋建筑看起来像是一座小教堂或小礼拜堂。

两个看起来很眼熟的士兵，多半是第107步兵团的人，正穿过山谷走回来，一个腿有点儿跛，另一个背着口袋，里面无疑装着战利品。萨尔请他们帮她把贾奇的尸体抬到她肩上，他们照做了。

贾奇很重，但萨尔很强壮，她认为自己扛得动。她谢过两个劫掠者,迈开步子,边走边哭。

她小心翼翼地穿过战场,绕过尸体,迈过大门,进入农场院子。庄园宅邸正在燃烧,但小礼拜堂还完好无损。小礼拜堂的南墙边有一小片干净的草坪。这里可能是墓地,也可能不是,但在萨尔看来,这里是埋葬她男人的合适场所。

萨尔尽可能轻柔地放下尸体,拉直他的腿,把他的双臂交叠在胸前。然后,萨尔伸出双手,温柔地放在他脑袋两侧,调整其倾斜角度,使颈部伤口对齐吻合。如此一来,贾奇看上去就更正常了。

她又站起来,环顾四周。到处都是尸体,盈千累百,触目皆是。但这里是农场,肯定能在什么地方找到铲子。她走进谷仓,战斗残骸随处可见:弹药箱、断剑、空瓶,还有各种残缺不全的肢体——这里一条胳膊,那里一只穿靴子的脚,再那边还有半只手。

墙上的木钉上挂着几件和平时期的工具。她抓起一把铲子,回到贾奇身边。

她开始挖土。这是一项艰苦的工作。土壤被雨水浸透,挖起来相当吃力。她诧异地发现自己的背疼得厉害,然后想起她昨晚——难道那就发生在昨晚?——背着五十磅土豆走了三英里路到滑铁卢,又走了三英里路回来。

挖了大约四英尺深,萨尔觉得再挖下去自己会累死的,于是决定就此打住。

萨尔将手伸到贾奇腋下,抬起他的上半身,将他慢慢拖进坟墓。把他放好后,萨尔再次整理好他的身子:双腿伸直,胳膊交叠,脑袋端端正正地接在脖子上。

萨尔站在坟墓旁,望着贾奇,暮色渐浓。她念诵了主祷文,然后抬头望天道:"主啊,请宽恕他。他身上——"

她哽咽了。过了好一会儿,她才能再次开口:"他身上的优点比缺点多。"

她拿起铲子,开始把土填回坑里。二十三年前,埋葬哈里的时候,她曾这样做过一次。当年她犹豫不决,不愿将泥土倾倒在心爱的男人身上,现在依然如此。不过,现在她也不得不像当年那样,强忍伤痛,挥铲填土。因为埋葬是一种仪式,表示她承认爱人已离她而去,剩下的只是一具躯壳。土归土,灰归灰,尘归尘[1],她在心里默念。

最糟糕的是,贾奇的身体盖上了土,但脸还露在外面。萨尔再次踌躇不决,然后再次强迫自己挥动铲子。

坟墓填满土,萨尔把铲子扔在地上,号啕大哭,涕泗纵横。不知过了多久,她再也流不出一滴眼泪了,才说:"我不能再为你做什么了,贾奇。"

萨尔在坟墓旁又站了一会儿,直到天黑得什么也看不见。

萨尔对贾奇说了最后一句话。"再见,贾奇,"她说,"我很高兴给你烤了土豆。"

然后她走开了。

---

[1] 出自英国圣公会《公祷书》,葬礼上牧师常会念诵,全文是:"我们将×××(死者姓名)托付给万能的上帝。我们让他(她)的遗体入土为安;土归土,灰归灰,尘归尘。"

第七部分

和 平

1815年至1824年

The Peace 1815 to 1824

第四十四章

联军进入巴黎，拿破仑·波拿巴第二次退位，并被囚禁，这次是囚禁在大西洋中部遥远的圣赫勒拿岛，那里位于开普敦以西两千英里，里约热内卢以东两千五百英里。

第107步兵团回到了王桥，夏陵伯爵、他的妻子简和他们的儿子哈尔也回到了王桥。两天后，稍早回家的阿莫斯收到简的短笺，请他去威拉德公馆喝茶。

他发现简正在拆行李，客厅地毯上放着脏兮兮的旅行箱。在洗衣女工的帮助下，她正一件件地挑选带回来的华丽礼服，决定是用海绵擦拭后熨烫，还是用水洗，或者直接送人。"终于和平了！"她对阿莫斯说，"这难道不是天大的好事吗！"

"现在我们可以回归正常生活了，"阿莫斯说，"如果我们还记得那是什么样子的话。"

"我记得，"她毫不含糊地说，"我要好好享受这种生活。"

阿莫斯端详着简。他在心里一算，简已经四十二岁，但依然身材婀娜,魅力四射。他曾渴慕简多年,但现在他可以客观地看待简了。他仍然喜欢简对生活的热情,这也是简性感的原因。但如今他经常注意到简工于心计的眼神和任性使气的噘嘴——这往往意味着她正图谋操纵别人。

阿莫斯说:"伯爵还好吗?他头部受伤,却大难不死,真是太幸运了。"

"你亲眼看看吧。"简说,"过会儿他就会来找我们。"提到那场战斗,简想到了另一个受害者,于是说:"可怜的埃尔茜·麦金托什,拖着五个孩子,却没了丈夫。"

"麦金托什去世了,我很遗憾。你知道,成为随军牧师之后,他变成了一个勇敢的人。"

"不过,你现在可以娶埃尔茜了。"

阿莫斯眉头紧锁。"你凭什么认为我会娶埃尔茜·麦金托什?"他气呼呼地问。

"在里士满公爵夫人的舞会上,你和她跳舞时那如痴如醉的样子说明了一切。我从没见你那么开心过。"

"真的吗?"他更气恼了,因为简没有乱说。他的确度过了一段美好的时光。"这并不意味着我想娶她。"他说。

"当然。"简说着挥了挥手,表示自己这番话当不得真,"那只是我自己瞎猜罢了。"

仆役长用托盘端来了茶点,简将沙发和两把扶手椅上堆着的东西清理干净。阿莫斯回味着她刚才说的话。将埃尔茜抱在怀里的时候,他确实非常幸福,但这并不意味着他爱埃尔茜。他对埃尔茜有好感。他钦佩埃尔茜的勇气,因为埃尔茜不顾所有人反对,为罢工工人的孩子提供食物。和埃尔茜在一起的时候,他从不感到无聊。但所有这些都不是爱情。

阿莫斯想起了那场舞会。他还记得自己是多么喜欢跳华尔兹时与埃尔茜亲密无间的感觉——他触摸着她的身体,感受着丝绸礼服下的温暖——他觉得自己还想跟埃尔茜跳一次华尔兹。

但跳舞并不等于结婚。

简对女仆说:"把我看过的衣服和空箱子拿走,半小时后回来,跟我清理剩下的行李。"说完,她坐下来倒了茶。

伯爵穿着制服出现了。他头上缠着绷带,走路摇摇晃晃。阿莫斯站起来和他握手,然后紧盯着他坐下,从简手里接过一杯茶。"您感觉怎么样,大人?"阿莫斯问。

"从来没有这么好过!"亨利说,但他说得太快,太肯定了,似乎他急于否认相反的情况。

"恭喜您,在这场有史以来最伟大的战役中,您功不可没。"

"是威灵顿英才盖世,如有神助。"

"据我所知,这是一场势均力敌的战斗。"

亨利摇摇头:"也许个别时候旗鼓相当,但我从未怀疑过我们会赢得最终的胜利。"

阿莫斯听到的情况可不是这样。他说:"布吕歇尔似乎在最后一刻赶到了。"

亨利一时茫然。"布吕歇尔？"他说，"谁是布吕歇尔？"

"驻尼德兰普鲁士军队总司令。"

"哦！是的，是的，当然，布吕歇尔。但你知道，是威灵顿率领咱们打赢了这一仗。"

阿莫斯疑窦丛生。战争一直是伯爵唯一感兴趣的事，他对此了如指掌。但他谈起那场战斗时却只有陈词滥调，就像酒馆里的无知莽汉一样。阿莫斯改变了话题："能回到英国，回到王桥，我很高兴。哈尔怎么样了？"

亨利回答说："他明年将在本地文法学校上学。"

简蹙额道："我不明白为什么不能给他请个家庭教师，就像你小时候那样。"

亨利不同意："男孩需要花时间和其他男孩在一起，学习如何与各色人等相处，就像在军队里那样。我们可不能培养出那种不知道如何与士兵打交道的军官。"

听到自己的儿子哈尔将入伍参军，阿莫斯顿时大惊失色。然后，他想起有一天哈尔将承担起伯爵的所有职责，包括成为第107步兵团，即王桥步兵团的上校。

简叹了口气："当然，亨利，你认为怎样最好就怎样。"阿莫斯相信她言不由衷，将来她同伯爵还会爆发争论。

哈尔走了进来。他现在十岁，差不多该去学校念书了。

亨利瞥了一眼哈尔，皱起眉，把目光移开，好像没认出这个男孩似的。然后，简兴高采烈地说："亨利，哈尔来和我们一起喝茶啦。

我们的儿子长得真快啊!"

亨利吓了一跳,然后才说:"哈尔,是的,进来吧,我的孩子,吃点儿蛋糕。"

刚才的对话相当古怪。在阿莫斯看来,亨利似乎忘记了那男孩就是哈尔,直到简出声才想起来。他还忘记了布吕歇尔,滑铁卢战役中的第三号人物,仅次于威灵顿和波拿巴。也许那些飞溅的炮车碎片不仅仅擦伤了亨利的头皮。他的言行举止都像极了遭受脑损伤的人。

哈尔吃了三块蛋糕——就像他在布鲁塞尔时那样——喝了茶,然后就离开了。伯爵随后也走了。阿莫斯看向简,简说:"现在你知道了吧。"

阿莫斯点点头:"有多严重?"

"他已经变了一个人。大多数时候他都没什么异常。"她压低声音道,"然后他就会说些莫名其妙的话,你会觉得:哦,天哪,他根本不知道发生了什么。"

"太让人伤心了。"

"他完全没有能力指挥王桥步兵团了,他让乔·霍恩比姆全权代管。霍恩比姆本该是他的助手,但现在已经是少校了。"

阿莫斯并不关心亨利,他在乎的是自己的儿子,问:"哈尔知道伯爵的状况吗?"

"精神不正常?他还不清楚。"

"你跟他说了什么?"

"我说他父亲因为脑部受伤,神志还有点儿混乱,我们相信他很快就会好起来。事实上，我认为他永远也不会好了。但最好让哈尔逐渐意识到这一点。"

"听到这个消息我很难过——为了伯爵，也为了你，但最主要的是为了哈尔。"

"嗯，有件事你可以帮上忙。"

阿莫斯猜这就是他被请来喝茶的原因。"乐意效劳。"他说。

"你可以做哈尔某种意义上的导师。"

阿莫斯精神一振。他很高兴能有借口多陪陪哈尔。

"不需要正经八百教什么，"简接着说，"就跟他泛泛地聊聊生活，聊聊学校，聊聊生意，还有女孩子——"

"你知道，我对最后一个话题没什么经验。"

简登时换了一个人似的，媚态百生，笑吟吟地看着阿莫斯："在这方面你可能没上过多少课，但你的老师可是头等的。"

阿莫斯面红耳赤："我是说真的……"

"我希望你教他如何同女孩子交谈，如何对待她们，教他不能在哪些事情上开女孩子玩笑。女人喜欢你，阿莫斯，那是因为你对她们彬彬有礼，一言一行都风度翩翩，落落大方。"

阿莫斯还是头一次听人说自己多么受女人欢迎，说："你应该做他的顾问，而不是我。"

"他不听我的，我是他母亲。他快到叛逆的年龄了，觉得父母又老又蠢，什么都不懂。"

阿莫斯还记得自己当年也是这样看待父亲的，说："我当然会教

第七部分 和平

导他。我很乐意。"

"谢谢。你可以让他在你的工厂待一天，或者带他去参加市政委员会会议之类的活动。他总有一天会成为伯爵，需要知道郡内发生的一切。"

"我不知道自己是否能胜任，但我会试一试。"

"我就想要你这句话。"简站起来，走到阿莫斯身边，热情地吻了吻他的嘴唇。"谢谢。"她说。

*

霍恩比姆高级市政官中午十二点离开工厂，向市中心走去。他已经六十二岁，走路不像以前那么轻松了。医生嘱咐他少抽雪茄，少喝酒，但那样生活还有什么乐趣可言？

他经过一排排连栋房屋，很多工人都住在那里。既然战争已经结束，生意肯定会再次兴隆起来，他需要更多的房子来安置新增的员工。

他穿过双桥的前半段，经过麻风病人岛上的医院，又穿过双桥的后半段，然后开始沿主街上坡。这段路总是让他气喘吁吁。

他穿过市场广场，经过大教堂，继续向高街咖啡馆走去，他儿子霍华德正在那里等着和他一起共进午餐。他如释重负般坐下，感到胸口有点儿痛。过一两分钟就会好的，他在心里对自己说。他环顾房间，向几个熟人点点头，然后和霍华德点了餐。

不出所料，疼痛并没有持续多久。他津津有味地吃起来，然后点燃了一支雪茄。"我们不久就得再修一两条街了。"他对霍华德说，"我预计战后必会迎来百业兴旺的盛世。"

"我希望您是对的。"霍华德说，"不管怎么说，我们在工厂附近还有几英亩地，很快就能把房子盖起来。"

霍恩比姆点点头："我想让你儿子也参与经营。"

"乔还在军队呢。"

"他不会在军队待太久。战争都结束了，他会感到无聊的。"

"他才十八岁。"

"他长得很快。我也不会长生不老。总有一天，我们的家族企业需要一位新主人。"

霍华德似乎很受伤："看来，那个人不会是我了。"

霍恩比姆不耐烦地叹了口气："得了吧，霍华德，你自己比任何人都清楚，家里的事你打理得还不错，但你没本事管理整个企业。你在内心深处甚至都不想干这份工作。你肯定会厌恶的。"

"我妹妹可以干啊。"

"别傻了。黛比[1]很聪明，但工人不会听命于一个女人。不过，她可以给她侄子出主意。乔如果有脑子的话，就会听他姑姑的。乔应该有脑子。"

"我看得出来，您已经下定决心了。"

---

[1] 德博拉的昵称。

第七部分 和平

"是的。"霍恩比姆叼着雪茄站起来,霍华德也跟着站起来。父子俩一起离开咖啡馆,但霍华德朝家的方向走——他仍然和父母住在一起——而霍恩比姆拐上了主街。他心满意足地抽着烟,庆幸自己这次要走轻松的下坡路。

在威拉德公馆附近的市场广场,霍恩比姆看到了乔——孙子的身影总令他心花怒放。这小伙子身材高大,肩膀宽阔,穿着一身新制服,看上去英俊潇洒。那套制服是他从布鲁塞尔回来后在霍恩比姆的裁缝店得到的。不过,霍恩比姆还是不可避免地意识到乔不再是孩子了。他身上已经找不到半点儿稚气的影子。

这种变化是战争造成的。战争让这个男孩迅速长大。霍恩比姆不禁想起自己也是在残酷的环境下飞快成熟的。那时他十二岁,但已经成了孤儿,不得不在没有成人帮助的情况下偷东西果腹,并给自己找个温暖的地方过夜。你做了你不得不做的事,这改变了你对世界的看法。他记得,某个寒冷的夜晚,他用刀捅了一个醉汉,抢走了对方的钱包,然后满心惬意地睡了一觉。

正沉吟间,霍恩比姆突然发现乔并不孤单。他和一个与他年龄相仿的女孩在一起。事实上,乔搂着女孩的腰,手轻轻地放在女孩的臀部。这表明他们非常熟悉而亲密,但又因为保持着适当的克制,并没有显得明目张胆,无所顾忌。那女孩穿着得体,长着一张漂亮的脸蛋,笑起来粗鲁不雅,一看就知道来自劳动阶层。任何人看到他们这样勾肩搭背,有说有笑,都会觉得他们是在"约会"。

霍恩比姆吓坏了。这女孩压根儿配不上他孙子,简直是山鸡之于凤凰。他本想无视他们,继续走过去,但现在已经太晚,他无法假装没看到他们。他不得不说点儿什么。在这尴尬无比的场合,他实在找不出合适的词语打招呼,只冒出一个字:"乔!"

乔并不尴尬。"下午好,祖父,"他说,"这是我的朋友玛格丽·里夫。"

女孩说:"很高兴见到您,霍恩比姆先生。"

霍恩比姆没有伸手。

女孩似乎没有注意到他的故意冷落,说:"叫我玛吉小姐就行,大家都这么叫。"

霍恩比姆并不打算称呼她什么。

女孩对他的沉默毫不在意。"我以前在猪圈工厂为您工作。"她自豪地补充道,"但我现在是商店店员了。"她显然觉得自己出人头地了。

乔已经觉察到霍恩比姆的不满——他当然不会对此感到惊讶——于是他说:"我祖父很忙,玛吉——我们不能一直拉着他说话。"

霍恩比姆说:"乔,我晚点儿再跟你讲。"然后他继续往前走。

原来是一个女店员。这就解释了为什么她的衣服相当不错——是她的雇主提供的。但她本来是工厂工人,指甲很脏,穿着自己做的简陋衣服。乔不应该追求那种女孩!毫无疑问,她是个小美女,但这还不够,远远不够。

霍恩比姆下午回到了工厂,但很难聚精会神地工作,脑子里一直惦记着乔的女朋友。年轻时与下贱女孩发生说不清道不明的关系,可能毁了男人的一生。他必须保护乔。

他问猪圈工厂的经理是否认识里夫一家。"哦，认识，"那人说，"年轻的玛吉在找到更好的工作之前一直在这里做事，她的父母都在我们的老工厂上班。她母亲操作纺纱机，她父亲操作缩绒机。"

晚上回家的时候，这个问题仍然让霍恩比姆难以释怀。他一到门厅就对忧郁的男仆辛普森说："乔在家吗？"

"在家，高级市政官。"辛普森说，仿佛这是一场悲剧。

"请他到我的书房来。我想在晚餐前和他谈谈。"

"好的，先生。"

等待乔的时候，霍恩比姆再次感到胸口疼痛，不严重，但有那么一会儿仿佛针扎一样难受。他怀疑这是忧虑过度导致的。

乔走进书房，说道："很抱歉突然把玛吉介绍给您，祖父——我本想在您见到她之前提一下她的名字，但始终没有机会。"

霍恩比姆直奔主题。"你知道，她不行。"他斩钉截铁地说，"我不想让别人看到你和那种女人约会。"

乔思索片刻，皱眉道："您说的具体是什么类型的女人？"

乔非常清楚他祖父指的是什么类型的女人。不过，如果这孩子非要霍恩比姆明确说出来，那他也不会再客气。"我的意思是，她是个下层姑娘，只比工厂工人好那么一点儿。你得把眼光放高些。"

"她非常聪明，能读会写，心地善良，和她在一起我很开心。"

"但她是工人出身。她父母也是工人，在我的老工厂工作。"

乔的回答平静而理性，仿佛这是他早已思考过的事情："在军队里，我和很多工人出身的战友关系亲密，我发现他们和我们其他人没什么两样。有些人不诚实，不可靠；有些人则是坚强勇敢的血性男儿，是你求之不得的伙伴。我不会因为一个人是工人就对此人抱有成见，不管此人是男是女。"

"战友和女友不是一回事，这个你也知道。别装傻了，孩子。"霍恩比姆立刻后悔说了"孩子"二字。

但乔似乎并不生气。也许他已经明白，同祖父就字词进行争辩是毫无意义的。他稍事思索，然后说："我想，我还没有把我在滑铁卢差点儿丧命的故事全部告诉您。"

"你讲过了。你说有人替你挡了一剑。"

"事情远不止那么简单。如果您有时间，我现在就告诉您。"

霍恩比姆不想听。想到自己唯一的孙子险些丧命，他就心如刀割。但他无法拒绝，于是说："好吧。"

"那已经是傍晚了，战斗进入了最后阶段。第107步兵团在英军前线的最西端等待命令。丹尼森少校阵亡了，而我是剩下的级别最高的军官，于是我接管了指挥权。"

霍恩比姆不禁感叹，这种临危不乱、力挽狂澜的精神，正是他希望自己的接班人具备的。

"波拿巴派出了帝国近卫军，那是他的王牌部队，大概是希望将我们一举击溃。我下令冲锋，我们和其他人一起从侧面攻击近卫军，那里是他们最薄弱的部位。混战中，我的马被击中，我从马上摔下来，一抬头，只见一个近卫军士兵高高举剑，准备结果我的性命。我觉得我必死无疑了。"

上帝保佑，霍恩比姆想。他几乎不忍心去想那一幕。但他不得不让乔讲下去。

"我的一名士兵挺身而出，端着刺刀扑上来。近卫军士兵见状，转身挥剑向我的士兵砍去。剑和刺刀同时击中对方。近卫军士兵被开膛破肚，我的士兵脖子被砍断一半。我毫发无损地站起来，继续战斗。"

"感谢上帝。"

"那个人牺牲了自己，救了我的命。"

"他是谁？你应该还没说过。"

"我想您认识他。他叫贾奇·博克斯。"

霍恩比姆惊骇不已。"认识？"他不知道该说什么，"我当然认识他。我还认识他老婆呢。"

"萨尔。她也在滑铁卢，是随军妇女，干活儿特别勤快，和男人一样有用。"

霍恩比姆冥思苦想合适的词句表达此刻的感受："多年来，这两口子都是王桥最爱闹事的捣乱分子！"

"可贾奇救了我。"

霍恩比姆惶然无措。他不知道该有什么样的感情才对：他怎么能对数十年的冤家对头心存感激呢？但话又说回来，他又怎么能对孙子的救命恩人满心仇恨呢？

"所以，"乔说，"我希望您能理解，为什么我不认为玛吉·里夫配不上我。我只希望自己配得上她。"

霍恩比姆无言以对。

不一会儿,乔站了起来:"我去看看晚餐好了没有。"

"好吧。"霍恩比姆说。

*

基特还是不喜欢马。他永远都不会在马身上找到乐趣,永远都不会欣赏马的力量与美感,永远都不会享受驯服烈马的快感。不过,现在他骑马和走路一样驾轻就熟。

他和罗杰并肩骑马去巴德福德。从二十二年前离开那天起,基特就再也没有回过巴德福德。那个村子可能已经不是他记忆中的模样了。他会对自己的出生地倍感亲切吗?还是说,他会因为他和母亲曾被赶出村子而心存怨恨?

这些年来,罗杰回过巴德福德许多次。基特问他:"你最近对巴德福德感觉如何?"

"一潭死水。"罗杰说,"那里的人愚昧无知,只是一群没受过教育的农民。我哥哥威尔鱼肉乡里,暴虐无道,村民却都麻木不仁,逆来顺受。自从我离开巴德福德去了牛津,发现世界本来可以更美好,我就一直对那里深恶痛绝。"

"哦,天哪,"基特说,"也许我们根本不该回去。"

"但我们必须回去。"

第七部分 和平

他们打算重启老业务。参军时,他们抛弃了王桥的房子,所有的工具都被萨尔和贾奇运去了罗杰在巴德福德的旧作坊。他们打算在那里工作,并免费住在庄园宅邸里。

虽然罗杰说没问题,但基特对与威尔同住还是感到非常紧张。威尔讨厌基特和他母亲。他现在还会对基特心存芥蒂吗?基特担心他依然怀恨在心。

他们的问题是囊中羞涩。有些人在战场上大发横财,主要原因是偷了阵亡士兵的财物。基特在这方面一直严于律己。罗杰拿得多一点儿,但他总是赌博输钱。罗杰当年就是为了躲债才逃跑的,如今回来了依然得还钱——尽管债主会犹豫是否要向滑铁卢战役的英雄讨债。总而言之,结果就是他们缺乏现金来购买制造机器所需的材料。

阿莫斯拯救了他们。他又订购了一台贾卡织机,并预付了一半的货款。基特对此感激不尽,但阿莫斯不接受任何感谢。"我陷入困境的时候,多亏有人出手相助。"他说,"现在我只是做了同样的事罢了。"所以他们能买到木材和铁,买到钉子和胶水,但也仅限于此了。

进入村子,基特看到了他曾经住过的农舍。它看起来还是原来的样子,只是感觉更小了。基特不禁心头一热,他猜这是因为他曾在那里度过了一段快乐的时光,直到父亲去世,他的家庭状况才瞬间跌入谷底。

他的目光还没从房子上挪开,一个小男孩就从里面跑了出来,手里拿着小木碗,将碗里的种子撒给几只瘦骨棱棱的母鸡吃。母鸡冲过来,迫不及待地啄食着种子。男孩看着它们。我小时候可能也像他一样喂过鸡,基特想。他努力回想小时候无忧无虑的模样,但无论如何都想不起来了。他苦笑着摇摇头。流年似水,青春难再,徒叹奈何。

他们经过教堂。我父亲就躺在这里,基特想。他很想停下来祭拜,但最后打消了这个念头。基特找不到父亲坟墓的确切位置了,因为父亲坟头只立着一个木十字架,现在肯定已经腐烂无存了。他打算星期天到教堂墓地待几分钟,聊寄哀思。

他们来到庄园宅邸,基特惊讶地发现那里破败不堪。前门的油漆正在剥落,一扇破窗户上钉了一块木板。他们骑马绕到马厩,但没有人来给他们的马卸鞍,他们只好自己动手。

他们从前门进去。大厅里有几只大狗,它们认出了罗杰,纷纷摇起了尾巴。房间里散发着恶臭。没有女人会容忍如此脏乱的环境,但威尔和妻子分居了,乔治没有结婚就去世了,而罗杰一直都未结婚。

罗杰告诉基特,威尔花光了自己所有的钱和所有能借到的钱。他们发现他在客厅里和人打牌,基特认出那人是仆役长普拉茨。威尔的头发垂到肩上。普拉茨穿着一件衬衫,但没穿夹克,也没打领带。桌上放着一个空酒瓶,旁边还有两只脏兮兮的酒杯,表明威尔和普拉茨已经把酒喝光了。这个房间里也闻得到狗的味道。

基特想起了多年前的威尔:一个高大健壮的年轻绅士,傲慢自大,穿着考究,兜里塞满钞票,心里充满骄傲。

威尔抬头看着弟弟说:"罗杰,你来这里做什么?"

太不友好了,基特想,他就是这样欢迎自己的弟弟的。

罗杰讽刺道:"我知道你会祝贺我的。对于滑铁卢战役的胜利,

第七部分　和平

我毕竟也贡献了绵力。"

而威尔只知道借战争大肆敛财。

威尔没有笑。"但愿你没有打算待太久。我养不起你。"他注意到基特，"这只小虾米在这儿干啥？"

"我和基特是生意伙伴，威尔。我们要去我的作坊工作。"

"告诉他离我远点儿。"

"你最好离他远点儿。"罗杰说，"他已经不是你过去经常折磨的小男孩了。他打过仗，学会了如何杀人。如果你惹恼了他，他会一眨眼就割断你的喉咙。"

这话有点儿夸张，但威尔显然将信将疑。他盯着基特，然后转过头，好像有点儿胆怯。

基特不再害怕威尔。但一想到要住在这个酒鬼拥有的乌七八糟、破破烂烂的房子里，他就心惊胆战。唉，算了，他想，我在战争中睡过更糟糕的地方。这总比在泥泞的田野里盖一条湿透的毯子要好。

罗杰说："我们上楼看看吧。我为了保护你们才去跟波拿巴打仗，但愿我离家的这段日子，我的卧室一直都保持着干净整洁。"

普拉茨第一次开口说话。"我们人手不足，"他抱怨道，"找不到仆人——太多人去当兵了。我们该怎么办呢？"

"你可以自己打扫这个地方，你这个没用的懒汉。来吧，基特，我们去看看我的房间。"

罗杰走出客厅，基特跟在后面。他们爬上楼梯，基特记得自己小时候感觉这段楼梯宽极了。罗杰打开一扇通往卧室的门，他们走了

331

进去。房间里空荡荡的：有一张床，但没有床垫，更不用说枕头和床单了。

罗杰打开抽屉，发现里面空空如也。"我在这里放了衣服，"他说，"还有一把银梳子、一面剃须镜和一双靴子。"

一个女仆走了进来，那是一个三十多岁、瘦骨嶙峋的女人，头发乌黑，脸色阴沉。她穿着一件朴素的自制连衣裙，细腰上系着腰带，上面挂着一串钥匙。她对基特热情地笑了笑，基特一会儿就认出了她。"阿范！"基特大喊一声，抱住了她。

基特转向罗杰："我颅骨破裂期间，是阿范照顾了我。我们成了好朋友。"

"我记得很清楚。"罗杰说，"打那之后，我每次见到范妮，她都问我你怎么样了。"

基特忘了罗杰回来过许多次。他对范妮说："难以置信，你竟然还在这里。"

罗杰说："她现在是管家了。"

"但我一直没拿薪水。"范妮说。

基特问："你为什么没走？"

"我没地方可去。"范妮说，"我是个孤儿，你知道的。这里是我唯一的家，愿上帝怜悯我。"

"但这地方太破旧了。"

"大部分仆人都走了。只有我和普拉茨还在，而普拉茨几乎什么活儿都不干。家里也没多少钱买肥皂、鞋油，还有涂壁炉用的石墨之类的东西了。"

罗杰指着空抽屉:"我的东西都去哪儿了?"

"对不起,罗杰先生,"她说,"仆人拿走了所有的东西,冲抵未付的工资。我告诉他们这是偷窃,他们说你八成会死在战场上,没有人会知道他们拿走了什么。"

基特讨厌这个地方。他觉得自己在这座可怕的房子里不受欢迎。他说:"我们去看看作坊吧。"

"那地方还不错。"范妮赶紧说,"门上了锁,除了您,罗杰先生,我是唯一有钥匙的人。我一直在照看那个地方,还有您的工具和其他东西。"

"我不知道我的钥匙去哪儿了,"罗杰说,"没在我身上。"

"那就拿我的吧。"范妮从一串钥匙中取出一把递给他。罗杰向她道了谢。

基特和罗杰离开庄园宅邸,步行半英里穿过村子。基特不断停下来和他认识的人说话,所以这段路半晌才走完。卫理公会领袖布赖恩·派克斯塔夫变胖了。为基特包扎过颅骨的外科医生亚历克·波洛克终于脱掉了破破烂烂的燕尾服,换上了新外套。吉米·曼还戴着那顶三角帽。基特不得不给每个人都讲一遍滑铁卢的故事。

最后他们到达了作坊。那是一个坚固的马厩,经过罗杰的改造,装上了大窗户,以便获得更充足的光线。基特看见工具整齐地挂在壁钩上。碗橱里放着陶器和玻璃器皿,都很干净。

作坊的尽头以前是干草棚,很容易改造成卧室。一个爱巢,基特想。

他问:"我们可以住这里,不是吗?"

"我很高兴你这么说。"罗杰答道。

*

贾奇·博克斯在滑铁卢战役中救了乔,这件事始终在霍恩比姆的脑海里挥之不去。他想将其彻底忘掉,却忍不住一次次想起。他坐在猪圈工厂的办公室,盯着客户的来信,却压根儿没去阅读,因为这件事占据了他的心神。他居然欠了手下的工人一个大人情,而这个工人在他看来只是一头毫无价值的牲口。他无法适应这一事实,实在接受不了。这就好比有人告诉他,英国国王实际上是一只鸵鸟。

做什么能让自己安心呢?如果能给博克斯某种奖励,他也许会心安理得许多,但博克斯已经死了。不过,他突然想到,自己也许可以为博克斯的遗孀做点儿什么。但做什么呢?赠送一点儿感谢金?他了解萨尔·博克斯,那女人可能会拒绝,让霍恩比姆自取其辱。

他决定把这个问题交给乔。

一旦拿定了主意,他就要立刻付诸实施:这就是他的风格。上午十点左右,他离开工厂,前去威拉德公馆。

他被领进前面可以看到大教堂的房间。他猜这里仍是伯爵的办公室,但亨利此时在别处。乔的红色外套挂在门后的挂钩上,他坐在大桌前,桌上堆着一小摞文件,右手边放着一瓶削尖的羽毛笔和一个墨水瓶。

霍恩比姆坐下来,接过一杯咖啡。乔知道他喜欢什么:浓咖啡加奶油。

"我为你感到骄傲,"他对乔说,"你是一名少校,而你才十八岁。"

"军队不知道这个,还以为我二十二岁了呢。"乔说。

"也许他们只是假装不知道。"

"我只是暂时代管民兵队。一位新的中校正赶来接管这里的指挥权。"

"很好。我不想让你一辈子在军队里度过。"

"事实上,对于接下来的生活,我还没有任何计划,祖父。"

"嗯,我有。"霍恩比姆不是来谈接班人问题的,但他觉得很难切入正题。他欠贾奇·博克斯人情这件事让他羞于启齿。他继续回避这个问题,说:"我希望你离开军队,开始在家族企业工作。"

"谢谢。这当然是一个选择。"

"别傻了,这是最好的选择。不然你还能做什么?别回答,我不想听你给我列清单。我有三个工厂和几百套出租房。这一切都是你的,因为你是我唯一的孙子。"

"谢谢您,祖父。我真的非常荣幸。"

霍恩比姆注意到,乔只是在客客气气地致谢,而不是表示同意。不过,目前很可能就只能走到这一步。现在还不是固执己见的时候。一场激烈的争吵可能会把乔引向错误的方向。乔不会轻易对恐吓威逼让步:在这一点上,他不同于他父亲,倒是与他祖父酷似。

霍恩比姆站起来："我希望你认真考虑一下。你很能干，但你还有很多东西要学。你越早开始学习，我退休的时候你的能力就越强。"他仍未说出自己的来意。这太不像我了，他想。

"我保证会认真考虑的。"乔说。

霍恩比姆朝门口走去，然后假装想起了什么似的，说道："哦，去看看贾奇·博克斯的遗孀吧。我也许应该为她做点儿什么作为报答。你去打听打听她想要什么。"

"我会尽力去问的。"

"你在每件事情上都应该全力以赴，乔。"说着，霍恩比姆就出去了。

*

凯内尔姆·麦金托什被埋葬在布鲁塞尔的一个新教教堂墓地里。滑铁卢战役后，埃尔茜是在山谷中寻找亲人尸体的成百上千个女人之一。那是她一生中最不堪回首的一天。千千万万士兵的尸体，大多数是年轻人，躺在泥泞的田野和麦苗被压扁的麦田中，肢体残缺，血肉模糊，一双双无神的眼睛呆望着天空。看着阵亡者的脸庞，埃尔茜感到万箭攒心，悲痛欲绝。他们中的大多数将就地埋葬，军官有单独的坟墓，士兵只能合用一个墓穴。但随军牧师有特权，她能把凯内尔姆的遗体带走，为他安排一场体面的葬礼。

孩子们吓得六神无主。埃尔茜告诉他们，要为父亲感到骄傲，因为父亲冒着生命危险给士兵带去了精神慰藉。她还提醒孩子们,父亲如今在天堂,总有一天他们会在那里再见到他。她自己对此半信半疑,但这句话给孩子们带来了安慰。

埃尔茜自己也悲痛万分,这是她始料未及的。她从没爱过凯内尔姆,而凯内尔姆一直是个以自我为中心的人,直到军队改变了他。但他们做了这么久的夫妻,生了五个可爱的孩子,凯内尔姆的死还是给埃尔茜的生活留下了一个空洞。当他的棺材放进坟墓时,埃尔茜泣不成声。

现在,她回到了王桥,同母亲和铲子住在一起,同阿莫斯一起运营主日学校。作为主教的外孙,她的长子斯蒂芬轻而易举地进入了牛津大学,不再同大家住在一起了。除此之外,大家还是同先前一样,只是她如今已是寡妇,再也收不到凯内尔姆的信了。

她并不打算再婚。许多年前,她渴望嫁给阿莫斯,但阿莫斯心里只有简。时至今日,阿莫斯依然常常同简在一起。伦敦陆军总司令部某个叫珀西瓦尔·德怀特的少校来访时,阿莫斯显得很不高兴。德怀特说自己是来视察第107步兵团的,但他在正式军事任务之外,还抽时间大搞社交,在简的丈夫休养期间充当她的男伴,陪她去了赛马场、剧院和大礼堂。阿莫斯说自己不喜欢看到简在丈夫养伤时同别人眉来眼去。不可否认,这是阿莫斯通常会采取的严厉道德态度,但埃尔茜怀疑其中也有嫉妒的成分。

在里士满公爵夫人的舞会上,埃尔茜曾同阿莫斯翩翩起舞,那次亲密接触让她回味无穷。她觉得,跳华尔兹的时候,女人与不是自己丈夫的男人发生令人脸红心跳的肌肤触碰，这可以说是象征意义上的通奸。阿莫斯可能也有类似的感觉，但仅此而已。

10月的一个星期天，主日学校放学后，他们打扫了教室，阿莫斯漫不经心地问埃尔茜怎么看待英国圣公会。

"这是我唯一熟悉的宗教。"她说，"我相信圣公会的大部分教义，我很乐意去教堂祈祷，唱赞美诗，但我敢打包票，圣公会牧师并不如他们所声称的那样睿智。记住，我父亲是一位主教，他说的话我一半也不信。"

"天哪。"阿莫斯惊呼道，埃尔茜看得出他很震惊，"我不知道你是不可知论者。"

"我告诉孩子们，他们的父亲在天堂等他们。但是，我们如今掌握了太多关于行星和恒星的知识，不再相信天堂就在天上了——那么，天堂在哪里呢？"

阿莫斯没有回答这个问题，而是问了她另一个问题："你觉得你会再婚吗？"

埃尔茜说："我还没想过。"这当然不是真的。

"你怎么看待卫理公会？"

"你和铲子就是卫理公会的活广告。你们不教条，尊重别人的意见，也不愿迫害天主教徒。你们并不比圣公会教徒懂得多，但你们区别于后者的地方在于，你们承认自己的无知。"

"你参加过卫理公会的礼拜吗？"

"碰巧没有，但我或许会在某一天去看看那是什么样子。你为什么问我这些？"

"哦，只是无聊的好奇心作祟。"

他们接着讨论了寻找一位新数学老师的事，但埃尔茜后来又仔细思考了那段有关宗教的对话。回家后，她把这件事告诉了母亲："您不觉得有点儿奇怪吗？"

阿拉贝拉会心一笑。"奇怪？"她说，"一点儿也不。我一直在想他什么时候会提起这个话题呢。"

埃尔茜一头雾水："真的？为什么？为什么宗教问题变得如此重要？"

"因为他想娶你。"

"哦，母亲，"埃尔茜说，"别傻了。"

*

萨尔租了个房间单独住，房东是佩申丝·克赖顿女士，又叫帕特。基特曾建议母亲同他和罗杰住在一起，但萨尔拒绝了。她不相信他们真的想和她同住。她早就猜到他们是双宿双栖的爱侣，只是不为世俗所容。她相信他们需要隐私。后来，他们搬到了巴德福德。

帕特和蔼可亲，是个不错的房东，但萨尔很不开心，她想念贾奇。她没有工作：她在尼德兰向士兵出售军营里的稀缺商品，赚了一笔钱，可以支撑她过几个月，然后再回工厂上班。可是，她觉得生活毫无目的。有时候，她会怀疑早上起床是否有任何意义。帕特认为丧失亲人后,这样的空虚感在所难免。她说克赖顿先生去世后,她也有同样的感觉。萨尔相信她,但这于事无补。

看到乔·霍恩比姆穿着一身优雅的新制服来拜访她,萨尔大吃一惊。"你好,博克斯太太,"他说,"滑铁卢战役后我就没见过你了。"

她拿不准是否可以信任他。他是一位优秀的军官,但他的血管里流淌着霍恩比姆高级市政官的邪恶血液。她决定保持豁达大度的态度。"我能为你做些什么,少校?"她不冷不热地说。

"你知道,你丈夫救了我的命。"

萨尔点点头:"当时在场的几个人向我描述了经过。"

"不仅如此,他就是为了救我才牺牲的。"

"他是个胸怀宽广的人。"

"但你和他是我祖父的死敌。"

"这是事实。"

"祖父觉得他很难处理这个矛盾。"

"你不会希望我同情他吧?"

乔苦笑一下,摇摇头:"我来找你,可没那么简单。"

萨尔的好奇心被勾了起来。"你最好坐下来说。"她指了指房间里仅有的一把椅子,然后坐到床沿上。

"谢谢。你应该明白,我祖父的脾性可能永远不会变。"

"人的脾性一般都不会变,尤其是年老之后。"

"尽管如此,他还是对你丈夫的英勇牺牲击节叹赏。他想做点儿什么来表示感谢,但既然贾奇已经无法接受他的谢忱,他就想转而送你一些东西。"

萨尔不知道要不要接受霍恩比姆的礼物。她不想生活中有那家伙的东西。她小心翼翼地问:"他打算送我什么?"

"他不知道,所以让我跟你谈谈。你有什么需要或者想要的东西是他可以提供的吗?"

我只想要我的贾奇回来,萨尔想。但这样说毫无意义。"什么东西都可以吗?"她问。

"他没有设定任何限制。我来这里是为了弄清楚你想要什么。他没有暗示那东西的价格区间。但无论你要什么,我都会尽我所能帮你得到。"

"这简直就跟童话故事一样:擦擦神灯,精灵就来了。"

"穿着第107步兵团制服的精灵。"

萨尔开怀大笑。乔真的不是个坏孩子。

但她应该接受礼物吗?如果接受,她又该要什么呢?

她思考了几分钟,乔耐心地等待着。事实上,她对于未来确实已有规划,而且已经考虑了几个月。她憧憬着未来,努力思索着实现理想的办法。

最后,她将自己的想法说了出来:"我想要一家店。"

"你想开一家店,还是接手一家店?"

"开一家。"

"在高街上?"

"不。我不想把华丽的礼服卖给有钱的女人。我不擅长干那个。"

341

"那你想开一家什么店?"

"我想在河对岸开一家店,就在工厂附近你父亲建的街上。那里的人总是抱怨,他们只能走很远的路去市里的商店买东西。"

乔点点头:"我记得,在尼德兰的时候,士兵总是能在你那儿买到想要的小东西:铅笔、烟草、薄荷糖、缝补破衣服的针线。"

"开店这件事,说简单也简单,就是要知道顾客需要什么,然后把这些东西摆上货架。"

"你又怎么知道他们需要什么呢?"

"你去问他们。"

"很有道理。"乔点头道,"那我们该怎么做呢?"

"啊,如果你祖父同意的话,他可以给我一座街角的房子。我在楼下开店,在楼上居住。如果赚够了利润,我将来还可以把那地方整修一下。不过,我首先需要的是现货。我有足够的资金购买这批商品。"

"好吧。我去问问祖父。我想他会答应的。"

"谢谢。"萨尔说。

乔握了握她的手:"我很高兴能认识你,博克斯太太。"

*

圣诞节前不久,剧院中场休息时,简把阿莫斯拉到一边,用严肃的语气对他说:"我真的不喜欢你对待埃尔茜的态度。"

阿莫斯一愣:"你这话到底是什么意思?我没有对她不好。"

第七部分 和平

"大家都认为你要娶她,你却没有求婚!"

"为什么大家都认为我要娶她?"

"看在上帝的分儿上,阿莫斯!你几乎每天都能见到她。在欢迎巡回审判法官的舞会上,你和她跳了一整晚的舞。你们俩都对其他人没有丝毫兴趣。埃尔茜四十三岁,魅力十足,而且单身。她有五个孩子,需要一位继父。人们当然认为你会娶她——这是唯一合情合理的结果!他们只是不明白你为什么还没有向她求婚。"

"这不关他们的事。"

"但事实并非如此。想向埃尔茜求婚的男人一抓一大把,他们只是觉得自己毫无机会,所以才没行动。你这样磨磨蹭蹭的,等于是在摧毁埃尔茜的再婚前景。这不公平!你要么跟她结婚,要么就彻底退出。"

引座员摇了下手铃,他们回到了座位。阿莫斯呆呆地望着舞台,但根本没有注意剧情。他出神地思索着一个问题:简说得对吗?他觉得答案多半是肯定的。简不会编造这样的故事——她没有理由这样做。

他将不得不与埃尔茜保持纯粹的朋友关系,不再那么亲密,以免大家觉得他们在谈恋爱。但是,他想到这一点就心如刀绞。没有埃尔茜的生活似乎暗淡无光。

自里士满公爵夫人的舞会以来,阿莫斯的感情发生了微妙的变化。他总是告诉自己,他只想跟埃尔茜做朋友,但事实上他不再满足于此。与埃尔茜跳华尔兹的时候,阿莫斯揽着她,触碰到她丝绸裙下温暖柔软的身体。自那以后,另一种情愫便在他心中涌动。他觉得自己有点儿像一座火山,外表死寂,内心深处却藏着沸腾的熔岩。在阿莫斯心底,他想做的绝不只是埃尔茜的朋友。

这是一个重大的变化。他毫不怀疑自己已今非昔比。他爱埃尔茜。为什么他花了这么长时间才意识到这一点呢?对于这种事情,我的脑子向来都不灵光,他这样告诉自己。

他开始想象他们结婚后生活会是什么样。他对此充满期待,恨不得明天就和埃尔茜喜结连理。

不过,他们之间还横亘着一个问题:阿莫斯有一个私生子。埃尔茜知道这件事吗?或者已经隐隐有所察觉?如果答案是肯定的,埃尔茜会作何感想?埃尔茜的弟弟阿贝也是私生子,她对阿贝一直非常友善,充满爱心。但埃尔茜又是一位主教的女儿。她会嫁给通奸者吗?

阿莫斯不知道。但他可以去问埃尔茜。

*

铲子对乔·霍恩比姆的来访颇感意外。他也很好奇对方来找自己所为何事。这个小伙子在第107步兵团有口皆碑。大家都说,那样刻薄恶毒的祖父,竟然有如此和善慷慨的孙子,简直叫人难以置信。

乔握着铲子的手说:"你前妻的弟弟弗雷迪在滑铁卢战役中幸存下来,真是可喜可贺啊。"

铲子点点头:"他决定留在军队。"

"我一点儿也不惊讶。他是个好中士。军队会很庆幸他能留下。"

铲子碰巧和赛姆·杰克逊在一起,后者正坐在贾卡织机旁。乔饶有兴趣地看着那台机器说:"我祖父应该没有这样的东西。"

"我向你保证,他很快就会有一台的。"铲子说。

赛姆解释说:"卡片上打的孔会控制织机如何编织图案,从而加快整个织布过程。"

"太神奇了。"

"我做给你看。"赛姆说,他在织机上操作了几分钟。乔被深深吸引了。"当图案需要改变时,你只需要放一张不同的卡片进去。"赛姆说,"这是一个法国人发明的。我知道,因为波拿巴那个浑蛋,我们应该憎恨法国人,但发明这个东西的法国佬真是聪明绝顶。"

"你是在法国买的吗?"

"不是,是基特·克利瑟罗和罗杰·里迪克制作的。"

铲子说:"但你不是来这里了解贾卡织机的,乔。"

"你说对了。如果可以的话,我想和你私下谈谈。"

"当然可以。""私下"这个词表明,乔不想谈话被旁人听到,于是铲子说,"到我的小办公室去吧。"

他们来到那里,乔打量了一圈房间。"不像我祖父的办公室那么气派,但更舒适。"他评论道。

两人坐了下来,铲子说:"你想谈什么?"

"我祖父想让我离开军队,到他的企业去工作。"

"你对此有何想法?"

"在做决定之前,我想多了解一下这门生意。"

明智之举,铲子暗暗赞叹。

乔的下一句话让铲子心头一惊:"互助会是你在负责。"

"是的……"

"我祖父说那是一个伪装起来的工会,只不过是绕过《防止工人非法联合法》的一种方式。"

铲子怀疑乔在套话。"我听他这么说过,"他含糊其词道,"如果他是对的,那互助会就是违法的。"

"我并不真的在乎那个组织是否违法,我只是觉得你可以帮我出出主意。"

铲子心里直纳闷儿:这到底是怎么一回事?但他嘴上什么也没说。

乔接着说:"是这么回事:我不想按祖父的方式经营生意。他把工人变成了敌人。坦率地说,工人对他恨之入骨。我不想被人憎恨。"

铲子点点头。乔是对的,但不是每个人都像乔这样看待问题。

乔说:"我认为,对祖父来说,更好的处理方式是努力让工人成为——不是成为他的朋友,那不现实——而是成为他的盟友。毕竟,工人想要生产优质布料,并因此得到丰厚的回报,而他也想要同样的东西。"

所有通情达理的人都会持这种观点,但从一个姓霍恩比姆的人嘴里听到这句话,还是很不寻常的。"那你打算怎么做?"

"我就是来向你请教这个问题的。我该如何改变祖父工厂中劳资对立的关系呢？"

铲子往椅背上一靠。乔的这番话令他惊叹不已。不过，他也得到了一个难得的机会，可以好好教育这个注定要成为王桥商业巨擘的年轻人。他此刻的回答对王桥的未来至关重要。

铲子思索了一会儿如何开口，但这个问题其实不难作答。"跟工人谈谈，"他说，"每当你决定做出改变，比如引进新机器，或者改变工作时间时，先和他们谈谈。在我们这个行业，有一半的劳资纠纷是沟通不畅造成的——毫无征兆地向工人宣布某些关乎他们切身利益的决定，弄得他们措手不及，而他们的第一反应就是反对。告诉他们你为什么要做出改变，和他们讨论可能出现的问题，听听他们有什么建议。"

乔反对道："你可以和你的工人谈，因为你只有十几个工人。我祖父光在猪圈工厂就有一百多个工人。"

"我知道，"铲子说，"这时候工会就可以发挥作用了。"

"但你刚才也说了，工会是非法的。"

"棉花纺织业和羊毛纺织业的许多工厂主都希望废除《防止工人非法联合法》。这部法律，还有《叛国罪法》和《危及治安集会处置法》，制造了一种高压，使得工人几乎不敢说话，因为只要一张嘴就有性命之虞——没有更多的渠道表达诉求时，他们就会诉诸暴力。"

"有道理，"乔说，"谢谢。"

"你有什么问题，随时可以找我商量。我是认真的。如果可以的话，我很乐意帮助你。"

乔起身离开,铲子将他送到门口。

乔说:"有没有什么事是我可以马上做的?再小的事也可以。我想借此表明霍恩比姆家的工厂即将有所改变。"

铲子想了想,说:"废除只准工人在特定时间上厕所的规定。"

乔瞪大了眼睛:"天哪,这也是我祖父规定的?"

"当然。城里的其他工厂主也做出了这种规定——尽管不是全部。我没有做出这样的规定。阿莫斯·巴罗菲尔德也没有。"

"难以置信。这太野蛮了!"

"女工尤其憎恶这条规定。至于男工嘛,他们憋不住了就会直接尿在地上。"

"恶心!"

"那就改吧。"

乔握了握铲子的手。"我会的。"他说,然后离开了。

*

阿莫斯等到他和埃尔茜独处时才开口。这种事每周发生一次,在主日学校放学后。他们坐在一张桌子旁,房间里仍然弥漫着没洗过澡的孩子的气味。阿莫斯开门见山地说:"你有没有想过,亨利伯爵可能不是小哈尔的父亲?"

埃尔茜扬了扬眉毛。看得出,这个问题吓了她一跳。但她的回答不温不火。"每个人都有过怀疑。"她说,"至少,那些热衷八卦的人都怀疑过,而王桥的大部分人都热衷八卦。"

"可他们凭什么起疑呢?"

"他们注意到一个简单的事实:简花了九年才怀上孩子。所以当她终于怀上孩子时,大家自然会好奇这是怎么发生的。当然,存在好几种可能。不过,热衷八卦的人总是更喜欢最肮脏的那种。"

看来,埃尔茜认为通奸是肮脏的。好吧,她是对的。阿莫斯差点儿就要当场放弃了。

他知道自己该说什么,但此时此刻,他感到无地自容。尽管如此,他还是硬着头皮开了口。"我才是哈尔真正的父亲。"他说,羞愧得面红耳热,"很抱歉,让你惊掉下巴了吧。"

"我并不惊讶。"埃尔茜说。

"真的吗?"

"我一直有怀疑。其他人也一样。"

阿莫斯感觉更尴尬了:"你是说,城里的人都猜我有问题?"

"嗯,每个人都认为你和简有染。"

"那不是婚外情。"

"好吧,但德怀特少校的到来似乎让你很不高兴。"

"是的,因为我不愿看到简干出有伤风化的勾当,被人指指点点。我曾爱过她,但现在不爱了,事实就是这样。"

"那你怎么可能是哈尔的父亲呢?"

"因为我犯过一次错。我的意思是,那不是长期的罪孽。哦,上帝啊,我不知道我在说什么。"

"阿莫斯,你叫人喜欢的一个特点就是单纯。你不需要感到羞耻,甚至尴尬,至少不必为了我如此。"

"可我是通奸者啊。"

"不,你不是。你犯过一次错。那是很久以前的事了。"埃尔茜把手伸到桌子对面,放在阿莫斯的手上,"我很了解你,可能比世上其他任何人都更了解你。你不是坏人。绝对不是。"

"嗯,我很高兴,至少你是这样看我的。"

两人沉默了片刻。埃尔茜张口想说点儿什么,但又改变了主意,然后又改了回来,说:"为什么你现在跟我提这件事?都已经过去十多年了。"

"哦,我不知道。"他说,然后意识到这样回答有多愚蠢,于是改口道,"不对,我当然知道。"

"那……为什么?"

"我怕你不愿意同一个通奸者结婚。"

埃尔茜目瞪口呆:"结婚?"

"是的。我怕你会拒绝我。"

"你是在向我求婚吗?"

"是的。我做得不太好,对吧?"

"你说话拐弯抹角,叫人听不明白。"

"没错。好吧。埃尔茜,我爱你。我应该已经爱你很久了,却一直没有察觉。和你在一起时,我很快乐;和你分开时,我很想你。我希望你嫁给我,住在我的房里,睡在我的床上。我希望每天早上同你和你的孩子们共进早餐。可是,我那肮脏的过去恐怕让我难以如愿。"

"我可没这么说。"

"你不介意我对简做过的事吗?"

"我不介意。啊,反正没那么介意。好吧,我真的很介意,但我依然爱你。"

埃尔茜真的说了这句话?

我依然爱你。

她说了。

阿莫斯问:"那么……你愿意嫁给我吗?"

"是的。是的,我愿意。这是我的夙愿。我当然愿意嫁给你。"

"哦,"阿莫斯说,"哦,哦,谢谢。"

*

星期一,从工厂回家的路上,霍恩比姆心血来潮,走进了大教堂。他觉得自己来教堂也许就能清晰地思考了,结果他是对的。教堂里的柱子和拱门似乎都有某种意义,他在几支蜡烛的光线下注视着它们,终于厘清了思绪。在教堂外,他心中满是混乱和愤怒。他曾经信奉的一切准则都被证明是错误的,而他现在还没有确立新的人生信条。在这里,在教堂里,他感到平静。

他走到中殿和翼部的十字相交处,然后绕过祭坛,来到教堂最神圣的东端。他在那里停下来,转过身,回头看了看。

他想起了贾奇·博克斯。他一直认为博克斯一无是处，或者更糟。博克斯总是惹是生非，打架斗殴。他参与罢工，砸毁机器。可是，他最后给了霍恩比姆一份珍贵无比的礼物：乔的生命。

博克斯经受了最严峻的考验。他被要求冒着生命危险去拯救战友。这是一次双重挑战：他的勇气通过了考验，他的无私也通过了考验。

今天是星期一。昨天的布道是关于这节经文的："人为朋友舍命，人的爱心没有比这个大的。"[1] 主教谈到了所有在滑铁卢牺牲的人，但霍恩比姆只想到了博克斯。他在心中问自己：我的生命和博克斯的相比孰轻孰重？而耶稣已经给出了答案：贾奇·博克斯愿意牺牲自己来拯救乔的生命，没有比这更大的爱了。

霍恩比姆的生命现在似乎毫无价值。小时候，他靠暴力和偷窃为生。成年后，他依然在做同样的事，只是方式更加隐蔽：他用行贿来赢得订单；他判处囚犯受鞭刑，服苦役，或者把他们送去巡回法庭，接受死刑判决。

他的借口一直是他母亲的惨死。但是，许多人年幼时也遭受过虐待，长大后却过上了幸福美好的生活：基特·克利瑟罗就是一例。

他的沉思被嘈杂的谈笑声所打断：大教堂的另一头，钟手来练习敲钟了。霍恩比姆真的不能把时间浪费在怅惘唏嘘上。他沿着原路折回。

---

[1] 出自《新约全书》中的《约翰福音》第十五章第十三节。

第七部分 和平

他走到中殿和翼部的十字相交处,注意到北翼的角落里有一扇小门。门是开着的。他想起今天有工人在屋顶,多半是在修理覆盖屋顶的铅皮。他们一定是没锁门就走了。他一时冲动,穿过门,爬上了螺旋楼梯。

途中,由于胸口疼痛,他不得不停下好几次,但他只是休息片刻,就继续向屋顶走去。

那是一个晴朗的夜晚,月光皎洁。他沿着一条窄道前进,发现自己已经接近钟楼顶部了。他抬头望了望尖塔,看到了据说代表凯瑞丝的天使雕像,凯瑞丝是在可怕的黑死病瘟疫期间建造医院的修女。她是另一个舍生忘死、功德无量的人。

霍恩比姆来到屋顶北侧,往下一看,墓地里洒满月光。躺在那里的逝者早已获得了内心的平静。

他知道自己的问题有办法解决,自己的疾病也有办法治愈。世界上所有的基督教堂里都反复提及这个办法:认罪和悔改。做了错事的人是可以得到宽恕的,但代价是丧失尊严。一想到自己对家人、对顾客、对其他布商和高级市政官承认自己的过错,霍恩比姆就吓得浑身发抖。悔改?那是什么意思?他应该向那些被他伤害的人道歉吗?在过去的半个世纪里,他没有为任何事道过歉。他通过行贿签订的那些军需合同让他大发横财,难道他要将赚到的钱都还回去?他将被起诉,可能会锒铛入狱。他的家人会不会也受到牵连?

但他不能这样活下去。他饱受折磨,苦不堪言,几乎彻夜难眠。他知道自己没有以正确的方式经营企业。他几乎不和任何人说话。他一直在抽烟。他的胸痛越来越严重。

他走到屋顶边缘,俯视着墓地中的墓碑。钟手开始练习敲钟,巨钟铿然作响,如惊雷一般在他身边炸开。这声音直击他的四肢百骸,将他完全吞没。他的身心都在随之颤抖。我要内心的平静,他想,内心的平静。

他跨过了屋顶边缘。

他刚迈出脚就惊惧不已。他想反悔,想回头。他听见自己像受虐待的动物一样失声尖叫。他睁着眼睛,看到地面向他飞速扑来。恐惧的魔爪攫住了他,越勒越紧,但他无法叫得更大声了。接着,最恐怖的事情发生了:地面重重地砸到他身上,使他全身充满了难以忍受的剧痛。

然后,他便什么都不知道了。

第七部分　和平

第四十五章

阿拉贝拉从报纸上抬起头，说："下议院解散了。"

她十八岁的儿子阿贝吞下一块培根，问道："什么意思？"阿贝对生活的认识并不均衡：在某些领域，他见多识广；在另一些领域，他却一无所知。也许在他这个年纪，这很正常。铲子努力回忆自己年轻时是否也这样，但他无法肯定。不管怎样，阿贝秋天就要去爱丁堡大学了。进入高等学府之后，他的思维能力和认知水平都会迅速提高。

阿拉贝拉回答了阿贝的问题："这意味着将举行大选。"

铲子补充道："还有摆脱汉弗莱·弗罗格莫尔的机会。"这样的前景倒是十分诱人。霍恩比姆过世后，汉弗莱·弗罗格莫尔赢得了补选，而他是一个懒惰无能的下议院议员。

"为什么？"阿贝问。

阿拉贝拉说："弗罗格莫尔先生如果想继续担任代表王桥的下议院议员，就不得不参加连任竞选。"

铲子问："什么时候大选？"

阿拉贝拉又低头看了看报纸，然后说："新一届下议院将于8月4日召开会议。"

"那我们有差不多两个月的时间。"铲子算了算。此时是1818年6月中旬。"我们必须找个人出来对抗弗罗格莫尔。"

阿贝问："为什么？"

"弗罗格莫尔先生支持《防止工人非法联合法》。"铲子解释道。有人发起了废除这部恶法的运动，但弗罗格莫尔希望它继续存在。他在下议院只针对这一议题发表过讲话。他代表了王桥的强硬派，这群人以前唯霍恩比姆马首是瞻。

阿拉贝拉说："不管怎样，我们需要一个新的候选人。我认为这个人应该是我们的女婿。"

铲子点头同意："阿莫斯是众望所归。"霍恩比姆过世后，阿莫斯·巴罗菲尔德当选为市长。铲子瞟了眼怀表："我现在就去和他谈谈，趁他还没去工厂。"

"我和你一起去。"阿拉贝拉说。

他们戴上帽子，离开房子。这是一个晴朗的6月天，阳光明媚，但空气凉爽。整座城沐浴在晨光中，到处都挂着晶莹的露珠，看上去焕然一新，充满活力。他们发现阿莫斯一家还在吃早餐。埃尔茜的孩子们长得很快。斯蒂芬在牛津大学念书，比利和里奇已经是小伙子了，玛莎的身材也开始凹凸有致。只有乔吉还是个孩子。

桌上摆出了给外公外婆的餐具，还倒了咖啡。铲子等到年轻人吃完早餐离开之后才说："你看报纸了吗？下议院已经解散了。"

阿莫斯说:"看了。我们需要找个人出来对抗无用的弗罗格莫尔。"

铲子会心一笑:"确实如此。我认为你应该当仁不让。"

"我就担心你跟我提这个。"

"你是一位广受爱戴的市长。你可以打败弗罗格莫尔。"

"我不想让你失望。"阿莫斯望着埃尔茜,寻求支持。

埃尔茜说:"我们不打算去伦敦。我不愿意离开我的主日学校。"

"你不必离开。"铲子说,"阿莫斯可以在需要去伦敦时独自前往。"但他觉得自己的劝说只是徒劳。阿莫斯如今过得非常舒服,看上去甚至有点儿心满意足,不思进取了。他都长胖了。

阿莫斯摇摇头。"我蹉跎了半辈子,到现在才同埃尔茜结为连理。"他说,"既然我们决定厮守终身,我就不会每年离开她去伦敦待几个月。"

"但是——"

阿拉贝拉打断了铲子。"算了,亲爱的,"她说,"他们是认真的。"

铲子只好作罢。在这种事情上,阿拉贝拉通常是对的。

阿莫斯说:"但我们需要一位候选人。我认为,最有希望的人选是坐在这张桌子边的另一个男人。"说着,他看向铲子。

"我没受过教育。"铲子说。

"你能读会写,而且比大多数人都聪明。"

"但我不会在演讲时引用拉丁文和希腊文名言。"

"我也不会。那种把戏是不必要的。牛津的学究当然喜欢在辩论中大肆炫耀,但他们中的大多数对使我们国家繁荣的工商业一无所知。你会是废除《防止工人非法联合法》的有力倡导者。"

铲子陷入沉思。《防止工人非法联合法》是统治精英任意妄为的产物，目的是粉碎劳动人民为改善自身境遇所做的一切努力。他得到了一个促使这部恶法被废除的机会，怎么能拒绝呢？

阿拉贝拉说："他们真的会废除这部法律吗？他们不是都想把工人牢牢控制住吗？"

"有些人是这样，但下议院议员并不是一个模子里刻出来的。"阿莫斯说，"约瑟夫·休谟是激进派领袖，他反对这部法律。《苏格兰人报》的编辑同意休谟的观点。还有一个叫弗朗西斯·普莱斯的退休裁缝，他向休谟和所有开明的议员介绍了该法律的不良影响。普莱斯还支持一份名为《蛇发女工》的政治报纸。"

铲子转向阿拉贝拉："你觉得去伦敦怎么样？"

她说："我当然会想念埃尔茜和外孙、外孙女，但我们一年中的大部分时间还是可以在这里度过的。何况，住在伦敦可能会很热闹。"

铲子看出她是认真的，因为她眼中闪烁着期待的光芒。她已经六十三岁了，但她比大多数年龄只有她一半的女人更有活力。

"我考虑考虑。"铲子说。

第二天，他同意参选。

然后他赢了。

第七部分 和平

*

二十年前,为了破坏罢工,霍恩比姆从爱尔兰引入了一批工人。如今这些人已经融入王桥市民当中,不再被称为"工贼"了。他们依旧带着迷人的爱尔兰口音,但他们的孩子已经没有这样的口音了。他们去城里的小天主教堂做礼拜,但除此之外,他们从不表露自己的宗教信仰。在大多数方面,他们和其他工人没有两样。他们的头领科林·亨尼西经常光顾萨尔的商店。

萨尔家的一楼被柜台分成两部分。柜台后面,也就是她整天站着的地方,货架和橱柜里塞满了商品。除了杜松子酒,工人需要的各种商品一应俱全。她本来可以靠卖酒赚很多钱,但她讨厌看到醉醺醺的家伙——也许是因为她受够了贾奇当年一有不顺就去喝酒买醉的行为——所以刻意与烈酒划清界限。

萨尔和科林经常聊天。她一直很喜欢科林。他们年龄相仿,都是工人领袖。他们曾携手对抗霍恩比姆。萨尔还梦见和他上床。

1819年的一天,萨尔对科林说:"我不知道我是否告诉过你——你刚到这里的时候,我儿子是第一个和你说话的人。"

"是吗?"

"还有你妻子,愿她的灵魂安息。听说她过世了,我很难过。"

"那已经是半年前的事了。"

"孩子们都长大结婚了。"

"是的。"

"我还记得你们到达那天,基特跑回家告诉我,来了四辆满载外国人的马车。"

"我想我还记得那个小家伙。"

"你问了他的名字,告诉了他你的名字。他说他跟一个高个子、黑头发的人说过话,那人的口音很奇怪。"

科林开怀大笑:"嗯,那就是我。"

萨尔向窗外望去,看到夜幕已经降临。"我该关门了。"她说。

"好。那我走了。"

萨尔用好奇的目光打量着科林。他仍然是个英俊的家伙。"想喝杯茶吗?"

"嗯,好吧,恭敬不如从命。"

萨尔锁上店门,领科林上楼。炉子里生了一小堆做饭用的火,她放上水壶烧水。

她开这家店已经快四年了,经营得非常成功。她赚了很多钱,不得不开了有生以来第一个银行账户。但她最喜欢的还是这里的人。他们整天在店里进进出出,每个人的生活充满了欢乐和悲伤。他们会与她分享自己的故事。她只有在夜阑人静时才感到孤独。

她对科林说:"大家以为你们爱尔兰人都会回家,但你们大多数人都留了下来。"

"我爱爱尔兰,但那里很难谋生。伦敦政府对爱尔兰人并不友好。"

"对英格兰人也一样,除非那些人是贵族或富商。首相也全都假公济私,党同伐异。"

"这是不可否认的事实。"

萨尔泡好茶,给科林一杯,又递上糖。科林喝了一口,说:"真香啊。你说怪不怪,别人沏的茶总是更好喝。"

"你想念你妻子了。"

"我当然想念她。你想念你丈夫吗?"

"我也一样。我的贾奇虽然有缺点,但我爱他。"

两人沉默了一两分钟,然后科林放下杯子,说:"我得走了。"

萨尔迟疑不决。我已经五十岁了,她想,我不能这么主动。但她还是说:"你没必要走。"说完,她屏住了呼吸。

"没必要?"

"你如果愿意,可以留下。"

科林什么也没说。

"你可以在这里过夜。"萨尔说,意思表达得再清楚不过。"如果你愿意的话。"她紧张地补充道。

科林浅浅一笑。"好的,亲爱的萨尔。"他说,"哦,好的,我愿意留下。"

*

夏陵伯爵亨利于 1821 年 12 月去世。他最终并不是死于战争留下的头部创伤;他是从马上摔下来而死的。

身穿黑色丧服的简别有一番妩媚，但阿莫斯知道她并不伤心。亨利是优秀的军官，却不是称职的丈夫。

葬礼在王桥大教堂举行，由老主教雷丁科特主持。全郡几乎所有的权贵都来了，加上王桥的所有重要人物，还有第107步兵团的所有军官。阿莫斯估计中殿里有一千多人。

珀西瓦尔·德怀特少校也从伦敦赶来了。他告诉大家，他代表的是约克公爵，而约克公爵是陆军总司令。这一点当然毫无疑问，但熟悉内情的人都认为他是来追求伯爵遗孀的。

葬礼结束后，棺材被抬到教堂外，装上由四匹黑马拉着的马车。天空飘着小雪，马鬃上沾满雪花，而温暖的马背上的雪花都融化了。棺材固定妥当，马车驶往伯爵城堡，亨利将被安葬在家族墓地。

守夜仪式在大礼堂举行。阿莫斯被邀请到一间为特别来宾准备的侧室。简撩起面纱与人交谈，脸上没有一丝泪痕。

人们纷纷过来向她表示哀悼。第一拨人潮退去后，阿莫斯与她单独待了几分钟，问她将来作何打算。

"我要去伦敦，"她说，"我们在那儿有一座房子，亨利几乎从来不用。当然，那房子现在是哈尔的了，但我和他谈过了，他很乐意让我住那儿。"

"好吧，你在伦敦至少有一个朋友。"

"你指的是谁？"

"德怀特少校。"

"我在伦敦的朋友多着呢，阿莫斯。里士满公爵夫人就是其中之

第七部分　和平

一，还有我在布鲁塞尔认识的其他几位大人物。"

"你的钱够用吗？"

"哈尔同意继续给我服装津贴，这笔钱向来丰厚。"

"我知道。你是让铲子的姐姐发财致富的恩主。"

"我还干了别的事呢。我给亨利买了人寿保险，用他给我的钱悄悄缴纳了分期保费。所以，我还会拥有一笔属于我自己的钱。"

"那太好了。"阿莫斯说。我早该猜到简会为自己做好财务规划的，阿莫斯在心里嘀咕。"你打算再婚吗？"

"在我丈夫的葬礼上问我这个问题非常不合适。"

"我知道，但你讨厌别人在这种事情上拐弯抹角。"

她狡黠一笑："你太了解我了，你这只老狐狸。但我不会回答你的。"

"那好吧。"

有人前来向简表示慰问，阿莫斯走到自助餐桌旁。他的继子斯蒂芬正在和十六岁的新伯爵哈尔谈话。阿莫斯听见哈尔问："那你每周上几节课？"

"没有规定说你必须去上课，"斯蒂芬答道，"但大多数人每天都会上一节课。"

显然他们在谈论牛津大学。阿莫斯记得，自己曾经非常嫉妒那些能上大学的年轻人，还曾怀疑自己的儿子能否享有这种特权。现在，他未被承认的私生子即将实现他的梦想。多奇妙啊，阿莫斯沉思道，我以一种始料未及的方式得偿所愿。

363

但他明白，这就是生活。世事无常，白云苍狗，毕竟不是人可以把控的。

*

1823年圣诞节前不久，现为下议院议员的铲子前往弗朗西斯·普莱斯在伦敦的家参加秘密会议。

反对《防止工人非法联合法》的运动即将进入高潮。在接下来的一年里，下议院将爆发一场滑铁卢之战。倘若政府是波拿巴，反对派是威灵顿，那在查令十字开会的小团体就是普鲁士人，他们的出现将使战争的天平发生偏转。

包括约瑟夫·休谟在内的几位激进派下议院议员都在那里。他们多年来一直呼吁废除《防止工人非法联合法》，但一无所成。大多数议员不同意他们的意见，仿佛劳动人民的任何集会都可能导致暴力革命，进而是千万颗人头落地。

但现在双方就要一决胜负了。

休谟宣布，他已说服政府成立一个技工和机械事务专责委员会。

"该委员会将调查熟练技工的移民和工业机械的出口。"休谟说，"这两个问题对政府和制造商都很重要。然后，作为一项次要的附加任务，我们将被要求调查《防止工人非法联合法》的效果和执行情况。由于我是该专责委员会的倡导人，政府已同意由我担任委员会主席。这是我们的大好机会。"

铲子说："我们必须谨慎行事，不要一开始斗争就激怒对手。"

"我们如何做到这一点？"一个名叫迈克尔·斯莱特的北方议员小心翼翼地问，"我们又不能隐瞒专责委员会的活动。"

铲子说："没错，但我们可以保持低调：将专责委员会的工作说成一件乏味的苦差事，说它不会取得太多成果。"铲子在过去五年里对议会政治有了深入了解。就像下棋一样，你不能一开始就咄咄逼人，必须在有把握让对手毫无还手余地时再发起攻击。

"有道理。"休谟说。

铲子说："但是，废除《防止工人非法联合法》的目标能否实现，全取决于专责委员会成员的人选。"

"这个问题已经解决了。"休谟说，"理论上，专责委员会成员将由贸易委员会主席选出。但我会向他提供一份推荐名单，名单上都是同情我们事业的人——这一点他当然不知道。"

铲子认为这或许行得通。休谟和普莱斯都熟悉下议院事务，懂得如何利用下议院规则达成目的。他们不会轻易被对手击败。

休谟接着说："至关重要的是——这也是召开这次会议的原因——我们必须找来令人信服的证人，向专责委员会提供证词。这些证人必须亲身经历过《防止工人非法联合法》所造成的不公和混乱。首先，我们需要那些因违反该法律而受到法官残酷惩罚的工人。"

铲子想起了萨尔，她嫁给了科林，现在是萨尔·亨尼西了。铲子说："王桥有个女人服了两个月苦役，因为她告诉工厂主，后者违反了布商同工人达成的协议。"

"这正是我们需要的——基于该法律做出的愚蠢而恶毒的法庭判决。"

斯莱特提出了疑问："没有受过教育的工人是糟糕的证人。他们会抱怨一些荒诞不经的东西，比如工厂主在使用巫术之类的。"

铲子认为斯莱特是个有用的悲观主义者。他总是从消极的方面看问题，但他也总是一语中的。

休谟说："我们的证人会事先接受普莱斯先生的问询。他会向我介绍每个证人的个人经历，以确保我能提出正确的问题。"

"很好。"斯莱特满意地说。

休谟接着说："我们还需要工厂主做证，如果有工会可以代表工人同他们谈判，管理工人会更加容易。"

铲子说："我也认识几个愿意做证的工厂主。"

弗朗西斯·普莱斯开口了："有些地方的工人工资非常低，他们不得不领取济贫金。纳税人很生气，因为他们的税款最终补贴了工厂主的利润。"

"说得好。"休谟说，"我们必须找人来做证。这非常重要。"

斯莱特说："我们的对手也会找来证人。"

"毫无疑问，"休谟说，"但如果我们隐瞒得非常到位，他们直到最后一刻才会发现我们的意图，匆匆找来证人为自己辩护，证词必然漏洞百出。"

会议结束时，铲子思忖道：政治就是这样，仅仅站在正义一边是远远不够的，你必须比对手更机敏。

第七部分　和平

他回到王桥过圣诞节。下议院议员没有薪水，所以个人财力不够雄厚的议员必须从事另一份工作。铲子就得继续经营自己的生意。

在王桥期间，他说服萨尔和阿莫斯到休谟的委员会面前做证。

委员会于1824年2月至5月在威斯敏斯特大厅举行听证会，询问了一百多名证人。

阿莫斯证明了工厂主可以通过与工会交涉获益良多，他的妻子埃尔茜在一旁自豪地注视着丈夫。

工人出来做证时，整个听证会达到了高潮。他们的证词无比清晰地表明，《防止工人非法联合法》被用来欺凌和惩罚工人，从而严重违背了议会制定此法的初衷。许多下议院议员对此感到怒不可遏。

伦敦的一位鞋厂主将工人工资减半，工人拒绝工作，他就把他们传唤到市长大人面前，市长判处他们全部去服苦役。一个来自斯托克波特的棉纺工也讲述了类似的故事，他遭到警察殴打，与另外十名男工和十二名女工一起被判入狱两个月。

萨尔说："王桥的罢工是由劳资双方协商解决的。协议的部分内容是，工厂主计划引进新机器时，应当与工人协商。"

休谟说："工厂主必须按工人的要求去做吗？"

"不是的。但他必须与工人协商，仅此而已。"

"请继续。"

"其中一位工厂主，霍恩比姆先生，未与工人协商就引进了一种新的粗梳机，让他的工人震惊不已。我和工人代表团的另一名成员科林·亨尼西，以及一名工厂主大卫·肖维勒一起来到霍恩比姆先生

367

家，跟他商讨此事。"

"你威胁他了吗？"

"没有，我们只是提醒他，避免罢工的最好办法就是坚守协议。"

"接下来发生了什么？"

"第二天，我很早就被叫醒，带到法官威尔·里迪克先生家里。亨尼西先生也被抓了过来。"

"肖维勒先生呢？"

"没有人对他采取任何行动。但亨尼西先生和我被指控犯有'非法联合'罪，并被判服苦役。"

"霍恩比姆先生和法官之间有什么关系吗？"

"有。霍恩比姆是里迪克的岳父。"

委员会成员低声议论起来，满脸震惊和不满。

休谟说："那么，总结一下：首先，你告诉霍恩比姆先生他违反了协议；接着，他让人逮捕了你，指控你犯有'非法联合'罪；然后，他的女婿判你服苦役。"

"是的。"

"谢谢你，亨尼西太太。"

委员会发布了一份报告，毫无保留地谴责了《防止工人非法联合法》。

几天后，该法案被废除。

第七部分 和平

*

同年,威尔·里迪克去世了,罗杰成了巴德福德的乡绅。

萨尔和科林搬到巴德福德,盘下了村里的杂货店。

萨尔再也没见过乔安妮,但是,曾有一个操着奇怪口音的人带着乔安妮的一封信来到巴德福德。乔安妮服完刑后嫁给了一个移民,他们在新南威尔士开了一个牧羊场。工作辛苦,乔安妮经常想起她的女儿休,但她爱她后来的丈夫,不打算回英国了。

基特、罗杰、萨尔和科林都搬进了庄园宅邸。

他们做的第一件事就是把威尔的狗赶出家门,让它们永远待在马厩旁边的院子里。

然后,在范妮的帮助下,他们把大厅擦洗得干干净净。

一周后,他们穿上破旧的衣服,把房子里所有的木镶板都漆成了奶油色。

萨尔说:"好吧,至少现在房子里闻起来是另一种味道了。"

基特说:"咱们还有很多事要做呢。"

阿范说:"我已经迫不及待地想继续干活儿啦。不过,里迪克老爷和他的家人不应该做这种工作。我就能应付,只要有人搭把手就行。"普拉茨走了——倒不是说他有多大用处——如今这里只有阿范一个仆人。

基特说:"我们会给你找帮手的,但我们得先节衣缩食过一阵子。虽说机器制造生意在赚钱,但这些钱必须先拿去还清威尔的债务。"他决定不提罗杰的债务,继续说:"我得调查庄园的财务状况,开始用地租收入偿还抵押贷款。"

基特继续控制着所有的钱。罗杰每月都有一笔零用钱,用光这笔钱后,他就不得不停止赌博,直到下个月。他已经习惯了这种安排,还说自己喜欢这样量入为出。

基特和罗杰来到厨房,范妮准备了晚餐:土豆炖培根。基特看到一只老鼠从踢脚板的缝隙里钻出来,就说:"我们需要猫来治治老鼠了。"

"我去给你弄几只猫来。"阿范说,"村里总有人想卖小猫,几便士就能买到一窝。"

天黑后,他们都上床睡觉了。基特和罗杰各睡一个卧室,中间有共用的更衣室,但那是掩人耳目用的:他们总是睡在一起。范妮猜到了他们的秘密,但仆人多了以后,他们就得每天早上把没睡过的那张床的床单弄皱,以保持体面。

基特脱下衣服,上了床,却坐直身子,借烛光四下张望。

"你不困吗?"罗杰说,"给那么多木镶板涂了漆,我都累坏了。"

"我只是想起了小时候睡在这里的时光。"基特说,"我当时觉得这一定是世界上最大的房子,住在这里的人就像神一样。"

"而现在你也是神了。"

基特开怀大笑。

罗杰上了床。"多半是希腊人的神。"罗杰说,"你知道希腊人的事[1]，对不对？"

"不知道。我没有受过你那样的教育，你知道的。希腊人怎么了？"

罗杰搂住基特。"我来告诉你。"他说。

---

[1] 古希腊人对同性恋持开放态度。

致谢

《巨变时代》的历史顾问是蒂姆·克莱顿、佩内洛普·科菲尔德、詹姆斯·考恩、埃玛·格里芬、罗杰·奈特和玛格丽特·林肯。

我还要感谢以下诸位的帮助:特罗布里奇博物馆(Trowbridge Museum)的戴维·伯克斯和汉娜·利迪;阔里班克纺纱厂遗址公园(Quarry Bank Mill)的伊恩·伯特尔斯、安娜·克里斯特尔、克莱尔·布朗、吉姆·希顿、艾丽·西利卡和朱莉·怀特豪斯,以及曼彻斯特科学与工业博物馆(Science and Industry Museum)的凯瑟琳·贝尔肖。

我大量参考了威廉·黑格(William Hague)撰写的《小威廉·皮特传》(*William Pitt the Younger: A Biography*)。黑格先生在一次私人采访中详细阐述了自己的这部作品。

"揭秘滑铁卢"(Waterloo Uncovered)组织的工作人员和志愿者总是乐于停下手头的工作,回答我的问题。

我的编辑是维京出版社(Viking)的布赖恩·塔特,以及麦克米伦出版社（Macmillan）的薇姬·梅勒、苏珊·奥佩和杰里米·特雷瓦森。

还有许多朋友和家人提供了有益的建议，他们是露西·布莱斯、蒂姆·布莱斯、芭芭拉·福莱特、玛丽亚·吉尔德斯、克里斯·曼纳斯、亚历山德拉·奥弗里、夏洛特·奎尔奇、詹恩·特纳和金·特纳。